KAISU TUOKKO

GERÄCHT

SEIN SOLLST DU

atb aufbau taschenbuch

KAISU TUOKKO

GERÄCHT SEIN SOLLST DU

DIE MORDE VON KRISTINESTAD

KRIMINALROMAN

Aus dem Finnischen
von Anu Katariina Lindemann

atb aufbau taschenbuch

Die Originalausgabe mit dem Titel
KOSTO
erschien 2023 bei Otava, Helsinki.

This work has been published with the financial support of FILI –
Finnish Literature Exchange

FILI FINNISH LITERATURE EXCHANGE

MIX
Papier | Fördert
gute Waldnutzung
FSC® C083411

ISBN 978-3-7466-4208-6

Aufbau Taschenbuch ist eine Marke
der Aufbau Verlage GmbH & Co. KG

1. Auflage 2025

www.aufbau-verlage.de
10969 Berlin, Prinzenstraße 85

Bei Fragen zur Sicherheit unserer Produkte wenden Sie sich bitte an
produktsicherheit@aufbau-verlage.de.
Satz Greiner & Reichel, Köln
Druck und Binden CPI books GmbH, Leck, Germany

Printed in Germany

Für meine geliebte Mutter,
ohne die es dieses Buch nicht geben würde.

PROLOG

Auf dem Meer herrschte Totenstille. Ein paar Möwen kreischten träge über dem Segelboot, und die Sonne schien in der Stille des Mainachmittags. Ylva schaute durch ihre Sonnenbrille hindurch zum Strand und blätterte zerstreut in der Frauenzeitschrift *Damernas Värld*. Als das Boot wendete, traf die Sonne ihr Gesicht, und Ylva veränderte ihre Körperhaltung unter dem Sonnenschirm, schüttelte das Kissen hinter sich aus und nippte dann noch einmal an ihrem Himbeer-Bellini. Jetzt nur einen und später noch einen, wenn sie sich auf den Rückweg machten – das hatte sie Åke versprochen.

Ihr Mann liebte das Segeln, Ylva fühlte sich hingegen in ihrem Garten wohler. Sie mochte das Meer nicht, es war ihr zu unberechenbar. Dank des außergewöhnlich ruhigen Wetters hatte sie sich diesmal dazu durchgerungen, Åke zu begleiten, auch wenn dafür mehrere Tage Überredung nötig gewesen waren. Sie mochte es lieber, wenn das Boot auch einen Motor hatte.

Åke bezeichnete sie manchmal liebevoll als Landratte.

Glücklicherweise waren ihre drei Töchter vom Lieblingshobby ihres Vaters begeisterter als ihre Mutter und hatten Åke früher regelmäßig Gesellschaft beim Segeln geleistet. Inzwischen waren sie alle erwachsen und lebten, von Sandra einmal abgesehen, mit ihren Familien in Vaasa. Sandra war in Kristinestad geblieben, sie und ihr Mann hatten ein Haus in der Nähe ihrer Eltern gekauft. In Thomas hatte Åke den Segelpartner gefunden, den er sich immer gewünscht hatte, und die Männer unternahmen im Sommer immerhin ein paar längere Segelausflüge – wenn ihre Frauen es erlaubten.

Åke saß zufrieden hinterm Steuer. Er verlangsamte das Tempo, als sie die Kanuunakallio-Klippen erreichten. Seine stark gebräunte Haut glänzte von der Sonnencreme, die er gewissenhaft alle paar Stunden auftrug. Gleich würde er sich, wie immer, seine Pfeife schnappen und genüsslich den nach Vanille duftenden Tabak inhalieren.

Ylva zuckte zusammen, als sie die tief fliegende Möwe bemerkte. Fast streifte das Tier das Boot. Sie schaffte es gerade noch, »Åke!« zu rufen, als auch schon drei weitere Möwen über ihrem Boot zu kreischen begannen. Åke, der sich im Laufe der Jahre auf seinen Segeltörns an alles Mögliche gewöhnt hatte, winkte das Ganze zunächst noch ab. Aber dann stand er auf. Verwirrt blickte er auf die plötzliche Ansammlung von Vögeln. Mehr als zehn von ihnen kreischten etwas an, das neben ihrem Boot ans Ufer trieb. Nicht etwas. Jemand.

»Es sah aus, als ob eine Reanimationspuppe im Wasser treiben würde«, beschrieb Ylva später der Polizei und dann auf Facebook das Geschehen. Ylva war auch als Rentnerin immer noch Ehrenmitglied beim Roten Kreuz und erzählte, dass sie zuerst gedacht hatte, jemand wolle sich einen Scherz mit so einer Puppe erlauben. Das war es doch schließlich, womit sich die Jugend von heute so beschäftigte: andere ärgern und Dummheiten anstellen.

Doch dann begriff sie, dass es sich gar nicht um eine Puppe handelte. Sondern um eine menschliche Leiche. Und schrie. Åke musste sie in die Kajüte bringen. Er reichte ihr ein Glas Sekt und redete ihr gut zu, gleich zwei davon in gleichmäßigen Schlucken zu trinken und später ihren Bruder Hasse anzurufen, damit er ihr beistehen konnte. Dann verständigte Åke den Notruf. Die Polizei sagte ihm, er solle vor Ort bleiben und die Leiche nicht anrühren.

Aus dem Tagebuch. Vorher.

Es ist Ende Mai, und es fühlt sich so an, als würde das Leben endlich beginnen.
In mir brodelt es, und ich kann kaum erwarten, dass es endlich losgeht: mein Leben – eins, das ich will, ohne Grenzen. Bis dahin dauert es nicht mehr lang, trotzdem fühlt sich jeder Augenblick wie eine Ewigkeit an.
In meinen Adern fließt ungezähmtes Blut, und tief in meinem Inneren spüre ich, dass etwas Wunderbares geschehen wird.
Der Sommer beginnt, das Leben beginnt. Alles ist möglich.
Vielleicht tritt diesen Sommer endlich die Liebe in mein Leben.
Vielleicht werde ich ein fantastisches Abenteuer erleben.
Oder ich genieße einfach meine Jugend und dieses einzigartige, großartige Leben, schreibe Gedichte über diese Schönheit, die ich um mich herum, in meinem Inneren und in allen Geschöpfen Gottes sehe.

Love this life, don't wait until the next one comes!

1. KAPITEL

Wunderschön glitzerte das Meer auf beiden Seiten der längsten Steinbrücke in Skandinavien. Es war warm, aber nicht zu heiß, einfach perfekt, um laufen zu gehen. Es könnte weniger Touristen geben, schließlich war erst Mai, dachte Eevi Manner, als sie einem betrunkenen Pärchen nahe der Brücke ausweichen musste. Der Mann taumelte direkt auf sie zu.

Kristinestad zeigte sich wie fast alle finnischen Städte im Sommer von seiner schönsten Seite. Die Stadt zog Menschen und Sommerveranstaltungen förmlich an. Es gab ein Kartoffelfestival, die Cittaslow-Woche, in der unter anderem die achtsame Art zu leben gefeiert wurde, und einen Sommermarkt.

Trotzdem mochte Eevi den Winter lieber. Für sie zeigte sich die Stadt dann von ihrer authentischsten Seite, wenn sie leer und ruhig war. Alle anderen Zeiten außerhalb des Sommers waren doch die eigentliche Cittaslow-Zeit, dachte sie lächelnd. In ihrer Jugend waren sie und ihr Bruder überzeugt gewesen, dass Morrissey sein Lied

Everyday Is Like Sunday über Kristinestad geschrieben hatte.

Eevi bog in die Straße Merikatu, lief dann die Rantakatu weiter, zum Park Saunapuisto, bevor sie nach der Puistokatu in ihre eigene Straße einbog. Am Morgen hatte sie sich und ihrem Mann Mirek versprochen, heute die Finger von allem, was mit Arbeit zu tun hatte, und auch von den sozialen Medien zu lassen. Den Vormittag hatte sie mit Lesen verbracht und es genossen, wie die Sprache und die Geschichte des Romans sie von allem, was sie belastete, abgelenkt hatte. Und als das Mittagessen dann lange genug her war, war sie joggen gegangen, um auch die letzten negativen Gedanken zu vertreiben.

Kurz vor dem Ziel holte Eevi, so wie immer, noch einmal das Letzte aus sich heraus, und als sie in ihrem Garten ankam, war sie so außer Atem, dass Mirek sich ein Grinsen nicht verkneifen konnte, als er aus dem Gartenhäuschen kam.

»Bring dich doch nicht um mit diesem Mist. Es gibt bestimmt einfachere Wege, zu sterben.«

Eevi brachte kein Wort heraus. Keuchend und schwitzend versuchte sie, so etwas wie ein Lächeln zustande zu bringen. Mirek verstand nichts vom Laufen um des Laufens und der Fitness willen. Er lief nur, wenn er es wirklich eilig hatte oder vor irgendetwas wegrennen musste.

Während Eevi sich auf dem Rasen dehnte, betrachtete sie ihren Garten. Das Gartenhaus, in dem Mirek sein Atelier eingerichtet hatte, bräuchte mal wieder einen neuen Anstrich, aber ansonsten sah alles wunderschön aus. Zum ersten Mal seit Langem verspürte sie wieder so etwas wie Hoffnung. Im Frühling hatte es sie regelrecht überrascht, wie gern sie dem Garten dabei zusah, dass er nach dem Winter zu neuem Leben erwachte. Die Mühe, die ihre Eltern jahrelang in das Grundstück gesteckt hatten, zahlte sich aus, und nun konnten sie mit diesem Fleckchen Erde machen, was sie wollten.

Mirek hatte sich auf einen Gartenstuhl gesetzt und nippte nachdenklich an einem Bier. Sein gutes Aussehen ließ Eevi auch heute noch manchmal staunen, dass dieser Mensch sein Leben ausgerechnet mit ihr verbringen wollte. Besonders weil Eevi, als sie sich zum ersten Mal getroffen hatten, ziemlich labil gewesen war und nicht geglaubt hatte, dass sie einem anderen Menschen viel zu geben hätte. Aber einfach so hatte Mirek ihre Schutzmauern durchbrochen und war an ihrer Seite geblieben, trotz Eevis anfänglicher Ausreißversuche. Die Liebe hatte alles möglich und Eevi lange sehr glücklich gemacht. Im letzten Herbst, als sie völlig am Ende gewesen war, war Mirek eine lebenswichtige Stütze für sie gewesen. Als Eevi zu nichts mehr imstande war, hatte Mirek sie angezogen, hatte sie auf Spaziergänge durch die Nachbarschaft mitgenommen, sie umsorgt und in seinen Armen weinen lassen, wenn sie wieder einmal von ihren Ängsten gepackt wurde.

Eevi überlegte noch kurz, ob sie ihm von ihrem hoffnungsvollen Gefühl erzählen sollte – in den letzten Tagen hatte sie den Glauben daran zugelassen, dass sie vielleicht doch noch schwanger werden könnte. Ihre Brüste waren empfindlich, und es kam ihr so vor, als könne sie den Duft von Kaffee und Gewürzen intensiver wahrnehmen als sonst. Auch ihre Periode war, zumindest nach einigen Berechnungen, vielleicht schon einen Tag zu spät.

Eevi erhob sich aus dem Gras, entschied sich dann aber, lieber doch nichts zu sagen. Auf dem Weg ins Haus strich sie ihrem Partner über den Arm und rief betont fröhlich aus der Tür, dass sie duschen gehe. Mirek reagierte nicht, er war gedanklich gerade in seiner eigenen Welt, so wie immer, wenn eine Ausstellung kurz bevorstand. Dann lohnte es sich gar nicht, ihn auf irgendetwas Wichtiges anzusprechen, nur um später enttäuscht darüber zu sein, dass er nicht richtig zuhörte und später nicht mehr wusste, was sie überhaupt gesagt hatte. Außerdem war sie ein bisschen abergläubisch. Wenn sie etwas über eine mögliche Schwangerschaft sagen würde, könnte sich diese Möglichkeit vielleicht genau in dem Moment in Luft auflösen, in dem sie den Mund aufmachte. Sie war schon viel zu oft enttäuscht worden, das hatte sie vorsichtig gemacht.

Nach der Dusche bemerkte Eevi, dass ihr Chef versucht hatte, sie zu erreichen. Juurinens WhatsApp-Nachrichten glichen Telegrammen aus früheren Zeiten, er benutzte ausschließlich Großbuchstaben und mehrere Ausrufezeichen, wenn er aufgeregt war:

FREIER TAG STOP! LEICHE BEI DEN
KANUUNAKALLIO-KLIPPEN GEFUNDEN!!

Bei dem Wort *Leiche* zuckte Eevi zusammen. Entsetzen über den Tod eines anderen Menschen machte sich in ihr breit. Aber immerhin könnte sie endlich mal über etwas anderes schreiben als über Verkehrsregeln oder Baugenehmigungen. Schnell zog sie sich an und schnappte sich ihre Autoschlüssel vom Haken im Flur. Mireks fragender und leicht genervter Blick verfolgte sie bis zum

Gartentor, von wo aus sie ihm zurief, dass aus dem geplanten gemeinsamen Abendessen heute doch nichts werden würde. In diesem Moment ging der Job einfach vor.

2. KAPITEL

Auf dem Weg rief Eevi Juurinen an. Die ohnehin schon tiefe Stimme des Mannes klang durch den Autolautsprecher noch tiefer als sonst.

»Bin schon auf dem Weg! Kommt noch jemand anderes?«, fragte Eevi.

»Im Mai ist es etwas ruhig, was Helfer angeht, du musst die Fotos also selbst schießen.«

»Ich kann sie mit meinem Handy machen, aber wenn ich nicht nah genug rankomme, können die ziemlich unscharf werden.«

»Macht nichts, Hauptsache wir haben irgendwelches Bildmaterial so schnell wie möglich online! Das räumt uns gute Chancen ein, in die großen Medien zu kommen.« Vor lauter Begeisterung wurde Juurinens Stimme immer lauter. Schwer zu sagen, ob seine Aufregung daher rührte, dass etwas so Dramatisches in ihrer Kleinstadt passiert war, oder weil die Ereignisse ihm und der Zeitung *Suupohjan Kaiku*, deren Chefredakteur er war, landesweite Aufmerksamkeit bescheren würden.

Als Eevi auf dem Weg zu den Kanuunakallio-Klippen an der Pavis-Kreuzung vorbeikam, stellte der neue Besitzer des Sommerrestaurant Pavis, Harri Kanava, gerade ein neues Schild auf, das Touristen anlocken sollte. Eevi winkte dem Mann zu, der fröhlich zurückwinkte. Eevi hatte einen Artikel über die neuen Besitzer geschrieben, als sie das Lokal am ersten Mai eröffnet hatten. Harri und seine Frau schienen nett zu sein, hoffentlich hielten sie sich länger als ihre Vorgänger im Pavis. Die Besitzer dieses Restaurants in dem malerischen Gebäude aus dem 19. Jahrhundert hatten schon oft gewechselt. Die Sommer in Kristinestad waren wunderschön, aber die wenigsten von außerhalb hielten es hier während der langen und stillen Winter aus. Eevi hingegen konnte den Winter gar nicht erwarten. Ihr fiel es leichter, sich in den ruhigen Monaten, ohne Touristenmassen, auf die Arbeit und den Alltag zu konzentrieren.

Je näher Eevi den Klippen kam, desto größer wurden ihre Anspannung und das unbestimmte Gefühl des Unbehagens. Als sie auf den Parkplatz einbog, sah sie, dass zumindest die Polizei schon da war, außerdem stand dort noch eine Familie. Die Eltern waren gerade dabei, ihre Kinder und die Ausrüstung so schnell wie möglich in den Kombi zu stopfen. Dass ihr Strandtag soeben eine schockierende Wendung genommen hatte, stand den Eltern deutlich ins Gesicht geschrieben. Als sich ihr Wagen in Bewegung setzte, hörte Eevi aus dem Fenster das Lied von *Arne Alligator* ertönen, das die Eltern wahrscheinlich angeschaltet hatten, um von unangenehmen Fragen ihrer Kinder verschont zu bleiben.

Eevi überlegte einen Moment, wie sie am besten zu den Klippen kam, und entschied sich dann, den kürzesten und schwierigsten Weg am Wasser entlang zu nehmen. Als sie den Aussichtspunkt erreichte, schien die Sonne hell am Himmel. Sie setzte ihre Sonnenbrille auf, um besser erkennen zu können, was dort gerade vor sich ging: Mindestens drei uniformierte Polizisten waren vor Ort, außerdem Rettungssanitäter und die Küstenwache. Ein paar Schaulustige beobachteten das Ereignis vom Waldrand aus, einer der Polizisten marschierte gerade auf sie zu.

Die Leiche trieb zwischen den Klippen und dem Boot der Küstenwache – ein grauenhaftes Detail in einer ansonsten so schönen und sonnigen Landschaft. Eevi schloss aus der Tätigkeit der Rettungssanitäter – beziehungsweise aus ihrer Untätigkeit –, dass sie nichts mehr tun konnten. Sie schoss ein paar Fotos im Gegenlicht, obwohl sie wusste, dass sie nichts werden würden. Immerhin könnten sie sie nachträglich benutzen, um das Gesamtbild zu überprüfen. Dann begann sie, ein Video zu drehen.

Als einer der Polizisten das bemerkte, eilte er auf sie zu. »Hey, könnten Sie damit aufhören? Was haben Sie hier überhaupt zu suchen?« Der junge Mann versuchte, möglichst viel Autorität in seine Stimme zu legen.

»Ich bin Eevi Manner, Journalistin bei *Suupohjan Kaiku*. Können Sie mir sagen, was hier passiert ist?«, fragte Eevi mit ihrer freundlichsten Stimme.

»Nur der Leiter der Ermittlungen äußert sich gegenüber den Medien, und der hat gerade etwas anderes zu tun, wie Sie sich sicherlich vorstellen können. Können Sie jetzt mal mit dem Filmen aufhören?«

»Das verstehe ich natürlich. Allerdings gibt es in Finnland so etwas wie Pressefreiheit, und ich habe das Recht, hier Aufnahmen zu machen.«

»Und ich habe das Recht, einzuschreiten, wenn Sie die Arbeit der Polizei behindern!«

»Inwiefern behindere ich denn gerade Ihre Arbeit?«

»Indem Sie Aufnahmen machen, stören Sie die Ruhe, die wir für unsere Arbeit brauchen!«, sagte der Polizist sichtlich nervös.

»Das Filmen an öffentlichen Plätzen ist nicht verboten, was die Polizei wissen sollte. Könnten Sie den Ermittlungsleiter bitten, zu mir zu kommen, damit ich mit ihm mal die Spielregeln besprechen kann? Unsere Unterhaltung führt ganz offensichtlich zu nichts«, konterte Eevi.

»Hier gibt es wichtigere Arbeit, als sich darum zu kümmern, welche Rechte und Genehmigungen die Presse hat. Und jetzt bitte ich Sie, zu gehen!« Viel zu fest packte der Mann Eevis Arm und zog sie weg.

»Hey! Hören Sie sofort auf damit!«, schrie sie und spürte, wie die Angst ihre Stimme brechen ließ.

»Laajavuori, was ist hier los?«, rief plötzlich jemand.

Sofort erkannte Eevi diese Stimme und den unverwechselbaren Gang des Polizisten in Zivil, der auf sie zukam: Das war Mats Bergholm. Ihr Jugendfreund und ihre erste große Liebe. In Eevis anfängliche Erleichterung mischte sich Verwirrung. Mats würde diesen dämlichen Polizisten bestimmt in seine Schranken weisen. Aber was machte er überhaupt hier? Er war doch schon vor Ewigkeiten nach Vaasa gezogen?

Mats nahm seine Sonnenbrille ab, und Eevi tat es ihm gleich. Offenbar erkannte er sie auch wieder. Etwas an seiner Körperhaltung und in seinem Blick wurde weicher, und ein Lächeln breitete sich in seinem Gesicht aus. Er schien sich ehrlich zu freuen, sie zu sehen.

Der Polizist, der Eevi hinter sich hergezogen hatte, bemühte sich nicht, seine Verärgerung zu verbergen, auch wenn er seine Hand schnell von Eevi wegzog, als er begriff, dass sie und Mats sich kannten. »Diese Journalistin hat die Arbeit der Polizei gestört, und ich habe höflich darum gebeten, das Filmen einzustellen.«

»Ich kann versichern, dass dieser Kollege alles andere als höflich war und ihm anscheinend jegliche Informationen darüber fehlen, wozu eine Journalistin in solch einer Situation befugt ist«, gab Eevi zurück und hielt sich den schmerzenden Arm.

Eevi gab ihr Bestes, ihre Tränen zurückzuhalten, um nicht ihre Glaubwürdigkeit zu verlieren. In Gedanken verfluchte sie ihre Empfindlichkeit und die Tatsache, dass sie nah am Wasser gebaut war. Schnell wischte sie sich über die Augen und konzentrierte sich darauf, dass dieser dämliche Polizist wegen seines unangemessenen Verhaltens nun bestimmt etwas zu hören bekommen würde.

»Wir spannen hier gleich Flatterband. Ansonsten ist es natürlich erlaubt, hier herumzulaufen und Aufnahmen zu machen«, wies Mats den jüngeren Polizisten leicht verärgert zurecht. »Wenn du mit dem Flatterband behilflich sein könntest, Laajavuori, mache ich hier weiter.« Das klang mehr nach einem Befehl als nach einer Bitte.

Laajavuori murmelte etwas vor sich hin, als er beleidigt davonstapfte.

Mats wandte sich zu Eevi um und machte einen Schritt auf sie zu. Einen Moment lang wirkte es, als wolle er sie umarmen.

»Eevi Manner, det var länge sen«, sagte er schließlich mit einer angenehmen Wärme in der Stimme und strich sich ein paarmal durch sein sonnengebleichtes Haar auf eine Art, die Eevi nur allzu vertraut war.

Als sie den Ausweis um seinen Hals bemerkte, wurde ihr klar, dass sie ihn noch nie zuvor bei der Arbeit gesehen hatte. Ihre gemeinsame Zeit hatten sie miteinander verbracht, bevor sie erwachsen geworden waren und einen Beruf ergriffen hatten. Aber er roch noch genauso wie früher: nach Meer und Sonne.

Lächelnd trat Eevi einen Schritt zurück. »Was machst du denn hier? Wohnt ihr nicht in Vaasa?«

»Doch, aber ich war gerade im Sommerhäuschen, als die Nachricht von diesem Vorfall reinkam. Wir sind ja für ganz Österbotten und besonders für die Suupohja-Region zuständig. Das Verhalten meines jungen Kollegen tut mir wirklich leid, das war nicht besonders angemessen. Aber heutzutage ist es leider eher die Regel als die Ausnahme, dass die Leute lieber filmen, statt zu helfen. Das ist auf Arbeit oft ein Thema.«

»Es wäre nicht schlecht, die normale Bürgerin von der Journalistin unterscheiden zu können«, platzte es aus Eevi heraus.

»Da hast du recht. Kann ich dir sonst noch irgendwie helfen?«

»Kannst du mir irgendwas darüber erzählen, was hier passiert ist?«

»Na ja, genauso viel wie das, was du wahrscheinlich ohnehin schon weißt. Im Meer wurde eine Leiche gefunden.«

»Wisst ihr schon, wer der Tote ist?« Eevi versuchte ihrer Stimme einen neutralen Tonfall zu geben.

»Noch nicht. Wir müssen die Leiche noch mit Hilfe der Küstenwache bergen. Aber selbst wenn ich es schon wüsste, würde ich es dir nicht erzählen. Das verstehst du bestimmt. Die Todesursache und Identität der Leiche werden erst noch ermittelt.« Mats lächelte sein vertrautes, etwas traurig wirkendes Lächeln.

»Natürlich. Können wir es so machen, dass ich jetzt in Ruhe Fotos und Videos mache und dich später anrufe?«

»Nun, wir geben ja sowieso noch eine Pressemitteilung raus«, antwortete Mats zögernd.

»Bergholm!«, rief plötzlich einer der Polizisten aus der Ferne.

Mats setzte eine sichtlich ernstere Miene auf und rief Eevi noch zu, dass er jetzt gehen müsse und es schön gewesen sei, sie wiederzusehen. Dann lief er mit großen Schritten an den Felsen entlang zum Wasser.

Eevi machte noch mehr Fotos, immerhin hatte sie jetzt offiziell die Erlaubnis. Die Leiche trieb derweil friedlich zwischen dem Boot der Küstenwache und dem Ufer. In der Nähe hatten schon ein paar andere Bootsfahrer gehalten. Die Stille, mit der sie alle der Küstenwache und der Polizei zusahen, war Eevi unheimlich. Trotzdem machte sie noch ein paar Fotos. Mats war offenbar in seine Arbeit vertieft und wartete darauf, dass alle ihren Job erledigten. Seine Kollegin forderte die neugierigen Bootsfahrer, die zu nahe gekommen waren, unmissverständlich dazu auf, sich zu entfernen, und bat dann die Männer der Küstenwache, die Leiche vorsichtig ans Ufer zu bringen.

Eevi hatte in solch dramatischen Momenten immer das Gefühl, alles aus der Ferne zu beobachten, als ob sie nicht richtig anwesend wäre und sich hinter ihrer beruflichen Rolle versteckte. Ruhig und emotionslos beobachtete sie das Geschehen. Früher hatte sie diese Eigenschaft manchmal gestört, aber in ihrem Beruf als Journalistin empfand sie es als praktisch. Zuerst beobachten und Notizen machen – die Gefühle waren später dran.

Sie ging näher ans Wasser heran, direkt an den Rand des Absperrbands, um besser sehen zu können, aber im gleichen Moment stellte sich ihr wieder dieser idiotische Polizist in den Weg und forderte sie auf, zurückzutreten. Eevi fluchte innerlich und ging demonstrativ zur Seite, um zu beobachten, wie der Taucher ins Wasser zu dem Toten gelangte und diesen vorsichtig mit dem Gesicht nach oben drehte. In gespenstischer Stille ließ der Taucher die mit einem Leichensack ausgekleidete Bahre ins Wasser und unter den Verstorbenen gleiten, und der vorlaute Polizist half dabei, die Leiche an Land und auf die Steine zu heben. In der Zwischenzeit hatte eine weitere Polizistin den Sichtschutz nach drei Seiten hin ausgebreitet, und Eevi bemerkte Mats' ernsten Gesichtsausdruck, als er im Schutzanzug hinter den Schirm trat, um sich die Leiche genauer anzusehen. Schnell machte sie noch ein paar Bilder und ein Video vom Sichtschutz und von den Felsen und ging dann zurück zum Parkplatz.

In ihrer Magengrube breitete sich ein unangenehmes Gefühl aus, also versuchte sie sich zu beruhigen, indem sie sich auf jeden ihrer Schritte konzentrierte. Als sie endlich im Schutz ihres eigenen Wagens saß, ließ sie ihren Tränen freien Lauf – sie kamen schnell und heftig. Dann schnappte sie sich eine Packung Taschentücher, putzte sich die Nase und fühlte sich sofort viel besser. Es war an der Zeit, mit der Arbeit weiterzumachen, sich auf das zu konzentrieren, was passiert war, und nicht darauf, was es in ihr auslöste.

3. KAPITEL

Mats versuchte, einen kühlen Kopf zu bewahren, obwohl seine Gefühle in den letzten Stunden von Entsetzen bis Freude und von schlecht verstecktem Ärger bis hin zu Aufregung gereicht hatten: Entsetzen über den Leichenfund, Freude über das Wiedersehen mit Eevi und Ärger wegen des Verhaltens von Laajavuori. Das Wichtigste war jetzt allerdings, einen ersten Eindruck vom Zustand der Leiche zu bekommen und einen Hinweis darauf zu finden, um wen es sich dabei handelte.

Hauptwachtmeisterin Line Bäckström reichte Mats Mentholsalbe, die er sich unter die Nase rieb. Der Leichengeruch war selbst aus dieser Entfernung sehr stark, und Bäckström würgte immer noch, trotz Salbe. Dankbar, dass Bäckström daran gedacht hatte, strich er sich reichlich Menthol unter die Nase. Dann zog er Schutzanzug und Gummihandschuhe über und trat hinter den Sichtschutz.

Das Erste, was in Mats' Bewusstsein drang, war ein intensiver Gestank, der schlimmer war als alles, was Mats je gerochen hatte. Er nahm ihm die Luft zum Atmen, stach ihn in die Nase und brachte seine Augen zum Tränen. Rasch atmete er durch den Mund, aber es war bereits zu spät. Blinzelnd versuchte Mats, sich vollkommen darauf zu konzentrieren, seinen Geruchssinn auszuschalten.

Mats hatte in seinem Leben schon viele Tote gesehen, und er würde wohl nie aufhören sich zu wundern, wie wenig von einem Menschen nach seinem Tod übrig blieb. Da war nichts Menschliches mehr. Wenn das Leben vorbei war, blieb der Körper tatsächlich nur noch als leere Hülle zurück. Vor Kurzem war das hier noch ein Mensch gewesen, ein Individuum voller Ideen, Gefühle und Zukunftswünsche, aber jetzt war nur noch ein von Bakterien angeschwollener Leichnam übrig.

Der Tote trug schwarze Jeansshorts und ein Bandshirt, das Mats schon mal irgendwo gesehen zu haben glaubte. Ein eisiges Gefühl beschlich ihn, als er überlegte, ob er das Bandlogo vielleicht auf der Playlist seines Sohns Joakim bemerkt hatte. Aber Joakim lebte, es ging ihm gut, er war in Vaasa. Erst heute Morgen hatten sie noch miteinander geschrieben. Und obwohl Mats wusste, dass es sich bei dem Toten nicht um seinen Sohn handeln konnte, konnte er sich der Angst und des Grauens nicht erwehren.

Der Verstorbene war groß, mindestens einen Meter achtzig. Die Haut der aufgedunsenen Leiche war kreidebleich, und in der Bauchregion waren zahlreiche Blutergüsse erkennbar. Im Gesicht und in den Haaren klebte hellgrüner Seetang. Mats atmete ein paar Mal tief durch den Mund, schloss für einen kurzen Moment die Augen und hoffte, dass es sich bei dem Verstorbenen nicht um jemanden handelte, den er kannte. Dann strich er dem Jungen den Seetang aus dem Gesicht.

Die Augen des Toten waren geöffnet, sie starrten ins Leere. Die Hornhäute waren schon ganz trüb. Um das linke Auge herum entdeckte Mats eine Prellung.

Bäckström hatte sich inzwischen ebenfalls einen Schutzanzug angezogen und kam mit einer Kamera hinter den Sichtschutz. Nachdem sie sich einen Überblick verschafft hatte, ging sie dazu über, das Gesicht des Toten zu fotografieren.

Offenbar erkannte sie ihn, denn sie zuckte sichtlich zusammen. Entsetzen und Unglaube machten sich auf ihrem Gesicht breit. »Um Gottes willen, das ist Jonas, Jonas Snellman!« Bäckströms Stimme brach vor Entsetzen.

»Kannst du mir die Namen seiner Eltern geben? Der Junge ist noch minderjährig, oder?«

»Er hat nur noch seine Mutter, Sara Snellman. Jonas ist siebzehn. Beziehungsweise *war*«, antwortete Bäckström leise.

»Wir müssen seine Mutter so schnell wie möglich kontaktieren.«

Sie fanden die Identität im Portemonnaie bestätigt, das der Tote in den Taschen seiner Jeanshose bei sich trug: Personalausweis, Bankkarte, Bibliotheksausweis sowie 300 Euro in bar. Mats wunderte sich über die hohe Summe. Warum hatte ein Jugendlicher so viel Geld bei sich?

Laajavuori kam herbei, um Bäckström zu helfen, den Toten in einen Leichensack zu heben. Er würgte jedoch so sehr, dass Mats schon fürchtete, er würde sich gleich auf die Leiche übergeben. Schließlich schaffte er es, sich zusammenzureißen, und die Leiche wurde in einem Transportbeutel versiegelt. Ein paar Männer der Küstenwache trugen die Bahre, und Mats wies sie an, zuerst entlang der Felsen zum Waldrand zu gehen und dann auf dem Bohlensteg zum Parkplatz, wo der Leichenwagen hoffentlich so schnell wie möglich eintreffen würde. Mats zog den Schutzanzug aus und stopfte ihn in den von Laajavuori mitgebrachten Müllbeutel. Bäckström informierte Laajavuori währenddessen über die Identität der Leiche.

»Bäckström, wenn du mit mir mitkommen würdest, um die Angehörigen zu informieren, dann könntest du, Laajavuori, in der Zwischenzeit schon mal einen vorläufigen Bericht schreiben. Wir treffen uns später auf dem Revier und sammeln alle Informationen zu dem Fall. Laut Obduktionsanordnung muss die Leiche zu einem Gerichtsmediziner der Universitätsklinik Tampere gebracht werden. Laajavuori, du könntest auch die Eckdaten an Vaasa und die Nachrichtenübermittlung weitergeben. Die Tatsache, dass die Journalistin von *Suupohjan Kaiku* bereits hier war und vor uns wieder gegangen ist, bedeutet, dass die Sache schon in den Medien sein könnte. Es ist wichtig, unsere offizielle Stellungnahme so schnell wie möglich zu veröffentlichen.«

»Ich wette, es sind ein Haufen Fotos online, die Frau hat mehr als genug fotografiert«, kommentierte Leevi Laajavuori, der immer noch sichtlich verschnupft war.

»Umso wichtiger ist es, dass du dich bei der Polizei in Österbotten meldest, irgendjemanden wirst du da schon erreichen.«

Damit beendete Mats das Gespräch. Er hätte den jungen Kollegen zwar gerne für sein albernes Verhalten zurechtgewiesen, aber dafür wäre später noch genug Zeit.

Außerdem wollte er Laajavuori seine gemeinsame Vergangenheit mit Eevi nicht auf die Nase binden. Das hatte mit dieser Situation schließlich überhaupt nichts zu tun.

4. KAPITEL

In aller Stille fuhr Eevi ins Stadtzentrum. Auf beiden Seiten des Sandwegs ragten belaubte Bäume über die Straße. Die warme Jahreszeit rückte immer näher, und das Grün des Frühsommers war unvergleichlich schön. Nachdem sie gerade dem Tod ins Auge geblickt hatte, fühlte sich das fast grotesk an. Eevis Gedanken überschlugen sich, sie wusste nicht so recht, wo sie anfangen sollte. Wer war gestorben und wie? Die Leiche hatte jung gewirkt, vor allem wegen der Kleidung. Wer hatte heute sein Kind verloren und wusste noch gar nichts davon? Bei dem Gedanken, dass Mats heute noch jemandem diese traurige Botschaft überbringen musste, lief es ihr kalt den Rücken herunter.

Mats. Der Gedanke an ihn ging ihr durch und durch. Sie hätte nicht damit gerechnet, ihm noch einmal zu begegnen – obwohl sie natürlich wusste, dass er in Kristinestad ein Ferienhaus besaß, das er von seinem Vater geerbt hatte. In ihrer Jugend hatte Eevi dort viel Zeit mit ihm verbracht. Es war immer ein wichtiger Ort für Mats gewesen, aber sie hatte angenommen, dass die Arbeit als Kriminalkommissar und sein Familienleben ihn in Vaasa vollkommen in Beschlag nehmen würden. Und so war sie schlicht davon ausgegangen, nie wieder etwas mit ihm zu tun zu haben.

Als sie fast beim Campingplatz Pukinsaari war, kam ihr ein Leichenwagen entgegen, an dessen Steuer ein Mann saß, der »Zypern« genannt wurde. Er grüßte sie mit einem fröhlichen Lächeln. Zypern war mit seinen über zwei Metern ein Riese. Seinen Spitznamen verdankte er seiner Arbeit für die Friedenssicherung auf Zypern in jungen Jahren. Der Mann hatte immer etwas Beruhigendes an sich, er war wahrhaftig ein sanfter Riese. Eevi hatte schon oft gedacht, dass er genau den richtigen Beruf gewählt hatte, denn seine bloße Präsenz schaffte Ruhe und Gelassenheit in schmerzhaften und dramatischen Situationen.

Eevis Chefredakteur Juurinen wartete bereits ungeduldig in der Redaktion auf sie. Kaum war sie durch die Tür, sprang er auch schon auf und jagte ihrem Praktikanten Miika, den Juurinen anscheinend ebenfalls hatte antanzen lassen, einen Heidenschreck ein. Juurinens Neffe wirkte allerdings, als wäre er gerade lieber ganz woanders. Mit seiner sonnengebräunten Haut bildete er einen harschen Kontrast zu dem, was Eevi eben erst am Strand gesehen hatte.

»Was hast du herausgefunden? Hast du Bilder und Videos gemacht? Muss noch irgendwas bearbeitet werden?«, bestürmte Juurinen sie und versuchte nicht mal, die Aufregung in seiner Stimme zu verbergen.

»Aussehen und Kleidung nach zu urteilen war der Tote sehr jung. Es gibt Fotos und Videos. Miika, könntest du mal schauen, ob etwas Passendes für den Artikel auf der Website dabei ist?«, antwortete Eevi betont ruhig, um die Situation zu entspannen.

»Für die größeren Medien!«, fiel ihr Juurinen ungeduldig ins Wort.

Eevi hatte den Text bereits während der Autofahrt auf ihr Handy diktiert, und nach einem kurzen Korrekturlesen war die Story samt Bildern bereits 45 Minuten nach dem Auffinden der Leiche online. Sie fügten außerdem ein Video von dem weißen Sichtschutz und Mats hinzu, der dahinter in seinem Schutzanzug zu sehen war. Eevi hatte ein schlechtes Gewissen, als sie Mats' Namen unter das Video setzte, aber sie konnte schließlich auch nichts dafür, dass das Video wirklich gut geworden war. Videos brachten mehr Leser und Shares. Eevi wählte noch ein paar weitere Fotos aus, auf einem davon war der Tatort aus einiger Entfernung zu sehen: Segelboote trieben an diesem schönen Sommernachmittag auf dem Wasser, das Boot der Seenotrettung verdeckte zwar alles Wesentliche, aber dank der anderen Bootsfahrer am Tatort steckte in dem Bild trotzdem genug Dramatik. Die Gestalten, die in ihren Booten zu erkennen waren, sorgten für das Menschelnde.

Juurinen hätte lieber die Fotos veröffentlicht, die Eevi ganz am Anfang gemacht hatte: wie die Leiche mit dem Gesicht nach unten auf dem Wasser trieb. Aber damit hätten sie gegen jegliche Prinzipien des Fotojournalismus verstoßen. Und mehr noch als nach einer skandalträchtigen Geschichte sehnte sich Juurinen nach Aktualität. Er wollte unbedingt, dass *Suupohjan Kaiku* als Erstes über diesen Fall berichtete. Als die beiden landesweiten Zeitungen *Ilkka-Pohjalainen* und *Ilta Sanomat* darauf reagierten und *Suupohjan Kaiku* sogar kurz erwähnten, war Juurinen völlig aus dem Häuschen.

5. KAPITEL

Am späten Nachmittag verließ Eevi die Redaktion. Sie war immer noch unruhig und erschüttert über die Ereignisse. Heute würde es ihr schwerfallen, sich zu beruhigen. Vorhin hatte sie Mirek eine Nachricht geschickt, der zuerst nicht begeistert gewesen war, aber dann den Ernst der Lage erkannt und eingestanden hatte, dass er sich auch auf seine Arbeit konzentrieren müsse. Bis morgen musste alles fertig sein. Eevi fuhr beim Minimarkt vorbei und kaufte ein paar Smoothies. An so einem Tag würde sie keine Lust haben, etwas zu essen, aber Smoothies würde sie runterbekommen, das hatte sich schon oft bewährt ...

Als sie auf den Hof fuhr, sah sie, dass Mirek in seinem Atelier war. An den Abenden vor Vernissagen und vor Ausstellungsreisen arbeitete ihr Freund immer so lange wie möglich und fiel erst nach Mitternacht neben ihr ins Bett. Sie ließ ihn in Ruhe, weil sie wusste, dass sich Mirek in diesem Moment einzig und allein auf seine Arbeit konzentrieren wollte. Manchmal wünschte sich Eevi einen Partner mit einem ganz normalen Beruf, in dessen Arme sie sich nach so einem harten Tag kuscheln konnte. Natürlich unterstützte Mirek sie, aber kurz vor Ausstellungen stand die Kunst immer an erster Stelle, und Eevi hatte sich daran gewöhnen müssen, damit zu leben. Mirek entschädigte seine gelegentliche Abwesenheit an anderer Stelle, wenn er nicht gerade um den Erfolg einer Ausstellung bangen musste. Aber manchmal hätte Eevi seine Unterstützung wirklich gebraucht. Bedingungslose, spontane Unterstützung und Aufmerksamkeit.

Nachdem sie sich ein paar Stunden lang True-Crime-Dokus über ungelöste Fälle auf Netflix angeschaut hatte, entschied sie, früh ins Bett zu gehen. Sich auszuruhen würde ihr nach diesem langen und aufwühlenden Tag guttun.

Sie gähnte beim Zähneputzen, zog sich im warmen Badezimmer aus, lief durchs Wohnzimmer ins Schlafzimmer, warf die Zierkissen auf die Fußbank und zog die Tagesdecke runter. Einen Moment lang suchte sie eine gute Position auf dem Kissen, wickelte sich in die Decke und drehte sich auf die Seite. Das Gedankenkarussell drehte sich, als sie die Augen schloss. Eevi versuchte, nicht an die Ereignisse des heutigen Tages zu denken und sich auf etwas Schönes zu konzentrieren. Sie versuchte, den früheren Funken Hoffnung zu fassen zu bekommen und ihm Raum zu geben: ein gemeinsames Kind mit Mirek. Sie sah vor ihrem inneren Auge, wie liebevoll Mirek das Baby hielt, ihm etwas vorsang und seine kleinen Zehen küsste. Es war viel einfacher, sich Mirek mit einem Kind vorzustellen, sich selbst konnte sie nicht einmal schwanger vor sich sehen. Ihre Fantasie reichte einfach nicht so weit, nicht nach all den Enttäuschungen. Immerhin konnte sie sich

Mireks Vaterschaft ausmalen, und da in jeder Studie erwähnt wurde, dass Optimismus und die Vergegenwärtigung positiver Szenarien zu einer Schwangerschaft beitragen würden, ließ sie diesen Fantasien freien Lauf.

Gerade war sie dabei, einzuschlafen, als sie es spürte. Nein, nein, nein! Ein starker und heftiger Schmerz loderte in ihrem Unterleib auf. Ein furchtbar vertrauter, schneidender Schmerz. Ihre Hoffnung zerbarst in tausend Stücke. Tränen und Wut brachen sich Bahn, und sie schickte Mirek eine Nachricht mit nur einem einzigen Wort: *Nein*. Er würde wissen, was das bedeutete. Dass Eevi in den nächsten Tagen jemanden brauchte, der sich um sie kümmerte – was er ihr jedoch nicht geben konnte, weil er morgen bereits nach Oslo reisen würde.

Eevi stand auf und ging in die Küche. Sie öffnete eine Rotweinflasche, schenkte sich ein Glas ein, nahm Schmerztabletten und trank den Wein in großen Schlucken.

Das Gefühl vollkommenen Versagens breitete sich in ihr aus. Das Gefühl, dass ihr eigener Körper sie betrogen hatte. Sie wollte allein sein, im Dunkeln, und nur noch schreien. Sie ärgerte sich über ihren früheren Optimismus. Es war idiotisch gewesen, sich einzubilden, dass sie durch Affirmationsübungen schwanger würde. *Unerklärliche Kinderlosigkeit*. Das war das Endergebnis der Untersuchungen gewesen. Eevi wusste jedoch, dass es ihre Schuld war.

Mirek hatte in seiner Jugend seine damalige Freundin geschwängert. Das Mädchen war damals erst fünfzehn Jahre alt gewesen und hatte sich dazu entschieden, abzutreiben. Das war für Mirek schmerzhaft gewesen. Auch wenn er damals noch lange nicht bereit gewesen wäre, schon Vater zu werden, hatte ihn die Entscheidung des

Mädchens mitgenommen. Summa summarum: Einer von ihnen war schon einmal an einer Schwangerschaft beteiligt gewesen, der andere nicht.

Manchmal schrie Eevi ihn vor lauter Enttäuschung an, er solle gehen, sie verlassen und Kinder mit einer Frau bekommen, die dazu in der Lage war. In solchen Momenten hörte Mirek ihr ruhig zu, versuchte, sie in den Arm zu nehmen, und wenn sie ihn dann von sich stieß, ging er in sein Atelier und blieb viele Stunden weg. Er schien mit ihrer Kinderlosigkeit umzugehen, indem er sich überhaupt nicht damit auseinandersetzte. Manchmal hatte Eevi gefragt, ob Mirek jemals an das Thema dachte, wenn er fotografierte, und er hatte geantwortet, dass seine Kunst nicht so einem klaren Muster folge. Es frustrierte Eevi, nicht mit ihm darüber reden zu können, aber zum Glück hatte sie ihre Mutter, bei der sie ihre Gefühle rauslassen konnte. Ihre Mutter, die sie schon seit fünf Jahren in ihrem Leiden auf jede erdenkliche Weise unterstützt hatte. Genau das tratschten die Leute: dass sie und Mirek an Unfruchtbarkeit litten.

Eevi nahm eine starke Melatonintablette und setzte sich aufs Sofa, um den Wein zu trinken. Sie scrollte durch die sozialen Medien, obwohl sie wusste, dass das im Moment überhaupt keine gute Idee war. Das Leben von allen anderen erschien mal wieder so perfekt, und die schreiende Leere in ihrem Leben war wie Spott, als sie sich die Sonnenuntergänge und glücklichen Familienbilder anschaute. Dann schalt sich Eevi, als sie sich daran erinnerte, dass heute jemand gestorben war, und es kam ihr lächerlich vor, um ein Leben zu trauern, das noch nicht einmal begonnen hatte.

Auf Instagram suchte sie Mats, aber seit dem Angelfoto im April hatte er nichts mehr aktualisiert. Normalerweise blieb es wochenlang ruhig auf seinem Account, und dann tauchte ein Bild mit Fischen oder mit irgendeinem Detail seiner Hütte oder seines Hauses in Vaasa auf, von Sanierungsarbeiten oder einem neuen Zaun. Eevi scrollte durch seine Beiträge, bis zu einem Bild, auf dem Mats im Anzug auf der Konfirmationsfeier seines Sohnes zu sehen war. Mats' Lächeln war so überwältigend glücklich und stolz, als er mit seinem Sohn, um den er seinen Arm gelegt hatte, posierte. Eevi zoomte Mats' Gesicht heran und betrachtete es ein bisschen zu lange. Dann konzentrierte sie sich auf das Gesicht seines Sohnes. Der Junge sah seiner Mutter so ähnlich. Auch das schmerzte immer noch, auch nach all den Jahren, und ganz besonders jetzt, als sie selbst schwer enttäuscht worden war, und das schon zum tausendsten Mal. Einen Moment lang scrollte Eevi durch ihren eigenen Feed. Das frustrierte sie noch mehr, und sie war schon dabei, das Telefon wegzulegen, als sie beschloss, den Benutzernamen von Mats' Frau in das Suchfeld einzutippen. Sie schämte sich ein wenig, doch dann sagte sie sich, dass sie nicht die Einzige war, die andere Leute online stalkte. Und noch schlechter als jetzt konnte es ihr sowieso nicht mehr gehen.

Mats' Frau schien auf der Terrasse des Strampen-Restaurants in Vaasa mit ihren Freundinnen zu sein: Gläser mit Schampus und ein Sonnenuntergang, #enjoylife, #bestfriends, #sunset. Kein Hinweis darauf, dass ihr Ehemann heute einen ziemlich harten Arbeitstag gehabt hatte. Vielleicht sprachen sie nicht über Mats' Arbeit, überlegte Eevi. Vielleicht sprachen sie überhaupt nicht mehr miteinander. Sie trank ihren Wein aus und surfte durch den Account von Mats' Frau, bis ein unangenehmes Gefühl sie überkam. Sie warf das Telefon aufs Sofa und ließ es dort liegen.

Als sie ins Bett ging, schrieb sie ein paar Zeilen in ihr Tagebuch, knipste die Leselampe aus und wickelte sich in ihre Decke. Viele Male wälzte sie sich umher, konnte einfach nicht einschlafen. Erst als das Schmerzmittel richtig zu wirken begann, dämmerte sie endlich weg, allerdings unruhig, ständig zuckte sie zusammen. Als Mirek mitten in der Nacht ins Bett kroch und seine Arme um sie schlang, ließ sie ihn unmissverständlich wissen, dass ihr heiß war und schob seine Arme von sich.

6. KAPITEL

Es war schon spät am Abend, als Mats auf der Straße vor Sara Snellmans Garten aus dem Auto stieg. Bäckström begleitete ihn, um ihn zu unterstützen, aber Mats hatte die schwierigste Aufgabe. Er musste sich darauf vorbereiten, der Mutter die schlimmste Nachricht zu überbringen, die sie jemals bekommen würde. Für einen Moment schloss er die Augen, atmete langsam ein und aus, sammelte sich und folgte dann seiner Kollegin zur Haustür.

Jonas' Mutter öffnete die Tür sofort nach dem Klingeln, als ob sie auf jemanden gewartet hätte. Die Frau sah unendlich traurig aus, als sie begriff, dass vor ihrer Haustür zwei Polizisten standen. Sie blickte beide flehend an und fiel dann auf die Knie. Bäckström schlang ihre Arme um Jonas' Mutter und sagte immer wieder, dass es ihr leidtue. Das Weinen von Sara Snellman war leise, schüttelte aber ihren ganzen Körper durch.

Später, als sie Sara dazu gebracht hatten, sich aufs Sofa im Wohnzimmer zu setzen, und klar war, dass ihre Schwester kommen und sich um sie kümmern würde, erwachte Jonas' Mutter wie aus einem Traum. Verzweifelt fragte sie die beiden, was mit ihrem Sohn passiert sei.

»Wir können das noch nicht mit absoluter Sicherheit sagen, aber die Leiche wurde im Wasser gefunden. Im Meer, vor den Kanuunakallio-Klippen.« Mats sah Sara ernst in die Augen.

»Ich verstehe das nicht, Jonas war ein wirklich guter Schwimmer, er liebte es zu schwimmen, hat es schon als Fünfjähriger gelernt. Das war eine seiner Lieblingsbeschäftigungen.«

»Wir werden es gründlich untersuchen. Jonas' Leiche wurde in die pathologische Abteilung der Universitätsklinik Tampere gebracht, wo die Gerichtsmedizin die Todesursache klären wird.«

»Ich will Jonas sehen!«, sagte Sara plötzlich und stand auf.

»Leider geht das erst, nachdem die Autopsie durchgeführt wurde.« Mats schob die Frau sanft auf ihren Platz zurück.

»Ich verstehe das nicht, ich verstehe das alles nicht. Jonas kann nicht ertrunken sein, jemand hat ihm etwas angetan, jemand hat meinen Jungen umgebracht!«, klagte Sara und fuhr sich mit dem Ärmel ihrer Strickjacke über die Nase.

Die Haustür flog auf, und Saras Schwester Linda stürmte herein. Sie ging an den Polizisten vorbei, ohne diese eines Blickes zu würdigen, sondern wickelte sofort eine Decke um ihre Schwester und fragte, ob man ihr ein Beruhigungsmittel gegeben habe. Als sich herausstellte, dass Sara nur Tee bekommen hatte, eilte Linda ins Badezimmer und kam mit zwei Tabletten und einem Glas Wasser zurück. Schließlich wandte sie sich an Mats und wollte wissen, was genau passiert sei.

»Jonas ist gestorben, ertrunken, ich verstehe nicht wie, er kann nicht ertrunken sein, er kann nicht gestorben sein«, schluchzte Sara und sah ihre Schwester flehentlich an.

»Wir werden herausfinden, was genau passiert ist. Jonas wurde heute tot im Meer gefunden, in der Nähe der Kanuunakallio-Klippen. Als Nächstes wird er zur Universitätsklinik Tampere gebracht, um die Todesursache herauszufinden«, wiederholte Bäckström das, was Mats bereits erklärt hatte.

»Jonas war ein wirklich guter Schwimmer, er kann nicht ertrunken sein. Sie sollten besser mal schnell herausfinden, was passiert ist«, zischte Linda fast schon wütend.

Ihre Gereiztheit entging Mats nicht. Es kam ihm seltsam vor, nachdem ihr gerade eben mitgeteilt worden war, dass ihr Neffe gestorben war. Aber Menschen reagierten nun mal sehr unterschiedlich auf schockierende Nachrichten. Einige wurden ganz still, andere retteten sich in eine Art rastlose Produktivität. Manchmal schützte Wut vor der Traurigkeit. Bevor das Beruhigungsmittel richtig zu wirken begann, wollte Mats Sara noch ein paar Fragen stellen, denn seiner Erfahrung nach sprachen Menschen direkt nach schweren Schicksalsschlägen mit einer seltenen Klarheit. Später konnten die Antworten bereits von anderen Gefühlen und Absichten beeinflusst sein, sodass sie nicht mehr besonders hilfreich waren.

»Frau Snellman, könnten Sie etwas über Jonas' Stimmung in letzter Zeit erzählen? War er sehr bedrückt oder deprimiert oder vielleicht besonders glücklich?«

»Keine Ahnung, kann ich nicht sagen«, schluchzte Sara

und brach dann in Tränen aus. Linda streichelte ihr über die Hand, und Sara warf ihrer Schwester einen skeptischen Blick zu.

»Was wollen Sie damit andeuten? Jonas war ein ganz normaler Teenager, auch in letzter Zeit«, gab Linda verärgert zurück.

»Wann haben Sie Jonas das letzte Mal gesehen?« Mats stellte die Frage zwar Sara, allerdings sprach wieder ihre Schwester, bevor Sara überhaupt den Mund aufmachen konnte.

»Ich habe Jonas das letzte Mal am Freitag gesehen. Sara hatte viel zu tun und war in Vaasa, aber ich war am Freitag hier, um nachzusehen, ob für das Wochenende alles bei Jonas in Ordnung war. Er wollte mit Freunden zum Sommerhäuschen.« Linda klang sehr selbstbewusst.

Sara hob mit fragendem Blick den Kopf.

»Um wie viel Uhr war das?«, fragte Mats und machte sich Notizen.

»Gegen drei«, antwortete Linda, nachdem sie kurz überlegt hatte.

»Und was für einen Eindruck machte Jonas auf Sie?«

»Ganz normal. Ich hab darauf geachtet, dass er genug zu essen hatte.« Sie wirkte nachdenklich, schien dann aber zu dem Schluss zu kommen, dass es so gewesen sei, und nickte.

»Mit welchen Freunden wollte Jonas zum Sommerhaus?«, fragte Bäckström.

»Nun, also das kann ich nicht beantworten. Ich habe Jonas nicht über sein Leben ausgefragt.« Lindas Stimme wurde schärfer, und sie warf ihrer Schwester einen Blick zu.

»Frau Snellman, können Sie uns vielleicht sagen, mit wem Jonas in der Hütte war?«, fragte Mats mit ruhiger Stimme nun Jonas' Mutter.

Sara starrte lange vor sich hin, bevor sie antwortete. »Ich weiß es nicht. Sie denken jetzt bestimmt, dass ich eine ganz schreckliche Mutter bin, weil ich das nicht weiß, aber Jonas legte großen Wert auf seine Privatsphäre.« Das Ende von Saras Satz war kaum hörbar.

»Keiner denkt das von Ihnen«, versicherte Mats und sah ihr in die Augen.

»War Freitag das letzte Mal, dass Sie Jonas gesehen oder etwas von ihm gehört haben?«, fragte Bäckström.

»Am Wochenende habe ich ihm geschrieben. Er hat nicht geantwortet, aber das tut er oft nicht.« Saras Stimme brach vor Trauer, als sie begriff, dass sie in der falschen Zeitform sprach.

Sara holte ihr Handy aus der Tasche ihrer Strickjacke. Ihr Gesicht war vom Weinen so angeschwollen, dass sich das Telefon nicht per Gesichtserkennung entsperren ließ, also musste sie den Code eintippen. Aber auch das ging ein paar Mal schief, und als Linda die Frustration ihrer Schwester bemerkte, nahm sie ihr sanft, aber bestimmt das Telefon aus der Hand und entsperrte es mit ein paar sicheren Handbewegungen. Sara nahm es ihr ab und öffnete die Nachrichten. Mats erkannte von der Seite, dass die erste Unterhaltung ein Gespräch mit einem Herz war, aber Sara öffnete diese nicht, sondern scrollte weiter, ging mindestens vier Unterhaltungen weiter und zeigte Mats dann eine mit ihrem Sohn, wobei sie das Telefon in der Hand behielt.

Aus Jonas' Chat ging nicht hervor, wann er zuletzt online gewesen war. Auf einige von Saras Nachrichten hatte er nur mit wenigen Worten geantwortet, aber diejenigen, die sie ihm in den letzten Tagen geschickt hatte, waren unbeantwortet geblieben. Am Freitag hatte er mit einem Daumen hoch reagiert. Mats notierte sich Jonas' Nummer, genau wie seinen Benutzernamen in den sozialen Medien.

»Fallen Ihnen noch irgendwelche Freunde ein, mit denen wir uns unterhalten sollten? Solche, mit denen er sich normalerweise in nächster Zeit getroffen hätte?«, fragte Mats.

»Nun, vielleicht Malla Joutsenjärvi? Zumindest waren sie früher miteinander befreundet«, antwortete Linda und sah ihre Schwester dabei an.

Sara nickte, und Linda fuhr fort: »Hauptsächlich war Jonas wohl allein und online unterwegs, ich weiß nicht wirklich, mit wem er Zeit verbracht hat. Über das Telefon bestimmt mit vielen, aber weder ich noch seine Mutter wollten ihn darüber ausfragen, Jonas legt wirklich großen Wert auf seine Privatsphäre. Beziehungsweise legte.«

Sara brach erneut in Tränen aus und sank in die Arme ihrer Schwester. Linda warf den beiden Polizisten einen unmissverständlichen Blick zu. Heute Abend sollten sie lieber keine Fragen mehr stellen.

»Vielen Dank, wir lassen Sie jetzt in Ruhe. Und noch mal unser herzliches Beileid.« Bäckström stand auf, und Mats folgte ihr.

An der Haustür kam Linda hinterher und gab ihnen mit einem Handzeichen zu verstehen, still zu sein. Sie zog die Tür hinter sich zu. »Sie glauben also, dass Jonas Selbstmord begangen hat? Wollten Sie das wissen?«

»Das ist leider eine Möglichkeit«, erwiderte Mats ruhig.

»Ich kannte den Jungen wahrscheinlich von allen am

besten, und ich kann Ihnen versichern, dass sich Jonas niemals umgebracht hätte. Er wunderte sich über die Leute, die sich zu so einer Tat entschieden, und er sah ja auch ganz deutlich, was so etwas mit seiner Mutter gemacht hat. Wie Sara darunter litt.« Linda holte eine Schachtel Zigaretten aus der Tasche, zündete sich schnell eine an und blies den Rauch mit einer Vehemenz aus, als hoffte sie, dass es ihr in dieser hoffnungslosen Situation helfen würde.

»Was meinen Sie damit?« Mats versuchte, den Zigarettenrauch nicht einzuatmen, obwohl ein Teil von ihm die Frau gerne um eine Zigarette gebeten hätte.

»Na ja, ich meine diese Sache, als Jonas' Vater damals verschwand, als der Junge acht Jahre alt war. Man hat nie herausgefunden, was mit ihm geschah, aber alle sprachen darüber, dass er sich erschossen hätte.«

Linda sprach nervös und hastig, als würde sie alle wesentlichen Informationen so schnell wie möglich loswerden wollen.

»So, wie ich das verstanden habe, war das alles nur Gerede. Das Verschwinden seines Vaters wurde nie aufgeklärt«, warf Bäckström ein.

»Aber das ist es, was Jonas gedacht hat. Schließlich hat er es oft gehört, und er wurde deshalb auch geärgert. Ich glaube nicht wirklich, dass er so etwas getan hätte.« Sie nahm noch einen tiefen Zug und blies den Rauch dann betont ruhig aus.

»Danke, dass Sie uns das erzählt haben. Wir werden es bei unseren Ermittlungen berücksichtigen.«

»Sie müssen herausfinden, was mit Jonas passiert ist, Sara darf nicht im Ungewissen bleiben. Und derjenige, der dahintersteckt, muss bestraft werden!« Lindas Stimme wurde lauter.

»Wir werden alles tun, was in unserer Macht steht. Wir halten Sie auf dem Laufenden«, beruhigte Mats die Frau.

»Danke«, schluchzte Linda. Sie öffnete die Tür und schlüpfte wieder ins Haus.

Schweigend gingen Mats und Bäckström zum Auto zurück, und Mats bemerkte, wie der Nachbar von Frau Snellman sie hinter seiner Hecke beobachtete. Als sie bei ihrem Wagen ankamen, pirschte der Mann sich an den Straßenzaun heran.

Im Auto drehte Mats sich zu seiner Kollegin um. »Wir müssen morgen zu diesem Sommerhaus oder jemanden hinschicken. Wir brauchen das Handy des Jungen. Und diese Freundin, die seine Tante erwähnt hat.«

»Ich kann mir auch mal die Social-Media-Profile anschauen, die die Tante erwähnt hat, vielleicht finden wir dort ja etwas Wichtiges.«

»Ja, danke. Aber mach heute auch nicht mehr zu lange. Nach so einem Tag brauchen wir genug Schlaf, das kann in den nächsten Tagen noch ziemlich anstrengend werden.«

Als sie losfuhren, beobachtete der Nachbar sie immer noch aufmerksam. Mats winkte ihm zu, ohne wirklich zu wissen, warum. In einer Kleinstadt schien das irgendwie angebracht, auch wenn er den Nachbarn nicht einmal kannte.

7. KAPITEL

Auf dem Polizeirevier wurden sie bereits ungeduldig von Laajavuori erwartet. Zufrieden bestätigte er Mats, dass die Polizei von Österbotten die Pressemeldung vom Fund des Toten vor »dieser unnötig neugierigen Journalistin« veröffentlicht hatte. Mats nickte nur und fragte sich, ob Eevi absichtlich abgewartet hatte, aber dann rief ihn Bäckström in den Konferenzraum, und Mats konzentrierte sich nur noch auf diesen Moment. Es war klar, dass er die Ermittlungen in enger Zusammenarbeit mit Bäckström leiten würde und dass das Team alle lokalen Ressourcen sowie zusätzliche Unterstützung aus Österbotten bekommen müsste. Laajavuori erhielt die Aufgabe, das Team für den nächsten Morgen zusammenzustellen, und Bäckström schickte eine Telefon- und Telekommunikationsdatenanfrage für Jonas' Telefon nach Vaasa. Im besten Fall würden ihnen morgen früh schon die Informationen vorliegen.

Bäckström brachte Mats gegen Mitternacht zu seinem Sommerhäuschen.

Er bedankte sich bei seiner Kollegin dafür, dass sie beim Treffen mit den Angehörigen des Opfers so mitfühlend gewesen war. »Aus dir wird noch mal eine richtig gute Kriminalkommissarin«, lachte Mats, und Line Bäckström gab ihm spielerisch einen Klaps auf die Hand.

»Ach, werde ich das? Nun, du solltest wohl wissen, wie man ein guter wird, nachdem dein Ruf eines erfahrenen, älteren Kommissars sogar bis nach Jakobstadt reicht.« Line betonte das Wort »älteren«, als wollte sie damit den Altersunterschied zwischen ihnen von knapp zehn Jahren betonen.

Unterwegs scrollte Mats durch sein Telefon. Eevis Artikel samt dem Video von ihm bei den Kanuunakallio-Klippen hatte ziemlich viel Aufmerksamkeit erregt. Außerdem wollten diverse Medien eine Stellungnahme von ihm. Mats seufzte, als er an die ganzen Journalisten dachte, die ihm schon zu Beginn der Ermittlungen ein Loch in den Bauch gefragt hatten. Heutzutage wurde alles so schnell gemeldet, die Leute spekulierten online, ohne die Fakten zu kennen und zogen oft falsche Schlüsse. Manchmal führte das sogar dazu, dass unschuldige Personen ins Visier genommen wurden, oder sie stellten einen völlig Unbeteiligten in ein zumindest fragwürdiges Licht. Die Polizei musste so ermitteln, dass es keine Unklarheiten gab und das Endergebnis nur auf Fakten beruhte. Und hin und wieder mussten sie eine Pressemitteilung rausgeben, sonst gab es einen Aufschrei in den sozialen Medien, dass die Polizei nichts tun würde.

Als Bäckström rückwärts aus der Einfahrt fuhr, winkte Mats und ging dann direkt in den Keller der Hütte, schnappte sich eine Dose mit kühlem Mineralwasser und setzte sich auf den Steg. Er öffnete die Dose und ließ die Schultern sinken, die die ganze Zeit über angespannt gewesen waren – von dem Moment an, als der Anruf aus der Einsatzleitzentrale kam und das Wort »Leiche« gefallen war. Seine Gedanken kreisten von Sara Snellmans grenzenloser Trauer zu dem Gefühl, das ihn immer überkam, wenn er bei der Arbeit mit dem Tod konfrontiert wurde, und dann zu Eevi, deren Anblick ihn mehr berührt hatte, als er zugeben wollte. Und dann zu dem toten Jungen, der so alt war wie sein eigener Sohn.

Jonas Snellman war ein guter Schwimmer gewesen und hätte niemals Selbstmord begangen, wenn er den Aussagen seiner Angehörigen Glauben schenken durfte. Wie war er dann ums Leben gekommen? Ein Unfall war natürlich eine Möglichkeit, sogar wahrscheinlich, aber zu diesem Zeitpunkt ließ sich ein Selbstmord nicht gänzlich ausschließen. Außerdem war Mats eine Prellung um Jonas' Auge aufgefallen, die frisch ausgesehen hatte. Mats seufzte. Er hoffte wirklich, dass der Tod nicht durch jemand anderen verursacht worden war. Allein die Tatsache, dass so ein junger Mensch vielleicht durch einen Unfall oder durch seine eigene Hand gestorben war, erschütterte die ganze Stadt zutiefst. Und wenn jemand anderes den Tod des Jungen herbeigeführt hatte ... Nun, in dem Fall würden sie nach einem Mörder suchen. Mats spürte aufkeimende Kopfschmerzen und dehnte seinen Nacken, obwohl er bereits wusste, dass es nicht viel nützen würde.

Er entsperrte sein Handy, um sich mit irgendetwas zu beschäftigen. Für einen Moment wollte er an etwas anderes denken als an den toten Jungen. Sein Therapeut hatte ihm geraten, sich zwischendurch auf etwas anderes zu konzentrieren, als immer nur auf die Arbeit, und auch wenn das heute unmöglich schien, wusste er, dass er sich irgendwie ablenken musste, sonst konnte er einen erholsamen Schlaf vergessen. Und fehlender Schlaf würde seinen Pessimismus nur anfeuern. Aus einem Impuls heraus schaute sich Mats die Social-Media-Updates an und wünschte sich im selben Moment, er hätte es nicht getan: Seine Frau Helena war offenbar mit Freunden unterwegs gewesen. Aus verschiedenen Blickwinkeln waren Gläser mit Sekt und Sonnenuntergänge sowie ein Hauch eines erzwungenen Lächelns zu sehen. Zumindest reichte Helenas Lächeln nicht bis zu ihren Augen.

Er betrachtete das Bild seiner Frau und dachte an den Streit, der ihn dieses Mal zur Hütte getrieben hatte.

Mats hasste es zu streiten, er zog es vor, zu verschwinden, wenn die Stimmung zu Hause kippte. Dazu kam es in letzter Zeit oft, und zwar immer dann, wenn er und Helena zu zweit waren. Ihr Sohn Joakim wurde im Herbst 18 und kam in der Regel immer nur noch kurz nach Hause. Mats hatte eine gute Beziehung zu seinem Sohn, aber bei seiner Frau hatte er manchmal das Gefühl, dass Mutterschaft das Einzige war, das ihr etwas bedeutete. Während eines besonders schlimmen Streits hatte Helena Mats einmal an den Kopf geworfen, dass er wegen der traumatischen Beziehung zu seinem eigenen Vater kein guter Vater sei. Da hatte Mats die Nerven verloren. Er hatte Helenas Lieblingskaffeetasse zerdeppert und seiner Frau Dinge an den Kopf geworfen, für die er sich hinterher mehrmals entschuldigte. Helena hatte die Angewohnheit, vergangenes Unrecht immer in für sie passenden Momenten zur Sprache zu bringen, und manchmal hatte Mats das Gefühl, auf verlorenem Posten zu sein. Ganz egal, was er tat, es reichte nie aus, um seine vergangenen Fehler wiedergutzumachen.

Eine Weile beobachtete Mats die beruhigenden Bewegungen des Meeres, nahm einen Schluck von seinem Getränk und suchte dann nach Eevis Profil. Wieder blieb er an dem Foto von ihr als Studentin hängen. Eevi hatte es ungefähr vor einem Jahr gepostet, darunter den Text von *Mannen i den vita hatten (16 år senare)* von der schwedischen Band Kent – ein recht melancholisches Lied.

Bei dem Anblick erinnerte Mats sich an die Eevi von damals, als alles noch möglich gewesen war. Als es die beiden noch als Paar gegeben hatte, zusammen, jung und verliebt. Sie hatten große Pläne für die Zukunft gehabt, sie beide zusammen gegen das Böse in der Welt. Eevi war damals voller Leben gewesen und so schön. Ihre Schönheit hatte sich im Laufe der Jahre nur noch vertieft, dachte Mats und spürte, wie ihm die Röte in die Wangen stieg. Automatisch scrollte er weiter und bemerkte, dass übermorgen eine Foto-Ausstellung von Eevis Partner in Oslo eröffnen würde. Natürlich war Eevi bei einem Künstler gelandet, dachte Mats leicht verärgert und nahm einen Schluck von seinem Wasser, obwohl er, um ehrlich zu sein, längst lieber etwas Stärkeres getrunken hätte. Er kramte in seinen Taschen und schob sich als schwachen Trost eine Nikotintablette unter die Zunge. Dann wechselte er zu den privaten Nachrichten und scrollte durch seine und Eevis Unterhaltung vom letzten Jahr. Mats hatte Eevis Umzug zurück nach Kristinestad kommentiert und sie daran erinnert, dass sie sich damals geschworen hatten, nie wieder zurück in diese Kleinstadt zu ziehen. Eevi hatte daraufhin geantwortet, dass sich manche Dinge eben ändern, und Mats darauf, dass sich einige gar nicht ändern.

In den ersten Ehejahren hatte Mats keinen Kontakt zu Eevi gehabt. Helena hatte es ausdrücklich verboten und Mats glaubte damals auch nicht, dass Eevi nach allem, was passiert war, etwas von ihm hören wollte. Allerdings hatten sie in den sozialen Medien gemeinsame Freunde und Bekannte, und schließlich begannen sie, sich gegenseitig auf Instagram zu folgen. An einem Freitag im Sommer hatte Mats Eevi dann zum Geburtstag gratuliert: *Die Zeit scheint dich nie einzuholen, alles Gute zum Geburtstag.* Zu Mats' Überraschung hatte sie noch in derselben Nacht geantwortet, und obwohl er wegen der späten Uhrzeit und dem ausgelassenen Tonfall darauf schloss, dass sie zumindest angeheitert war, hatte er sich sehr darüber gefreut.

In ihrer Kommunikation gab es oft lange Phasen des Schweigens. Als Eevi Mirek kennengelernt hatte, veränderte sich der Ton ihrer Antworten, bis sie im letzten Jahr fast gar nicht mehr geantwortet hatte. Trotzdem las sie immer die Nachrichten, in denen Mats Eevis Geschichten kommentierte. Im Laufe der Jahre waren sie sich ein paar Mal über den Weg gelaufen, und Eevi war immer herzlich zu ihm gewesen. Als sie sich zufällig beim Abschiedskonzert von Kent begegnet waren, hatte Eevi ihn lange umarmt, als könne sie ihn nicht mehr loslassen und Mats hatte gespürt, dass es nach diesem Dezemberabend in Stockholm einen langen Abschied geben würde – nicht nur von Kent, sondern auch von Eevi. Die Musik hatte ihnen beiden viel bedeutet, sie hatten sie damals immer zusammen gehört.

In ihrer Jugend hatte Mats in Eevis Gesellschaft immer das Gefühl gehabt, dass sie ihn so akzeptierte, wie er war.

Er musste sich bei ihr nicht verstellen. Er dachte an den bewundernden Blick, mit dem Eevi ihn manchmal angesehen hatte und an die Enttäuschung, die nach allem, was passiert war, die Bewunderung verdrängt hatte. Heute hatte er weder das eine noch das andere in ihrem Blick erkannt.

Mats trank den Rest des Wassers, während er aufs Meer starrte, den Kopf voller Fragen.

8. KAPITEL

Eevi zuckte zusammen und schlug die Augen auf. Einen Moment lang fragte sie sich, was sie geweckt hatte. Die Nächte im Mai waren bereits ziemlich hell, und sie hatte schon immer Schwierigkeiten gehabt, Ruhe zu finden, wenn es zu hell war. Der Wein, den sie am Abend getrunken hatte, half auch nicht gerade.

Eevi sah auf die Uhr auf dem Nachttisch: erst halb fünf Uhr morgens. Sie seufzte so leise wie möglich, um Mirek nicht zu wecken. Aber der schlief mal wieder so tief, dass ihn bestimmt kein Seufzer störte. Wenn Mirek nicht schlief, blieb auch Eevi wach, aber wenn sie Probleme mit dem Schlafen hatte, schlummerte ihr Freund trotzdem wie ein Stein. Manchmal hatte Mirek sie gebeten, ihn zu wecken, wenn sie mal wieder unter Schlaflosigkeit litt, aber das fand sie nicht fair. Er hätte sie doch nur kurz in seine Arme gezogen und mit ihr gekuschelt, nur um im selben Moment wieder wegzudämmern.

Eevi zuckte erneut zusammen, als sie ein Knarren hörte. Es schien aus der Küche zu kommen. Das alte Holzhaus, das Haus ihrer Kindheit, machte ständig Geräusche, aber die waren Eevi alle vertraut. Dieses Knarren hörte sich an, als hätte jemand in der Küche vorsichtig einen Schritt gemacht. Eevi lief ein Schauder über den Rücken.

Sie griff nach Mireks Hand. »Schatz, wach auf! In der Küche ist jemand!«, flüsterte sie.

Er fummelte die Ohrstöpsel aus den Ohren und sah sie verwirrt an. »In der Küche? Aber es ist mitten in der Nacht. Bist du sicher? Soll ich mal nachschauen?«

»Ja, ich bin ganz sicher, dass die Küchendiele geknarrt hat. Jemand läuft da rum.«

Schnell und leise stieg Mirek aus dem Bett. Er zog sich das auf dem Stuhl liegende T-Shirt über und lächelte Eevi beruhigend zu. Dann schlich er vom Schlaf- zum Wohnzimmer und von dort durchs Esszimmer zur Küche. Mit dem Telefon in der Hand lauschte Eevi angestrengt, bereit, sofort Hilfe zu rufen, falls etwas Schlimmes passieren sollte. Dann hörte sie Mirek lachen und wartete verwirrt auf seine Rückkehr ins Schlafzimmer. Er sprach besonders sanft mit jemandem, dann erschien er in der Tür mit einer schwarzen Katze im Arm.

»Dieser kleine Einbrecher war auf der Suche nach etwas Essbarem, ich habe ihn auf frischer Tat ertappt. Der kleine Ganove hat mit großem Interesse an unserer Kühlschranktür geschnuppert.«

»Wie ist sie hier reingekommen? Und wessen Katze könnte das sein? Trägt sie ein Halsband?«

»Die Tür war angelehnt, vielleicht habe ich sie aus Versehen offen gelassen, als ich aus dem Atelier kam«, sagte Mirek eher zu der Katze als zu Eevi.

Das Tier trug kein Halsband, aber es war offensichtlich

eine Hauskatze, so sehr schien sie Mireks Streicheleinheiten zu genießen.

»Bring sie raus, damit wir wieder schlafen können, okay? Sie kann in ihrem eigenen Zuhause etwas fressen, wo auch immer das sein mag.«

Mirek brachte die Katze nach draußen und holte für sie beide noch ein Glas Wasser. Aus irgendeinem Grund konnte Eevi sich jedoch nicht beruhigen, obwohl ihr Verstand ihr sagte, dass es keinen Grund gab, Angst davor zu haben, dass sich eine Katze in ihr Haus geschlichen hatte. In Kristinestad gab es viele Katzen, und die meisten von ihnen führten ein angenehmes und freies Leben in den Holzhaussiedlungen. Hin und wieder verirrte sich mal eine Nachbarskatze in ihren Garten. Aber hatte Mirek, der sonst immer so genau darauf achtete, alle Türen zu schließen, ihre Tür wirklich offen gelassen? Ausgerechnet Mirek, der anfangs so erstaunt über diese kleinstädtische Angewohnheit gewesen war, Türen nicht abzuschließen.

Er schlief schon wieder tief und fest, während Eevi noch immer über ihr seltsames Unbehagen nachsann. Als sie in Helsinki gelebt hatte, war sie mit dem Großstadtlärm gut klargekommen, der dort rund um die Uhr herrschte. Sie hatte sich einfach dran gewöhnt. Aber hier, in der ruhigen Kleinstadt, hatte Eevi das Gefühl, überempfindlich gegenüber Geräuschen und Gefühlen geworden zu sein. Die Ruhe und Stille, die in Kristinestad herrschten, schienen ihre Sinne geschärft zu haben. Oder es lag mal wieder an den Hormonen, dachte Eevi lächelnd. Schließlich rollte sie sich an Mireks Rücken zusammen und konzentrierte sich auf friedliche Bilder.

Als Eevis Atmung durch den Schlaf bereits gleichmäßiger und tiefer geworden war, war aus ihrem Garten der Schrei einer Katze zu hören, als hätte jemand das Tier brutal am Nacken gepackt. Danach herrschte wieder vollkommene Stille in der Straße Itäinen Pitkäkatu.

9. KAPITEL

Gegen halb acht parkte Mats vor dem Polizeirevier in Kristinestad. Er hatte trotz allem ganz gut geschlafen und verspürte sogar fast schon Zufriedenheit darüber, sich jetzt auf die Arbeit konzentrieren und alles andere für einen Moment vergessen zu dürfen. Was geschehen war, war eine Tragödie, aber am besten konnte er den Angehörigen in ihrer Trauer helfen, indem er seinen Job gut machte und herausfand, was zu diesem Unglück geführt hatte.

Mats' Arbeitstelefon quoll über vor Interviewanfragen, und für einen kurzen Moment ärgerte er sich darüber, dass Eevi dieses Video von ihm online gestellt hatte. Er verstand natürlich, dass sie nur ihren Job machte, aber ein Teil von ihm hatte gehofft, dass sie ihnen zumindest einen kleinen Vorsprung geben würde, bevor sie etwas veröffentlichte, das sich wie ein Lauffeuer verbreitete.

Bäckström sah hinter ihrem Schreibtisch etwas müde aus, und Mats vermutete, dass sie nicht gut geschlafen hatte. Es war nie einfach, Menschen vom Tod eines Angehörigen zu erzählen, aber es war noch schwieriger, wenn es um eine Person ging, die man kannte. Laajavuori hingegen sah aus wie der Inbegriff von Gesundheit und Lebenskraft, er hatte direkt nach dem Aufwachen einen Fünfkilometerlauf absolviert, und auch jetzt schien er seine Bauchmuskeln anzuspannen, während er nur dastand. Es wirkte, als hätte er kein einziges Laster, als hätte er noch nie einen bösen Gedanken gehegt. Dieser junge Mann war auf eine merkwürdige Art viel zu anständig.

Am Abend hatte Mats' Vorgesetzte ihn angewiesen, die nächsten Tage in Kristinestad zu bleiben, um die Ermittlungen um Jonas Snellman voranzutreiben. Obwohl sie in Vaasa unter chronischem Personalmangel litten, sah sie Mats' Kenntnis seiner ehemaligen Heimatstadt als Vorteil. Er hatte sich in einem Raum im Polizeirevier niedergelassen, der ihm bereits aus seiner Kindheit mehr als vertraut war. Sein Vater war hier früher ebenfalls Polizist gewesen, und in genau diesem Hinterzimmer hatte sich sein Büro befunden.

Mats hatte Helena geschrieben, dass er zumindest Anfang der Woche noch in Kristinestad bleiben würde, aber noch keine Antwort von ihr bekommen. So verhielt sie sich, wenn sie wütend war, dann redete sie einfach gar nicht mehr mit ihm. In der Anfangszeit ihrer Beziehung hatte Mats das noch auf die Palme gebracht, aber in den letzten Jahren hatte er begonnen, diese Sendepausen als wünschenswerte Atempausen willkommen zu heißen. Er wusste, dass so eine Funkstille ihm mindestens ein paar Tage Ruhe bescheren würde, was im Moment eine Erleichterung war. Und er war ja selbst mit knallenden Türen von zuhause abgehauen und hatte sich mit über hundert km/h in die Ruhe und Abgeschiedenheit seines

Sommerhäuschens geflüchtet. Er wusste, dass keine zehn Pferde Helena dorthin treiben würden.

Mats und sein Team sammelten Fakten im kleineren Konferenzraum auf einem Flipchart, das sie trotz Digitalisierung immer noch fleißig nutzten. Zu der Gruppe gehörte auch der ältere Polizeioffizier Ralf Jansson, dessen tiefe Stimme und breite Schultern schon in vielen brenzligen Situationen hilfreich gewesen waren.

Jonas Snellmans Leiche war im Meer gefunden worden. Aktuellen Informationen zufolge war der Junge am Freitag zuletzt lebend gesehen worden, als er auf dem Weg zur Sommerhütte war. Diese lag nordwestlich der Kanuunakallio-Klippen, und anhand der Meeresströmungen war davon auszugehen, dass die Leiche aus der Richtung der Hütte zu ihrem Fundort getrieben worden war. Der Zustand der Leiche ließ darauf schließen, dass der Zeitpunkt des Todes etwas zurücklag. Laut der Mutter war der Junge ein guter Schwimmer gewesen. Seine Tante glaubte nicht, dass er Selbstmord begangen hatte. Zudem wies die Leiche eine Prellung im Gesicht auf.

»Wir versuchen jetzt, so viele Menschen wie möglich zu kontaktieren, die Jonas an diesem Tag gesehen haben oder am Freitag mit ihm zusammen waren. Es wäre wichtig, Jonas' Gemütszustand vor seinem Tod einschätzen zu können, da wir zu diesem Zeitpunkt noch keinen Selbstmord ausschließen können.«

Mats schrieb das Wort »Selbstmord« auf das Flipchart und ein Fragezeichen dahinter.

»Ich habe gestern Abend seine Social-Media-Konten überprüft, konnte aber nichts finden, was am Freitag oder am Wochenende gepostet wurde. Ansonsten war er in den sozialen Medien eh sehr zurückhaltend, von diesem Frühjahr gibt es nur ein paar Beiträge, ein Foto aus irgendeinem Wald, und ein anderes scheint von den Klippen zu sein, von vor ein paar Wochen«, sagte Bäckström.

Jansson räusperte sich und erläuterte dann ruhig: »Ich habe mir die Bilder der Leiche angesehen. Angesichts ihres Zustands, nehme ich an, dass der Tod bereits am Freitag oder am frühen Samstag eingetreten ist. Beim Ertrinken sinkt der Körper ziemlich schnell nach dem Tod unter Wasser, und erst, wenn die Bakterien in Gang kommen, steigt er mit Hilfe von Gasen wieder an die Oberfläche. Bei diesen Wassertemperaturen dauert das ein paar Tage oder zumindest 24 Stunden.« Jansson sprach zwar zu Mats, zog aber die Aufmerksamkeit aller auf sich.

»Das grenzt unseren Zeitrahmen vorerst ein«, sagte Mats und tippte mit einem Stift auf die Tafel. »Also wird jetzt auf der Zeitleiste Freitag, drei Uhr markiert, als Jonas mit seinen Freunden zur Hütte ging. Über diese Freunde sollten wir uns schlau machen. Leider weiß Jonas' Tante nicht, wer mit ihm dort war. Dazwischen liegt der Samstag, über den wir noch keine Informationen haben, und der Sonntagnachmittag um 18.45 Uhr, als die Leiche gefunden wurde. In der Zwischenzeit müssen wir mehr über diese Stunden herausfinden. Bäckström, kommst du mit zu Jonas' Freundin Malla?«

»Sehr gerne«, erwiderte Bäckström erfreut.

»Und Laajavuori, du und Jansson könnt gleich zur Hütte von Jonas' Mutter fahren und schauen, ob ihr das Telefon des Jungen oder etwas anderes findet, das für uns von Bedeutung ist. Die Telekommunikationsdaten werden wir spätestens mittags haben.«

Laajavuori wirkte, als ob man ihm etwas vor der Nase weggeschnappt hätte, blieb aber still. Er richtete sich auf und drehte sich zu Jansson, der sich seine Lesebrille aufgesetzt und in die Onlineausgabe von *Syd-Österbotten* vertieft hatte.

Nach der Besprechung schaute sich Mats eine Weile die Presseanfragen an und entschied sich, bei dem Spiel mitzumachen. Wenn er Eevi weitere Informationen gab, könnte er so den Eifer der anderen Journalisten zügeln. Sie brauchten jetzt Ruhe bei der Arbeit.

10. KAPITEL

Eevi radelte die Itäinen Pitkäkatu entlang zum Markt, an der Straße Kissanpiiskaajankuja und der Kirche vorbei, in der sie konfirmiert worden war. Ihr kam das Konfirmationsfoto in den Sinn: ein Gruppenbild, auf dem die Existenzängste der Vierzehnjährigen mit Händen zu greifen waren. Darauf war kein einziges Lächeln auf den Gesichtern der Jugendlichen in den weißen Gewändern zu sehen. Damals wurde nicht gelacht und heute wohl auch nicht, dachte Eevi. Mirek hatte einen frühen Bus zum Flughafen in Vaasa genommen, und ihr gemeinsamer morgendlicher Moment war, weil sie beide müde und Eevi zudem verärgert war, angespannt und still gewesen. Eevis Regelschmerzen machten sie noch gereizter, und bevor das Schmerzmittel, dass sie morgens sofort eingenommen hatte, richtig wirken konnte, hatte sie ihren Mann bereits wegen mehrerer Kleinigkeiten angeschnauzt.

Mirek aß nur still sein Frühstück. Er hatte bei Eevi gelernt, dass es sich in solchen Momenten nicht lohnte, ihr zu antworten. Er hatte die von Eevi auf den Boden geschmissene Multivitamindose (für diejenigen, die planten schwanger zu werden, für Schwangere und stillende Mütter), wieder auf den Tisch gestellt und sich auf sein Telefon konzentriert. Eevi wusste, was mit ihr los war, und sobald Mirek gegangen war, ärgerte sie sich über sich selbst – und über Mirek. Trotzdem beschloss sie, ihm eine Entschuldigungsnachricht zu schicken, sobald sie im Büro war.

Eevi ging ins Café A Piece of Cake auf der Merikatu, um sich ein gefülltes Croissant und Kaffee zum Mitnehmen zu gönnen. In ihrem Körper spürte sie immer noch den dumpfen Schmerz und ahnte, dass sie heute noch das Vergnügen hormoneller Kopfschmerzen haben würde. Die Stimmung im Café war spürbar traurig, die Stadtbewohner suchten beieinander Halt nach dem Schock, der jeden von ihnen auf irgendeine Weise traf. Die idyllische Atmosphäre der Kleinstadt hatte einen dunklen Schatten auf sich gezogen, was sich auf den Gesichtern aller abzeichnete.

Während sie Kaffee trank, sah Eevi auch die Frau des Cousins ihres Vaters, Anna-Liisa, die gerade ihrer Freundin an einem der Nebentische etwas mit gesenktem Kopf erzählte. Als Eevi sie begrüßte, verstummte sie zuerst und nickte ihr dann zu. Eevi ahnte, dass die Frauen über gestern sprachen, und überlegte, ob sie bleiben sollte. Zu Anna-Liisa hatte sie kein gutes Verhältnis, sie empfand ihr neugieriges Sticheln als keine besonders charmante Eigenschaft. Anna-Liisa war der Meinung, dass Eevi und ihre Familie sich für etwas Besseres hielten als der Rest von Kristinestad, schließlich waren ihre Eltern und Brüder damals von hier weggezogen. Eevi erinnerte sich noch gut an die berüchtigte Familienfeier, auf der die betrunkene Anna-Liisa ihre Mutter deswegen angeschnauzt hatte. Anna-Liisa war überzeugt, Eevis Mutter hätte ihren Mann und ihre Kinder verdorben, weil sie nicht in Kristinestad bleiben wollte. Letztendlich siegte doch Eevis Neugierde, und sie näherte sich den Frauen mit einem freundlichen Lächeln.

»Hei, Anna-Liisa, schön, dich mal wieder zu sehen. Auch wenn die Situation gerade natürlich nicht so angenehm ist.«

»Hei, Eevi. Das ist übrigens Raili«, stellte Anna-Liisa ihre Begleitung vor. »Eevi ist vor einiger Zeit aus der Hauptstadt mit ihrem Partner hergezogen. War er nicht Fotograf oder so was in der Art?«

»Ein Fotokünstler, ja genau. Er ist gerade nach Oslo gereist, er hat dort eine Ausstellung in einem bedeutenden Kunstmuseum«, erzählte Eevi. Etwas an Anna-Liisas Bemerkung nervte sie. Um das Thema zu wechseln, fragte sie ganz direkt: »Worüber redet ihr heute Morgen?«

»Na, über die Leiche!«, platzte es aus Anna-Liisa heraus, als könnte sie die Anspannung nicht länger aushalten. »Es ist entsetzlich, dass hier bei uns in Kristinestad so etwas passiert! Was um alles in der Welt ist eigentlich genau geschehen? Das muss so schnell wie möglich herausgefunden werden.«

Obwohl Eevi ungefähr das Gleiche dachte, ärgerte sie sich über Anna-Liisas Neugierde. Schließlich ging das nicht jeden etwas an. »Wird sich das nicht über kurz oder lang herausstellen?«, platzte es aus ihr heraus. Ihr Tonfall war etwas schärfer, als sie beabsichtigt hatte.

»Tom Bergholms Sohn war vor Ort, oder?«

»Ja, Mats war dort als leitender Ermittler.« Eevi spürte, wie ihre Verärgerung wuchs.

»Aber du warst ja auch da, hast du die Leiche mit eigenen Augen gesehen?«

»Nicht aus der Nähe. Das, was ich weiß, habe ich in dem Artikel geschrieben. Ich wünsche euch noch einen schönen Tag!«

Eevi verfluchte in Gedanken, dass sie überhaupt zu Anna-Liisa gegangen war. Während des ganzen Gesprächs hatte sie das Gefühl gehabt, zu viel zu verraten, obwohl sie eigentlich gar nichts gesagt hatte. Ihre Großcousine hatte immer so eine Wirkung auf sie.

Obwohl sie versuchte, nicht hinzuhören, bekam sie noch mit, wie Anna-Liisa viel zu laut zu ihrer Freundin sagte: »Eevi und der Sohn von diesem Bergholm hatten damals eine Beziehung, aber dann hat dieser Mats in Vaasa eine Frau gefunden und eine Familie mit ihr gegründet. Eevi und ihr Partner haben noch gar keine Kinder, obwohl beide schon auf die vierzig zusteuern …«

Eevi verließ das Café. Die Emotionen überkamen sie und brannten in ihrem Magen, wütend trat sie so heftig gegen das Steinfundament des Cafés, dass ihr Fuß schmerzte. Das überdeckte für einen Moment die Frustration, und Eevi stieß wütend eine Reihe von Schimpfwörtern aus.

Im Büro schaltete sie den Computer an und kramte dann ihr Telefon hervor, um ihrer Nichte Anna zu schreiben. Sie wollte ihre ganze Energie darauf verwenden, den Tod der Person, die bei den Kanuunakallio-Klippen gefunden worden war, aufzuklären, und ihre Nichte könnte Informationen darüber haben, was passiert war. Anna war eine phänomenale Social-Media-Spionin, sie stieß dort oft auf Dinge, nach denen zu suchen Eevi nicht einmal auf die Idee gekommen wäre. Anna hatte Fake-Profile auf verschiedenen Kanälen und war über alle ihre Social-Media-Profile gut vernetzt. Es konnte also nicht schaden, sie zu fragen.

Hallo, Süße, hast du vielleicht irgendwelche Infos über die Leiche aus Kristinestad? Ich hab's so verstanden, dass es sich dabei um einen Jugendlichen handelt.

Ja, warte.

Antworte einfach, wenn du Zeit hast. Kein Stress!

Juurinen humpelte wegen seines schlechten Knies ein bisschen, zufrieden sah er Eevi an ihrem Schreibtisch sitzen.

»Guten Morgen! Die Hauptstadt ist bei uns angekommen!«

Eevi ignorierte seine Worte. Er hatte ihr Arbeit gegeben, als sie es am dringendsten gebraucht hatte, und auch wenn sie das in erster Linie ihren Eltern verdankte, die Juurinen kannte, war Eevi ihm dankbar für die Möglichkeit, die er ihr bot. Natürlich profitierten auch Juurinen und seine geliebte Zeitung davon, dass ihre neue Journalistin schon bei den größten und angesehensten Medienhäusern der Hauptstadtregion Karriere gemacht hatte.

»Was haben wir bis jetzt?«, fragte Eevi und hoffte, dass Juurinen schon mehr von seinen Quellen erfahren hatte.

»Nicht genug! Vage Gerüchte im Netz, sonst nichts.

Hättest du nicht auch deinen alten Freund Mats mal ausfragen können? Wenn ich mich nicht irre, dann standest du ihm doch mal sehr nahe.«

»Ja, kannst du vergessen.« Eevi bemerkte die Nervosität in ihrer Stimme und versuchte, sich in den Griff zu bekommen, indem sie ihre Hand zur Faust ballte. »Ich habe Mats gestern schon gefragt, und er hat nur das erzählt, was er erzählen durfte. Trotz unserer gemeinsamen Vergangenheit war ich nur eine Journalistin, die keinen Grund hatte, noch länger dazubleiben, und er ein Polizist, der froh war, als die Journalistin abgehauen ist.« Eevi merkte, dass ihre Stimme etwas schrill klang.

Eevis Telefon piepte wie zur Rettung, und Juurinen ging in sein eigenes Büro zurück. Eevi sah, dass Anna gute Arbeit geleistet hatte:

Irgendein Jonas, 17 Jahre, aus Kristinestad, soll in den letzten Tagen angeblich durchgedreht sein.

Durchgedreht?

Ich weiß nichts Genaues, muss das weiter recherchieren, aber auf Vaasa Jodel liest man, dass er durchgedreht ist.

Ok, danke, du wunderbare Anna, ich schulde dir was!

Du schuldest mir so einiges, aber lassen wir das jetzt.

Eevi schaute zu Juurinen. Er versicherte gerade aufgeregt jemandem am Telefon, wahrscheinlich seiner Frau, dass er heute Morgen nicht vergessen hatte, seine Medikamente zu nehmen. Gleichzeitig kramte er in seinen Taschen, wo sich wahrscheinlich die Morgentabletten befanden, die er natürlich noch nicht genommen hatte.

Im digitalen Archiv von *Suupohjan Kaiku* tippte Eevi die Wörter »Jonas« und »Kristinestad« ein und erhielt ein Bild, auf dem ein großgewachsener Teenager zu sehen war, der ein Diplom in der Hand hielt und den Fotografen verlegen ansah. Als Eevi seine Kleidung betrachtete, wurde ihr kalt. Sie warf Juurinen, der gerade aufgelegt hatte einen bedeutungsvollen Blick zu.

»Was hast du gefunden? Miika, komm du auch mal her!«, brüllte Juurinen aufgeregt.

»Von meiner Quelle habe ich gehört, dass der Name des toten Jungen Jonas ist. Die Leiche war groß, und dieses Band-T-Shirt stimmt meiner Meinung nach mit dem überein, das ich gestern gesehen habe ...«, erklärte Eevi zögernd.

»Verdammt, das ist ja Sara Snellmans Sohn!« Erschrocken setzte sich Juurinen wieder hin.

»Ist Jonas der Tote? Ich hab ihn am Freitag noch gesehen.« Miika zuckte zusammen und schnappte sich sofort sein Handy.

»Bist du ganz sicher, Eevi?«, fragte Juurinen.

»Ziemlich sicher«, antwortete sie und wandte sich dann an Miika. »Wo hast du Jonas gesehen?«

»Bei den Kanuunakallio-Klippen«, antwortete der junge Mann leise.

»Was hat er da gemacht?«, fragte Eevi.

»Na, was junge Leute an einem Freitagabend eben so machen.« Miika wirkte leicht verunsichert.

»Also gefeiert«, sagte Eevi.

»Na ja, zumindest waren da die meisten ganz vernünftig. Wir sind mit dem Boot vorbeigefahren, und ich hab gesehen, wie Jonas ins Schilf gepisst hat.« An Miikas Gesichtsausdruck war abzulesen, dass er gerade an seiner Wortwahl zweifelte.

»Es ist eine wichtige Information, dass du ihn dort gesehen hast. Das solltest du der Polizei erzählen«, überlegte Eevi laut.

Miika nickte ernst und blieb etwas ratlos stehen, dann begann er, durch sein Handy zu scrollen. Die jungen Leute von heute waren einfach viel zu abhängig von ihren Telefonen, dachte Eevi. Vielleicht brachte ihnen das ja die ersehnte Sicherheit in einer beunruhigenden Situation.

Im gleichen Moment klingelte Juurinens Telefon. Genervt ging er ran, wurde jedoch schnell sehr freundlich. »Natürlich will ich das hören. Ist das so? O je, das ist wirklich eine traurige Geschichte ...« Juurinen machte zwischen seinen Antworten lange Pausen. Wer auch immer am anderen Ende war, redete ziemlich viel.

Miika stupste Eevi an. Er hatte Jonas' Instagramprofil gesucht, das er jetzt Eevi zeigte. Dort gab es Naturbilder vom Wald und Klippen – die gleiche Stelle, an der Jonas' Leiche gefunden worden war. Ein kalter Schauder lief Eevi über den Rücken, als sie sich auf dem Account des toten Jungen die idyllischen, von der Sonne beschienenen Kanunakallio-Klippen anschaute.

»Vielen Dank, dass Sie es mir erzählt haben. Natürlich können Sie mir vertrauen, wir kennen uns ja auch schon lange. Das verstehe ich gut, vielen Dank.« Juurinen beendete sein Telefonat. »Du hattest recht, Eevi. Leider. Ich habe gerade von Sara Snellmans Nachbarn gehört, dass die Polizei ihr gestern Abend die traurige Nachricht überbracht hat.«

Eevis Handy vibrierte, und sie fuhr kurz zusammen, als sie sah, dass die Nachricht von Mats war. Er wollte ihr ein kurzes Interview über den Fund der Leiche geben. Sie verabredeten sich im Kirchenpark, direkt neben dem Polizeirevier. Mats wollte offenbar aus irgendeinem Grund nicht, dass sie aufs Revier kam. Sie schnappte sich Tasche und Handy und verließ rasch die Redaktion. Juurinen sah ihr verwundert hinterher.

11. KAPITEL

Mats saß auf einer der Bänke im Kirchenpark, und Eevi konnte nicht umhin, sich zu freuen, als sie ihn sah. Er hatte so etwas Vertrautes und strahlte eine gewisse Sicherheit aus, obwohl seit ihrer gemeinsamen Zeit schon fast zwanzig Jahre vergangen waren. Eevi unterdrückte die Gefühle und stellte sich der Zukunft, als die professionelle Journalistin, die sie war.

Mats erhob sich von der Bank und schloss sie in die Arme. »Es ist wirklich schön, dich zu sehen.«

»Es ist auch schön, dich zu sehen«, erwiderte Eevi lachend und suchte in ihrer Tasche nach ihrem Handy. Es würde ihr leichterfallen, mit der Situation professionell umzugehen, wenn sie das Gespräch aufzeichnete. »Hast du bestimmte Informationen für mich, oder sollen wir es lieber auf die traditionelle Frage-Antwort-Weise machen?«

»Nun, sagen wir mal so, dass ich von den Medien ziemlich heftig mit Fragen bombardiert wurde, und ich würde meine Informationen lieber dir geben, wenn es dafür die anderen etwas beruhigt.« Mit einem leichten Lächeln sah er Eevi an, die ihre Gewissensbisse beiseiteschob. »Meinetwegen können wir es ruhig so machen, dass du fragst und ich antworte.«

»Kriminalkommissar Mats Bergholm, was konnten Sie bis jetzt über den Fall der gestern aufgefundenen toten Person herausfinden?«

»Es handelt sich dabei um einen siebzehnjährigen jungen Mann aus der Gegend. Gestern wurde er tot im Meer vor den Kanuunakallio-Klippen gefunden. Derzeit läuft eine Untersuchung der Todesursache.«

»Wissen Sie schon, wie dieser junge Mann gestorben ist? Handelt es sich um Selbstmord?«, fragte Eevi.

»Das wissen wir noch nicht.« Mats Gesichtsausdruck war immer deutlicher anzusehen, dass ihm das Gespräch unangenehm war.

»Können Sie zum jetzigen Zeitpunkt ein Verbrechen ausschließen?«

»Das können wir nicht. Wie ich bereits sagte, sind die Untersuchungen der Todesursache noch nicht abgeschlossen.«

»Wurden die Angehörigen des Verstorbenen benachrichtigt?«, fragte Eevi weiter.

»Ja, die Angehörigen wurden gestern Abend informiert.« Mats wirkte nicht so, als würde er diese Fragen gern beantworten.

Eevi ging in die Vollen. »Wir haben bei *Suupohjan Kaiku* bereits eine Idee, wer der Tote war. Können Sie die Identität des Verstorbenen bestätigen?«

Mats sah ehrlich überrascht aus.

»Kannst du für einen Moment mal die Aufnahme pausieren?«, fragte er leise.

Eevi schaltete es aus und schaute Mats entschlossen an. »Ist der tote Junge Jonas Snellman?«, fragte sie ernst.

Mats sah Eevi an und nickte. »Woher weißt du das?«

»In den sozialen Medien kursiert ein ziemlich starkes Gerücht, Kleidung und Körpergröße der Leiche passen zu einem von Jonas kürzlich aufgenommenen Foto«, erwiderte Eevi.

Für einen Moment war Mats ganz still, als würde er die Situation abwägen. »Wenn ihr das sowieso schon wisst, kann ich auch diejenigen um Hilfe bitten, die etwas über Jonas' letzte Momente wissen. Könntet ihr die Bewohner von Kristinestad bitten, sich bei der Polizei zu melden, wenn sie Jonas Snellman in den letzten Tagen gesehen haben oder Kontakt mit ihm hatten? Am meisten interessiert uns die letzte Woche, besonders Freitagabend und Samstag.« Mats' Gesichtsausdruck war zweideutig.

Eevi hatte es geschafft, ihn zu überrumpeln und zu dieser offensichtlich unvorbereiteten Bitte um Hilfe zu bewegen.

»Okay, gut. Wir veröffentlichen den Aufruf online und in der nächsten Printausgabe. Unser Praktikant Miika hat Jonas übrigens am Freitagabend bei den Klippen gesehen. Da waren wohl noch mehr junge Leute, die ihn dort gesehen haben.«

»Gut zu wissen. Wir werden euren Praktikanten mal befragen. Hier sind unsere Nummer und Mailadresse für den Artikel.« Mats reichte Eevi eine Visitenkarte. Dann blickte er ihr in die Augen. »Danke, Eevi.«

Eine Welle der Empathie durchfuhr sie. Hinter seinem sachlichen Auftreten wirkte er tieftraurig. Aber sie ließ sich nicht von ihren Gefühlen überrumpeln – abgesehen von der Aufregung darüber, dass sie die Erste sein würde, die die Identität des Verstorbenen veröffentlichen würde. Sie bedankte sich schnell bei Mats und lief dann mit großen Schritten in die Redaktion zurück. Als sie einen Blick zurückwarf, bemerkte sie, dass Mats sie im selben Moment ansah. Eevi grinste leicht. Es wäre natürlich viel stilvoller gewesen, wenn sie sich nicht umgedreht hätte.

12. KAPITEL

Als er zum Revier zurückging, fragte sich Mats, ob er die Sache gut gemacht hatte. Die Tatsache, dass Eevi den Namen des Toten bereits kannte, hatte ihn dermaßen überrascht, dass er nur wahrheitsgemäß auf ihre Frage hatte antworten können. Die Polizei hatte es heutzutage mit solchen Informationen sehr eilig, da jeder alles auf seinen Social-Media-Kanälen in Echtzeit dokumentierte. Immerhin hatten sie es geschafft, die Angehörigen zu benachrichtigen, bevor die Nachricht an die Öffentlichkeit gelangt war, und das war schließlich das Wichtigste, verteidigte sich Mats vor sich selbst.

Bäckström sah ihn fragend an. »Ich dachte, wir würden zur Schule gehen?«

»Ich habe mich um die Medien gekümmert. Dort wusste man bereits, wer der Tote ist«, entgegnete Mats.

»Medien? Du kennst jemanden von den Journalisten?« Bäckström sah ihn skeptisch an.

Wieder hatte Mats ein schlechtes Gewissen. »Ja, ich kenne eine Journalistin von *Suupohjan Kaiku* von früher und dachte, es ist besser, ihr etwas zu erzählen, als den ganzen Tag mit irgendwelchen Journalisten zu reden.« Mats versuchte, sich nicht allzu sehr zu rechtfertigen.

»Alles klar, ich verstehe«, erwiderte Bäckström, die die Diskussion zu diesem Thema offensichtlich ebenfalls beenden wollte. »Wenn wir jetzt dann mal diesen Schulbesuch erledigen würden?«

Sie machten sich auf den Weg zum Kristinestad-Gymnasium. Als sie über die Brücke zur Ostseite fuhren, bemerkte Mats am Ende der Brücke ein junges Mädchen, das in den Armen ihrer Freundin heftig weinte. Als sie sich den beiden näherten, verlangsamte er das Tempo. Die Freundin des weinenden Mädchens schüttelte mit dem Kopf und winkte sie mit der Hand, weiterzufahren, und so setzten sie ihre Fahrt zur Schule fort.

Das Eintreffen der Polizei versetzte die Schüler, die aus irgendeinem Grund gerade erst auf dem Weg ins Schulgebäude waren, in Aufregung. Irgendein Scherzkeks rief »All cops are bastards!«, aber Mats und Bäckström ließen sich nicht aus der Ruhe bringen, sondern gingen zum Büro des Direktors. Mats dachte darüber nach, dass zumindest der Großteil der Polizisten, die er kannte, ihren Job machten, weil sie aufrichtig helfen wollten. Er würde sie nicht einmal im selben Satz mit den amerikanischen Kollegen erwähnen, so anders war die Situation in Finnland. Natürlich gab es in allen Berufsgruppen schwarze Schafe, das hatte Mats während seiner beruflichen Laufbahn selbst erlebt.

Die Bürotür des Direktors öffnete sich, und der besorgt aussehende Auvo Rantala kam auf sie zu. Der Schulleiter schob sie fast in sein Zimmer, so sehr schien er sie vom Gang weghaben zu wollen.

»Was ist passiert?«, fragte der Mann, dessen Wangen stark gerötet waren.

»Einer Ihrer Schüler, Jonas Snellman, wurde gestern tot aufgefunden«, antwortete Bäckström ernst.

»O mein Gott!« Rantala fuhr sich nervös durchs Haar und setzte sich hinter seinen Schreibtisch.

»Wir versuchen herauszufinden, was mit ihm passiert ist. Um Klarheit über seinen Gemütszustand in den letzten Tagen zu bekommen, würden wir uns gerne mit seinen Freunden und Klassenkameraden unterhalten«, fuhr Mats fort.

»Na ja, Jonas hatte eigentlich keine Freunde«, stieß Rantala hervor. Dann wurde ihm klar, was er gesagt hatte, und er begann, seine Aussage abzumildern. »Also, er war so ein Typ, der gerne alleine war und natürlich immer am Telefon hing. In den sozialen Medien hatte er bestimmt viele Freunde. Vielleicht.« Nachdenklich zwirbelte der Direktor seinen Schnurrbart zwischen den Fingern.

»Jonas' Tante erwähnte Malla Joutsenjärvi. Ist sie gerade im Unterricht?«

»Malla? Laut Stundenplan hat sie gerade Schwedisch, soll ich sie herholen?«

»Ja, bitte.«

»Bevor ich gehe, würde ich Sie gerne noch etwas fragen. Was sollte man in der Schule Ihrer Meinung nach in so einer Situation tun? Das ist eine schreckliche Tragödie, wir sollten bestimmt wenigstens Gesprächstherapie anbieten ...«, überlegte der Direktor laut.

»Es wäre gut, dafür zu sorgen, dass die Jugendlichen wissen, wo sie Hilfe bekommen, und dass sie mit belastenden Gedanken nicht alleine gelassen werden. Hier haben Sie eine Zusammenfassung der Informationen zu diesem Thema.«

Bäckström reichte dem Schulleiter eine Broschüre, der sie ihr mit einer ruckartigen Bewegung abnahm.

»Wir könnten auch eine Gedenkfeier für Jonas organisieren. Glauben Sie, dass das eine gute Idee wäre?« Der Mann stand offensichtlich unter Schock und versuchte, die Situation unter Kontrolle zu bekommen, indem er aktiv wurde.

»Das könnte bei der Bewältigung helfen, aber Sie sollten das natürlich zuerst mit Jonas' Mutter klären«, entgegnete Bäckström.

»Ja, natürlich. Sicher. Ach ja, ich wollte ja Malla holen. Wie schrecklich, sie wird am Boden zerstört sein. Wie alle anderen auch.« Das Gesicht des Schulleiters verzog sich besorgt.

Rantala verließ schnell den Raum und ging geräuschvoll den Gang entlang bis zu dem Raum, in dem gerade Schwedisch unterrichtet wurde. Einen Moment blieb er stehen, dann waren seine Schritte erneut zu hören. Als er wieder durch die Tür kam, wurde er von einem rothaarigen Mädchen begleitet, das so aussah, als wäre es gerade lieber woanders.

»Hei, Malla, wir wollten dich etwas fragen, könntest du die Tür hinter dir schließen? Der Direktor kann solange draußen warten.« Mats sprach mit sanfter, aber ernster Stimme.

Malla warf Rantala einen unsicheren Blick zu, dann trat sie in den Raum und setzte sich.

»Ich bin Kommissar Mats Bergholm, und das ist meine Kollegin Line Bäckström. Wir haben leider eine schlimme Nachricht. Dein Freund Jonas Snellman ist gestorben.«

Malla schaute die Polizisten fast ausdruckslos an, als würde sie jeden Tag hören, dass einer ihrer Freunde gestorben war. Dann verzog sich ihr Mund zu einem Strich, und sie hob ihre Hand, so als wolle sie sich schützen. »War es eine Überdosis?«, fragte sie und pulte an ihrer Nagelhaut.

»Jonas wurde im Meer bei den Kanuunakallio-Klippen gefunden. Die Ermittlungen zur Todesursache sind noch nicht abgeschlossen. Aber wieso fragst du? Hat er Drogen genommen?«, fragte Mats und versuchte, Malla dabei in die Augen zu sehen, aber sie schaute überallhin, nur nicht zu ihm.

»Jonas hat alles Mögliche genommen, dem ging's nicht so gut.«

Malla heulte auf, als es an der Nagelhautstelle anfing zu bluten. Bäckström reichte ihr ein Taschentuch.

»Was zum Beispiel?«, fragte Mats.

»Seinem Verhalten nach zu urteilen, wahrscheinlich irgendwelche Amphetamine.« Mittlerweile klang das Mädchen nicht mehr so gleichgültig.

»Hast du eine Ahnung, woher Jonas die Amphetamine bekommen hat?« Mats versuchte, nicht auf Mallas Nagelhaut zu starren, die in einem katastrophalen Zustand war.

»Nein, habe ich nicht. Ich nehme nichts und weiß auch sonst nichts über solche Sachen«, schnaubte Malla.

Sie bemerkte die Blicke von Mats und Bäckström und verschränkte die Arme, um ihre blutig gekratzten Finger zu verstecken.

»Hattest du in letzter Zeit etwas mit Jonas zu tun?«, fragte Bäckström.

»Nein, hatte ich nicht.« Malla starrte auf den Boden.

»Aber, ihr wart auf der gleichen Schule, und Jonas' Mutter hat uns erzählt, dass ihr zumindest mal gute Freunde wart«, fuhr Bäckström fort.

»Ja, irgendwann mal waren wir schon irgendwie befreundet, aber nicht besonders eng. Tut mir leid, dass Jonas tot ist, aber ich habe nichts damit zu tun. Irgendwie wundert es mich aber auch nicht, dass es so gekommen ist.«

»Was meinst du damit?«

Als Mats dieses verschlossene Mädchen betrachtete, bekam er das Gefühl, dass sie versuchte, härter zu wirken, als sie in Wirklichkeit war.

»Nun, sagen wir es mal so: Wenn jemand anfängt, irgendwelche Drogen zu nehmen und er seinen sogenannten Freunden Geld klaut, dann macht das die Zukunft normalerweise nicht gerade rosiger.«

»Hat Jonas dir Geld gestohlen?«

»Ja, mein Erspartes. Es war nicht megaviel, ich hatte für eine Schwedenreise etwas über fünfhundert Euro gespart, und die hat er einfach geklaut. Er hat das nie zugegeben, wahrscheinlich hat er sich zu sehr geschämt, aber ich weiß, dass er es war. Kein anderer wusste, wo das Geld lag. Spätestens da war es mit unserer Freundschaft vorbei.«

»Kannst du etwas über seine Stimmung in letzter Zeit sagen?«

»Nein, kann ich nicht. Jonas ist – beziehungsweise war – ein ziemlicher Einzelgänger. Und weil wir nicht mehr zusammen abhingen ... Nun, ich kann also nichts dazu sagen.«

»Noch eine letzte Frage: Weißt du, ob Jonas noch andere Social-Media-Accounts hatte, außer diesen beiden?« Bäckström zeigte auf ihrem Handy auf Jonas' Instagram- und TikTok-Profile.

»Das sind sozusagen die offiziellen, die hat er so gut wie nie aktualisiert. Er hat noch andere, aber ich bin ihm nicht mehr gefolgt, nachdem er mich beklaut hat. Außerdem hat er mich blockiert.«

»Könntest du uns trotzdem zeigen, unter welchem Namen man ein anderes seiner Konten findet?«

Mit zitternden Händen entsperrte Malla ihr Telefon, aber trotz des Zitterns tippten ihre Finger so schnell, dass Mats nicht hinterherkam. Er fühlte sich alt. Gerade erst hatte er auf Wunsch seines Sohnes zu lernen versucht, nicht mehr nur noch mit dem Zeigefinger Nachrichten zu tippen, sondern auf die Zweidaumentechnik umzusteigen. Es schien, als wäre diese Generation mit dem Handy in der Hand auf die Welt gekommen. Malla zeigte ihnen ein privates TikTok-Profil ohne Profilbild, nur mit dem Text: *I'm not like them, but I can pretend.*

»Das hier ist das von Jonas, aber wie Sie sehen, habe ich da keinen Zugriff mehr drauf.«

Malla hob ihr Kinn, um zu zeigen, dass sie genug von diesem Gespräch hatte. Es war offensichtlich, dass sie den Tränen nahe war.

Mats vermutete, dass sie mehr wusste, als sie preisgab. Sicher musste sie diese Schreckensnachricht erst einmal verarbeiten. Oder Jonas' Tante hatte ziemlich veraltete oder verzerrte Vorstellungen von Jonas' und Mallas Freundschaft.

»Noch eine letzte Frage, dann lassen wir dich in Ruhe.« Mats warf einen Blick in sein Notizbuch. »Jonas wurde das letzte Mal am Freitag lebend gesehen, als er laut seiner

Tante mit Freunden zur Hütte wollte. Seine Tante konnte jedoch nicht sagen, wer diese Freunde waren. Könntest du uns das erzählen?«

Plötzlich wirkte Malla etwas ängstlich. Sie blickte in Bäckströms Richtung. Dann schüttelte sie den Kopf.

Bäckström beugte sich zu dem Mädchen und sagte sanft: »Wenn du irgendwelche Informationen hast, die uns dabei helfen könnten, die Ereignisse, die zu Jonas' Tod geführt haben, aufzuklären, dann ist es wirklich wichtig, dass du uns das erzählst. Wenn du nichts sagen willst, kannst du uns stattdessen vielleicht in die richtige Richtung weisen.« Bäckström öffnete auf ihrem Handy Instagram und hielt dem Mädchen ihr Telefon hin. Malla schaute zuerst wieder Bäckström an, anschließend Mats, und nahm dann das Telefon. Sie tippte etwas ins Suchfeld und gab das Handy schnell wieder zurück.

»Danke, Malla. Und noch mal unser herzliches Beileid«, sagte Mats ernst, als dem Mädchen bereits eine Träne über die Wange lief.

Mats sah den Schulleiter an und schüttelte den Kopf, der sofort ging. Ein Moment allein würde Malla jetzt guttun. Auf dem Weg nach draußen zeigte Bäckström Mats das Profil, das Malla aufgerufen hatte: @*fearnoman*. Mats nickte zufrieden.

Als sie am Festsaal vorbeikamen, erinnerte Mats sich daran, wie er damals hierhergekommen war, um Eevi von einer Tanzveranstaltung abzuholen. Sie waren auf verschiedene Gymnasien gegangen, er auf ein schwedischsprachiges auf der anderen Seite der Stadt und Eevi hier. Mats hatte sie im Auto seines Vaters zum Campingplatz Pukinsaari gebracht, wo ihr schickes Tanzkleid im nassen Schneematsch ganz schmutzig wurde. Eevi war eine so schöne, freie Seele gewesen, und das galt damals wohl auch für ihn. Sie versorgten sich gegenseitig mit ihrer Ungezähmtheit und ihren Träumen. Für die beiden war damals alles möglich, sie waren etwas ganz Besonderes und Einzigartiges.

Der Abend endete damit, dass sie in eine der Hütten auf dem Campingplatz einbrachen und knutschend auf dem Sofa landeten. Wahrscheinlich wäre noch viel mehr passiert, wenn der Besitzer des Campingplatzes nicht gerade mit seinem Hund Gassi gegangen und sie mit dem bellenden Tier vertrieben hätte. Mats' Vater hatte einen Wutanfall bekommen, als er am nächsten Morgen davon erfuhr und Mats einen Monat lang Autoverbot erteilt. Trotzdem war er immer noch überzeugt, dass dieser Abend mit Eevi all das wert gewesen war, was danach kam. Er lächelte vor sich hin und hörte sich »Ja« sagen, als Bäckström vorschlug, auf der Terrasse des Jungman Restaurants zu Mittag zu essen. Noch während der Rückfahrt gab sie die Informationen über Malla ans Team weiter.

Nach dem Essen rief Laajavuori an und berichtete, Jonas' Telefon nicht in der Hütte der Snellmans gefunden zu haben, dafür aber auf der Saunaterrasse eine fast leere Wodka-Flasche und eine leere Packung Schlafmittel.

»Für mich sieht es so aus, als ob der Junge seinem Leben selbst ein Ende gesetzt hätte«, schlussfolgerte Laajavuori ernst.

»Verdammt. Fotografiert alles Wichtige, und bringt die Beweise aufs Revier«, sagte Mats und merkte, wie die Frau am Nebentisch ihm wegen des Fluchens einen missbilligenden Blick zuwarf. Aber das war ihm gerade egal.

Augenblicklich verdüsterte sich seine Stimmung, und eine Flut von Fragen überrollte ihn. Hatte Jonas sich wirklich umgebracht? Warum sollte ein junger Mensch, der noch sein ganzes Leben vor sich hatte, so etwas tun? Warum hatte er nicht rechtzeitig Hilfe bekommen? Was hatte ihn dazu gebracht, so eine endgültige Entscheidung zu treffen? Auf diese Fragen mussten sie eine Antwort finden, versprach Mats sich selbst.

Er dachte an seinen eigenen Sohn. Daran, wie wenig er über dessen Gedanken und Sorgen wusste. Ihre Beziehung war gut oder zumindest, soweit er das beurteilen konnte, ganz normal, besonders im Vergleich zu der Beziehung, die Mats zu seinem eigenen Vater gehabt hatte. Er hatte dafür gesorgt, dass sein Joakim liebevolle und fürsorgliche Eltern hatte und nie Angst haben musste, sein Vater könnte die Beherrschung verlieren oder betrunken ausrasten. Das Ergebnis war, vielleicht gar nicht so sehr dank seiner Eltern, ein kluger und ausgeglichener junger Mann, der, von den üblichen Teenagerängsten abgesehen, nichts besonders Dramatisches durchmachen musste. Das hatte allerdings dazu geführt, dass Mats in letzter Zeit öfter darüber nachdachte, ob Joakim sich zu sehr an das Gute gewöhnt hatte, es für selbstverständlich hielt.

Jedes Mal, wenn er sich länger mit seinem Sohn unterhielt, vergewisserte er sich, dass der Junge vernünftig war und ein Verständnis dafür aufbrachte, wie es in der Welt zuging. Mats' Ehefrau behauptete stets, dass alles gut war, wenn ihr Sohn nur in der Schule klarkam. Mats sah das anders. Schulischer Erfolg zeigte nur, wie gut sich jemand an ein System anpassen konnte. Aber den Gedanken hatte er Helena nie nahebringen können.

Eine Bemerkung von Bäckström riss ihn aus seiner Grübelei.

»Jetzt gibt es hier den ersten RIP-Kommentar auf Jonas' Social-Media-Account.«

»Na, das ging schnell. Wobei es mich auch nicht wundert. Unser Besuch in der Schule hat viel Aufmerksamkeit erregt.«

»Anscheinend wurde auch der Artikel von der Journalistin, die du kennst, veröffentlicht.«

»Was steht denn da?«

»*Laut Suupohjan Kaiku handelt es sich bei der am Sonntag tot aufgefundenen Person um den siebzehnjährigen Jonas Snellman. Die Polizei hat dies bestätigt und bittet Personen, die mit Snellman in Kontakt standen, sich per E-Mail oder Hotline an die Polizei von Österbotten zu wenden*«, las Bäckström vor. Mats' Telefon klingelte: seine Chefin. Jetzt hagelt es Vorwürfe, dachte er noch, bevor er den Anruf von Mia Enberg von der Polizei in Vaasa entgegennahm.

Aus dem Tagebuch. Nachher.

Nichts als Dunkelheit. Ich will nichts darüber schreiben, was passiert ist.

13. KAPITEL

Der Morgen in der Redaktion war hektisch gewesen. Eevi hatte ihre Meldung veröffentlicht, und Juurinen hatte bei jedem Medienbericht, in dem *Suupohjan Kaiku* als Quelle erwähnt wurde, vor Freude laut gebrüllt. Eevi kochte für sich und Juurinen Kaffee (dunkle Röstung, stark) und schaute nachdenklich aus dem Fenster auf die Bucht, während das Gebräu durchlief. Als der Kaffee schließlich fertig war, goss sie Hafermilch dazu, klopfte an Juurinens Tür und zeigte auf seine Tasse. Juurinen murrte nur irgendwas, er war offensichtlich so in Gedanken vertieft, dass Eevi ihn nicht weiter stören wollte.

Juurinen war ein angenehmer Chef, auch wenn seine scheinbare Zerstreutheit einigen Leute ganz schön auf die Nerven ging. Allerdings wusste Eevi, dass er im Grunde ein kluger, sanftmütiger Mann war, der über fast jeden Bewohner von Kristinestad etwas wusste und sich trotz seiner fast siebzig Jahre seine Neugierde und seinen Eifer, immer wieder etwas Neues zu lernen, bewahrt hatte. Für diese Stadt, die er so sehr liebte, wollte er nur das Beste, aber er war auch bereit, Probleme anzusprechen, wann immer sich die Gelegenheit dazu bot. Aber auch das tat er stets diplomatisch, respektierte unterschiedliche Ansichten. Eevi dachte oft, dass Juurinens Persönlichkeit den perfekten Kontrast zu der vorsätzlichen Konfrontation, den Provokationen und der Wut im Internet bildete.

Da *Suupohjan Kaiku* nur einmal in der Woche in gedruckter Form erschien, hatte Eevi heute Zeit, um den Gartenartikel zu schreiben, der in der Sommerthemen-Ausgabe erscheinen würde. Sie hatte versprochen, ihn diese Woche fertigzustellen. Das war zwar nicht annähernd so interessant wie die Recherche zu dem Tod des jungen Mannes, aber um ihres eigenen Seelenfriedens willen musste sie sich jetzt auf etwas weniger Belastendes konzentrieren. Der Gartenartikel sollte vor der Offene Tore-Woche im Juni das Interesse der Leser wecken.

Die Offenen Tore waren eine Sommerveranstaltung in Kristinestad, bei der die Touristen die Höfe, Gärten und Häuser der Bewohner besichtigen konnten. Die Veranstaltung wurde von Jahr zu Jahr immer beliebter, einige zogen sich sogar altertümliche Kleidung an, wenn sie ihre Häuser präsentierten. Eevi hatte bereits eine Einleitung über Kristinestad geschrieben und brauchte jetzt mindestens ein Interview, um den Artikel zugänglicher zu machen. Als sie Juurinen aus seinen Gedanken riss, um ihn nach dem besten Interviewpartner zu fragen, dachte der eine gefühlte Ewigkeit nach und schlug schließlich Ylva Lindström vor. Sie habe einen fantastischen Garten und sei zudem sehr sympathisch und zugänglich. Eevi lächelte angesichts Juurinens offensichtlicher Schwärmerei für Ylva, aber ging nicht weiter darauf ein. Juurinen zufolge waren

Frauen in seinem Alter meistens »sehr angenehm« – eine weitere Eigenschaft, die Eevi an ihrem Vorgesetzten sehr zu schätzen wusste. An seiner bewundernden Art, über Frauen zu sprechen, gab es nichts Anzügliches. Juurinen schätzte sie von ganzem Herzen, besonders die in seinem Alter.

Er war fast schon sein ganzes Erwachsenenleben mit seiner Partnerin Maj-Lis zusammen, eine überzeugte Feministin und Yogalehrerin. Sie waren nicht verheiratet, weil »Maj-Lis nicht an die Institution der Ehe glaubte«. Das Paar war eines der glücklichsten, die Eevi kannte, abgesehen von ihren eigenen Eltern natürlich. Juurinen und Maj-Lis hatten keine Kinder, und Eevi wusste, dass das für beide damals eine harte Zeit gewesen war, aber dass sie ihren eigenen Weg gefunden hatten, auch ohne Kinder ein glückliches Leben zu führen. Irgendwann würde sie gerne mal mit Maj-Lis darüber sprechen.

Eevi seufzte und lenkte ihre Gedanken wieder einmal aktiv von der Kinderlosigkeit weg, um sich auf die Arbeit zu konzentrieren. Sie besorgte sich Ylva Lindströms Nummer, aber es ging keiner ran. Dann würde sie wohl einfach hinfahren. Sie schätzte die Lindströms auf etwas jünger als ihre eigenen Eltern und vermutete, dass auch Ylva manchmal ihr Handy aus Versehen lautlos schaltete und in ihrer Handtasche oder auf dem Küchentisch liegen ließ. Eevi hatte sich schon oft Sorgen gemacht, wenn ihre Eltern nicht ans Telefon gingen, aber die Erklärung dafür war fast immer dieselbe: Das Telefon war lautlos gestellt und lag irgendwo, nur nicht bei seinem Besitzer.

Ylva und Åke Lindströms Haus war in der gleichen Straße wie das Rathaus, und als Eevi durch den schönen Rathauspark ging, kam ihr eine Kindheitserinnerung in den Sinn: Sie hatte einmal an einem Teletext-Zeichenwettbewerb teilgenommen, bei dem sie ein Wahrzeichen ihrer Heimatstadt auf kariertem Papier zeichnen sollte. Die siebenjährige Eevi hatte damals genau dieses Rathaus gezeichnet, weil sie es als Kind nämlich für das schönste Gebäude der Stadt hielt. Die Zeichnungen, die es ins Finale schafften, zu denen auch Eevis Zeichnung gehörte, wurden in Raster umgewandelt und waren den ganzen Frühling über im Teletext des Senders zu sehen gewesen. Eevi lächelte, als sie sich daran erinnerte, wie stolz sie damals als Kind gewesen war. Einen Moment lang ließ sie ihren Blick in der grünen, frühsommerlichen Landschaft verweilen. Die Stadt war wunderschön. Mirek erinnerte sie oft daran, dass es ein Privileg war, zwischen solchen Holzhaus-Schönheiten leben zu dürfen – in einer Stadt, die nicht durch die Baukultur der 1970er Jahre verschandelt worden war.

Am Ende der Raatihuoneenkatu bog Eevi nach links ab. Oben auf dem Hügel entdeckte sie einen gut eingezäunten Hof, dessen Tor fest verschlossen war. Das Läuten der großen Klingel erregte garantiert die Aufmerksamkeit diverser Nachbarn. Als nach dem ersten Klingeln nichts passierte, schaute Eevi sich um und sah aus dem Augenwinkel, wie sich der Vorhang im Fenster der Lindströms leicht bewegte. Eevi stellte ihren Fuß auf den vorstehenden Teil des Steinfundaments des Hauses, sodass sie von der Ecke des Zauns aus in den Hof sehen konnte. In den Garten war offenbar viel Zeit und Liebe gesteckt worden. Prächtige

Stauden säumten die Gehwege, und in der Mitte des Gartens gluckerte ein Springbrunnen in einem kleinen Teich vor sich hin. Besonders gut gefiel Eevi, dass fast überall schöne blühende Apfelbäume standen. Das machte alles sympathisch und lebendig, nicht allzu ordentlich. Sie klingelte ein zweites Mal und streckte sich, um wieder über den Rand des Zauns zu blicken. Ylva Lindström schaute sie von der Terrasse aus an.

»Hei, ich heiße Eevi Manner. Ich bin gekommen, um einen Artikel über ihren wunderschönen Garten zu schreiben«, rief Eevi fröhlich.

Das Misstrauen verschwand aus Ylvas Gesicht, und sie eilte zum Tor. »Oh, ich hatte ja keine Ahnung. Ich dachte, das hier hat etwas mit dieser schrecklichen Sache zu tun«, sagte sie kopfschüttelnd, während sie das Tor öffnete.

»Welche schreckliche Sache?«

»Nun, dass wir diese Leiche gefunden haben, das ist wirklich fruktansvärt!«, jammerte Ylva und verfiel dabei ins Schwedische. Wie der Großteil in Kristinestad war auch sie zweisprachig.

»Nein, nein, ich bin wegen etwas ganz anderem hier.« Eevi legte beruhigend ihre Hand auf den Arm der Frau. »Ich komme wegen der Offenen Tore. Ich schreibe einen Artikel über Gärten, und Juurinen, der Chefredakteur von *Suupohjan Kaiku*, war der Meinung, dass Ihr Garten definitiv der schönste der ganzen Stadt ist. Und dass Sie die beste Interviewpartnerin sind.«

»Das hat Kari wirklich gesagt?« Ylvas Augen strahlten vor Freude, und sie schien etwas zu erröten.

»Natürlich, das denkt Juurinen, also Kari.« Eevi schmunzelte, als sie das sagte. Sie war nicht daran gewöhnt, den

Vornamen ihres Chefs zu benutzen, er unterschrieb auch seine E-Mails immer nur mit seinem Nachnamen.

»Nun, dann können Sie mich alles fragen, was Sie möchten! Warten Sie kurz, dann hole ich uns Bellinis, Sie nehmen doch auch einen, oder?« Ylva wurde ganz aufgeregt, als sie sich auf den Weg ins Haus machte.

Eevi kam gar nicht dazu, noch etwas zu sagen. Normalerweise trank sie während der Arbeitszeit keinen Alkohol, und mit Blick auf ihren Kinderwunsch sollte sie erst recht nichts trinken, aber der Gedanke an einen Bellini in diesem wunderschönen Garten fühlte sich gut an. Es hatte etwas charmant Unbekümmertes an sich, was sie jetzt gerade dringend brauchte, also ließ sie Ylva im Haus verschwinden, um Getränke zu holen.

Nach ein paar Gläsern waren sie und Ylva bereits wunderbar ins Gespräch vertieft. Eevi hatte gutes Material für ihren Artikel und der freie Fotograf würde morgen für Fotos vorbeikommen.

Eevi saß in einem wunderschönen Korbstuhl und hörte sich Ylvas Erzählungen darüber an, wie sie und Åke die Leiche gefunden hatten. Die ganze Stadt war erschüttert, dass der Verstorbene so jung war, aber die Tatsache, dass es sich dabei um Jonas Snellman handelte, schockierte Ylva noch mehr, weil der Familie schon früher ein großes Unglück widerfahren war.

»Was denn für ein Unglück?«, fragte Eevi viel zu erpicht. Der Bellini hatte sie noch neugieriger gemacht, als sie ohnehin schon war.

Ylva spornte das nur noch mehr an, sie genoss es offensichtlich, dass ihr Wissen von Interesse war. Sie erzählte, dass Jonas' Vater unter ungeklärten Umständen verschwunden war, als Jonas noch ein Kind war. Das sei alles etwas seltsam gewesen.

»Inwiefern?«

»Nun, wie sowohl Jonas' Mutter als auch ihre Eltern auf das Verschwinden von Jonas' Vater reagierten. Als ob es nicht so wichtig gewesen wäre, dass der Vater des Kindes plötzlich spurlos verschwand, als ob sie ihn nie gebraucht hätten«, erklärte Ylva. Sie tratschte offenbar gern, wobei sie zuverlässig daran dachte, regelmäßig einzustreuen, wie schrecklich das alles sei.

»Und die Eltern von Jonas' Vater?«

»Die kamen nie nach Kristinestad. Die Beziehung zu ihrem Sohn war scheinbar so kaputt, dass sie keinen Kontakt mehr hatten. Ich frage mich, ob sie überhaupt etwas über die Geburt ihres Enkelkindes wussten«, platzte es aus Ylva heraus.

»Jonas' Vater war also von außerhalb?«, fragte Eevi.

»Genau. Er kam nicht mal aus Österbotten, sondern aus irgendeiner großen Stadt im Süden. Er hat sich hier nie eingelebt. Er mochte Kristinestad nicht, und Kristinestad mochte ihn nicht.«

»Wie hat sich das geäußert?«

»Nun, er hat immer so getan, als wäre er zu gut für diese Kleinstadt. Saß lieber in einer Kneipe rum, obwohl er Frau und Kind zu Hause hatte, und betrank sich. Und immer dieselbe Leier, dass er Pläne hätte noch und nöcher, dass alle es noch sehen würden, er würde bestimmt nicht in diesem Kaff bleiben. Und dann verkaufte er sein Land, nachdem er ein paar Tage hintereinander gesoffen hatte. Seine Schwiegereltern versuchten Arbeit für ihn in der Umgebung zu finden, aber letztendlich scheiterte es immer wieder am Alkohol. Und dann gingen wohl auch all diese großen Pläne schief, und er nahm sich das Leben – zumindest sagen das die Leute.«

Ylva schüttelte sich, als wollte sie einen unangenehmen Gedanken loswerden. »Und jetzt ist auch noch Saras Sohn gestorben, das ist so schrecklich traurig. Jonas war so ein guter Junge. Es kann doch keiner etwas dafür, wenn man so einen Vater hat«, sagte Ylva sichtlich erschüttert.

»Sie kannten Jonas also gut?«

»Nun, hier kennt ja jeder jeden. Jonas war als Kind ein begeisterter Pfadfinder und im Kinderclub des Finnischen Roten Kreuzes, als ich dort auch noch aktiv war. Ich erinnere mich daran, dass er immer so munter und fröhlich war. Aber nach der Sache mit seinem Vater wurde der Junge immer verschlossener. Und dann hat er mit seinen Hobbys aufgehört.«

Schweigend ließ Eevi die Frau reden. Reflexartig fuhr Ylva sich zwischendurch immer wieder durch ihre Haare und schenkte ihnen aus einem Krug nach. Der schöne Garten um sie herum stand schon fast in voller Blüte, und trotz der traurigen Gesprächsthemen fühlte Eevi sich für einen Moment leicht und ruhig, als hätte sie einen Zufluchtsort aus den Problemen ihres eigenen Lebens gefunden.

14. KAPITEL

Mats hatte sein Team zu einem Nachmittagsmeeting gebeten, um alle auf den neuesten Stand zu bringen. Davor hatte er noch Zeit, um Olli Kiviluoto, einen Pathologen am Zentralkrankenhaus von Vaasa, anzurufen.

»Mats! Hur är läget?«

»Tack bra.« – *Gut, danke* auf Schwedisch – »Und bei dir?«

»Mehr schlecht als recht«, antwortete der Pathologe fröhlich.

»Du hast bestimmt schon von der Leiche gehört, die in Kristinestad gefunden wurde, oder?«

»Ja, das war ja gestern Abend in den Nachrichten. Wurde sie schon nach Tampere gebracht?«

»Ja, direkt ins Universitätsklinikum.«

»Und was möchtest du wissen?«

»Vor allem, wie lange es dauern wird, die Todesursache zu bestimmen. Lässt sich das irgendwie beschleunigen?«

»Normalerweise dauerte so etwas ungefähr eine Woche, aber jetzt sind zum Glück noch keine Sommerferien, da kann es auch mal etwas schneller gehen.«

»Da es um einen jungen Menschen geht, möchte ich, dass die Mutter so schnell wie möglich erfährt, was mit ihrem Sohn passiert ist. Es ist immer noch nicht klar, ob wir es mit Suizid oder einem Verbrechen zu tun haben. Die Leiche weist Prellungen auf, die nicht mit dem Ertrinken in Verbindung stehen.«

»Ich verstehe. Ich kann in unserer WhatsApp-Gruppe fragen, ob wir die Sache beschleunigen können, aber ich kann nicht garantieren, dass der Fall bevorzugt behandelt wird.«

»Vielen Dank für deine Hilfe. Wir gehen irgendwann mal wieder zusammen angeln, okay?«

»Javisst! Du sagst einfach Bescheid, wenn dich deine Frau mal wieder rauslässt, und dann machen wir das!« Kiviluoto lachte und beendete das Telefonat, ohne sich ausgiebig zu verabschieden.

Mats überprüfte noch die in dem gemeinsamen Ordner hochgeladenen Bilder, googelte ein paar Infos und notierte sich alles. Dann holte er sich ein Glas Wasser aus der Küche und ging in den Konferenzraum, in dem die anderen, abgesehen von Jansson, bereits auf ihn warteten. Kurz darauf erschien auch der mit einer Kaffeetasse in der Hand in der Tür und schob sich die Lesebrille zurück auf die Nase. Mats merkte, wie sehr sich Laajavuori über Janssons Langsamkeit ärgerte, aber der jüngere Polizist versuchte sich das nicht anmerken zu lassen. Mats war überzeugt, dass man sowohl von den älteren als auch von den jüngeren Kollegen etwas lernen konnte, und dass ihre Unterschiede sie erst zu einem funktionierenden Team machten.

»Dann lasst uns mal anfangen«, sagte Mats und schloss seinen PC an den großen Bildschirm an.

Auf dem Monitor erschien ein Bild von Jonas, eins von der Leiche sowie eins von der Hütte. Darauf waren Medikamentenpackungen und eine halbleere Wodkaflasche zu sehen.

»Ertrinken ist wirklich eine furchtbare Art zu sterben«, sagte Laajavuori.

Mats ignorierte die Bemerkung und richtete seine Frage an Jansson. »Gab es bei dem Sommerhäuschen noch etwas anderes Auffälliges als das, was ihr fotografiert habt?«

»War eine ganz normale Hütte. Alles sehr ordentlich, von diesen fotografierten Sachen auf dem Steg bei der Hütte einmal abgesehen. Die Flasche lag unter dem Tisch, ebenso die Ritalin-Packung, und das Zopicion wurde in der Jackentasche gefunden, die über dem Stuhl hing. Die Packung war ebenfalls leer.«

»Ich habe ein Video gedreht, damit ihr das euch auch mal ansehen könnt«, warf Laajavuori ein.

Mats klickte auf das Video. Laajavuori hatte die Hütte von außen, den Steg und das Innere der Hütte in einem Tempo aufgenommen, dass für Mats schon etwas zu schnell war. In der Ecke des Umkleideraums lag ein Haufen Dosen, was in der ansonsten ordentlichen Umgebung auffiel. Laajavuori hatte auch das Innere des Kühlschranks gefilmt: Fertiggerichte und verschiedene alkoholische Getränke.

Mats stand auf und tippte auf dem Flipchart auf das Wort »Selbstmord«. Er bat das Team, die Aspekte zu sammeln, die darauf hindeuteten.

»Na ja, die Medikamente und der Alkohol«, antwortete Laajavuori fast schon mit einer gelangweilten Selbstverständlichkeit in der Stimme.

»Laut Jonas' Mutter war er ein guter Schwimmer. Ein

versehentliches Ertrinken käme also nicht infrage?«, überlegte Bäckström laut.

»Auch einem guten Schwimmer kann alles Mögliche passieren. Man kann einen Krampf bekommen, man kann dermaßen betrunken sein, dass man Wasser in die Lunge bekommt, man kann sich beim Tauchen den Kopf an einem Stein anschlagen ...«, zählte Jansson auf und schlürfte seinen Kaffee.

»Die Leiche war vollständig angezogen, also ist Jonas bestimmt nicht freiwillig schwimmen gegangen«, bemerkte Bäckström.

Mats schrieb an den Rand der Tafel das Wort »Unfall« und setzte dahinter ein Fragezeichen. »Gibt es noch etwas, das auf einen Selbstmord oder aber auf einen Unfall hindeuten würde?«

Im Raum herrschte Stille. Für einen Moment hörten sie nur das Ticken der Wanduhr.

»Ich verstehe nicht wirklich, warum hier überhaupt über andere Möglichkeiten nachgedacht wird, als dass sich der arme Junge ganz offensichtlich umgebracht hat.« Laajavuori wurde lauter, er stemmte seine Hände in die Seiten. »Es ist wohl keiner so dumm, aus Versehen Schlaftabletten zu nehmen und danach Alkohol zu trinken. Dass diese Kombination lebensgefährlich ist, wissen auch junge Leute.«

»Wissen tun sie das bestimmt, aber leider findet man auch Informationen darüber, wie man Medikamente falsch einnehmen kann, um high zu werden oder den Rausch zu verstärken«, bemerkte Mats.

»Meinst du, dass er sich aus Versehen umgebracht hat, als er high werden wollte?«, fragte Jansson verwirrt.

»Nun, auch diese Option lässt sich nicht ausschließen. Allerdings gibt es dafür nicht viele Präzedenzfälle unter Jugendlichen. Aber Malla Joutsenjärvi hat bestätigt, dass Jonas Medikamente genommen hat.«

»Aber kann man Suizid bei einem so jungen Menschen denn überhaupt in Betracht ziehen?«, überlegte Jansson laut.

»Was hätte ihn zum Selbstmord treiben können?«, fragte Mats.

»Einsamkeit, Leistungsdruck, Weltschmerz angesichts der Umweltzerstörung, Hoffnungslosigkeit ...«, zählte Bäckström auf.

»Das alles ist ziemlich normal in der Gedankenwelt eines jungen Menschen, doch nur wenige begehen deswegen letztendlich so eine radikale Tat wie Selbstmord«, erwiderte Mats.

Wieder dachte er an seinen eigenen Sohn und spürte einen Stich im Herzen. Nicht nur einmal hatte Joakim sich über die Umweltzerstörung aufgeregt, die die »kapitalistische Gesellschaftsordnung idealisierende Generation« seines Vaters angerichtet hatte.

»Angenommen, dass Jonas sich selbst umgebracht hat – warum hätte er den Kühlschrank vorher so voll machen sollen, dass er das ganze Wochenende in der Hütte hätte verbringen können?«, kommentierte Bäckström das, was sie gesehen hatte.

»Und dann sind da diese Medikamente. Warum hatte Jonas Ritalin dabei?«, fragte Mats.

»Ist das nicht so ein ADHS-Medikament?«, erkundigte sich Bäckström.

»Ja, das stimmt. Soweit ich weiß, werden die heutzutage

viel verschrieben, das hat mir meine Frau erzählt. Bei der Jugend von heute scheint jeder Zweite unter dieser Konzentrationsstörung zu leiden. Ich glaube, es würde schon reichen, ihnen einfach mal eine Woche lang ihr Handy wegzunehmen, dann würden die bestimmt von allein von ihren Störungen geheilt.« Jansson lachte über seine eigenen Worte.

»Was ist das eigentlich für eine Prellung auf der linken Gesichtshälfte des Toten? Könnte das bei einem Unfall passiert sein, bei dem Jonas tatsächlich mit dem Kopf gegen einen Stein geschlagen ist, als er ins Wasser fiel?«, überlegte Bäckström laut.

»Von diesen Prellungen gibt es mehrere, und es sieht so aus, als hätten diese Verletzungen nichts mit dem Ertrinken zu tun«, erklärte Mats.

»Jemand hat Jonas vor dessen Tod also möglicherweise Gewalt angetan«, sagte Bäckström ernst.

»Am besten sollten wir heute noch mit Jonas' Mutter sprechen. Und sein Handy wurde also nicht in der Hütte gefunden?«, fragte Mats.

»Nein, aber es könnte ins Wasser gefallen sein, oder der Junge hat es auch ins Meer geworfen, bevor er sich umgebracht hat. Hat jemand überprüft, ob die Telekommunikationsdaten schon eingetroffen sind?«, fragte Laajavuori schnell.

Bäckström schaltete den Computer an, tippte etwas und rief dann: »Bingo!« Sie schloss ihren Monitor an den großen Bildschirm an.

Jonas' Telefon war zuletzt in der Nähe der Hütte geortet worden und das letzte Mal am Samstagvormittag um 11.39 Uhr an gewesen. Danach war es nicht mehr benutzt oder eingeschaltet worden. Am Sonntag hatte mehrmals die Nummer seiner Mutter und die von Linda erfolglos angerufen. Außerdem waren am Freitag, Samstag und Sonntag Anrufe und Nachrichten von zwei unterschiedlichen Prepaid-Nummern eingegangen.

»Irgendetwas passt hier nicht zusammen, uns fehlt ein wichtiges Puzzleteil.«

Mats bat Laajavuori, sich um die Prepaid-Handys zu kümmern und herauszufinden, ob bei Jonas jemals ADHS diagnostiziert worden war. Jansson sollte sich über mögliche Nebenwirkungen der ADHS-Medikamente schlau machen. Sie brauchten einfach mehr Informationen, um voranzukommen.

Aus dem Tagebuch. Nachher.

Die Krisenpsychologin kam heute zu uns nach Hause.
Ich hab geweint, als ich ihr meine Ängste beschreiben sollte.
Mama war völlig panisch. Sie hat Angst, dass der Verbrecher zu uns kommt, dass er nachts die Tür aufbricht und uns angreift.
Papa meinte, dass er den Mann umbringt, falls er zu uns kommt.

15. KAPITEL

Mats und Bäckström beschlossen, an diesem schönen Maitag zu Fuß zu Sara Snellman zu gehen. Von der Polizeistation waren es nur ein paar Blocks. Da Mats nun Zeit hatte, sich genauer umzusehen, merkte er, dass im Garten der Snellmans in diesem Frühling nichts getan worden war. Normalerweise legten die Bewohner von Kristinestad großen Wert auf ihre Gärten. Sie schienen sich in einem nie endenden Wettbewerb um den schönsten und gepflegtesten Garten zu befinden. Für diesen hier galt das nicht. Von der Straße war das Chaos jedoch nicht zu sehen, da es von einem hohen Zaun verdeckt wurde, der allerdings auch mal wieder dringend einen neuen Anstrich benötigte.

Linda öffnete ihnen die Tür. Sie sah müde und traurig aus. Ihre gestrige Gereiztheit war verschwunden und durch eine entmutigende Traurigkeit ersetzt worden, die sie buchstäblich zu erdrücken schien. Wie in Zeitlupe erklärte sie, dass Sara schlafen würde. Sie wollte ihre Schwester nicht wecken, sofern es nicht unbedingt nötig war.

»Natürlich können wir auch Sie befragen, aber falls etwas aufkommen sollte, worüber Sara mehr weiß, sollten wir einen Termin vereinbaren, an dem sie wach und in der Lage sein wird, uns zu antworten.«

»Ja, das können wir so machen«, antwortete die Frau mit müder Stimme.

Linda führte Bäckström und Mats langsam zum Sofa, auf dem die Polizisten Platz nahmen. Linda hockte sich auf den Sesselrand und wiegte sich fast unmerklich hin und her, den Blick zu Boden gerichtet. Als Mats sie ansprach, fuhr sie zusammen, und er fragte sich, ob sie auch etwas Stärkeres eingenommen hatte. Das Handy lag auf dem Tisch, und Mats sah, dass auf dem Facebookprofil von Jonas' Mutter viele Beileidsbekundungen und Herzen eingegangen waren. Linda war gerade dabei gewesen, diese durchzusehen.

»Wir haben noch nicht herausgefunden, was zu Jonas' Tod geführt hat, aber die Ermittlungen schreiten voran. Bei einigen Ergebnissen sind wir auf andere Behörden angewiesen. Obduktionsdaten dauern in der Regel mindestens eine Woche, wir haben jedoch einen Antrag auf schnellstmögliche Bearbeitung gestellt.«

Linda schien nur auf das Wort »Obduktion« zu reagieren. Ein leidender Ausdruck huschte über ihr Gesicht, dann breitete sich wieder Leere darauf aus.

»Wurde bei Jonas jemals ADHS diagnostiziert?«, fragte Bäckström mit betont klarer Stimme.

»Ja, ich war dabei, als Jonas im Februar die Diagnose erhielt. Sara hatte damals irgendwas zu erledigen.« Sie schien sich nur mit Mühe zu erinnern.

»Haben die Medikamente Jonas geholfen?«

»Ich glaube schon. Ich selbst habe zwar keinen großen Unterschied zu vorher bemerkt, aber Jonas hat erzählt, dass ihm das Medikament sehr geholfen hat. Wenn ich jetzt darüber nachdenke, muss ich allerdings sagen, dass sich Jonas in diesem Frühjahr immer mehr zurückgezogen hat. Ich habe ihn zum Beispiel nicht mal mehr dazu bringen können, mit mir zusammen einen Film anzuschauen. Natürlich konnte ich mir denken, dass es ganz normal für einen Siebzehnjährigen ist, seine Freizeit nicht mit seiner Tante verbringen zu wollen, aber früher haben wir freitagabends immer zusammen Krimis geschaut, und ich hatte den Eindruck, dass es ihm wirklich Spaß gemacht hat.«

»Sie waren sehr präsent in seinem Leben?«, fragte Mats.

»Ja, das war ich. Seit seiner Geburt. Und besonders seit damals, als Sara mit Jonas alleine gelassen wurde.«

»Was für eine Beziehung hatte Jonas zu seinem Vater, als dieser noch da war?« Mats versuchte der Frau in die Augen zu schauen, die jedoch an ihm vorbeisah.

»Ich habe meiner Schwester versprochen, nicht schlecht über Jonas' Vater zu reden, aber das kann man jetzt wohl vergessen, da Jonas nicht mehr da ist.« Linda sah wütend aus, und die Wut gab ihr offensichtlich mehr Energie. Sie richtete sich auf und stemmte die Hände in die Seiten.

»Jonas' Vater war ein Drecksack. Ich könnte auch noch schlimmere Ausdrücke verwenden, aber ich sage es mal so. Zuerst umwarb er Sara monatelang, versprach ihr das Blaue vom Himmel und als er dann das bekommen hatte, was er wollte, verschwand er. Ich hab gleich gesehen, dass dieser Mann nur Probleme mit sich bringt, aber da war Sara bereits schwanger, und dann begann dieser Scheiß, dass er behauptete, Sara hätte ihm ein Kind untergeschoben. Irgendwo in Südfinnland ging dann sein Geschäft pleite, und er zog kurz nach Jonas' Geburt nach Kristinestad. Aber hier fühlte er sich auch nicht wohl, außer in der Kneipe, wo er ständig in Schlägereien geriet. Und dann ließ er seinen Frust an Sara aus.« Linda zog die Augenbrauen zusammen.

»War Jonas' Vater gegenüber seiner Familie gewalttätig?«, fragte Bäckström, und Mats schrieb etwas in sein Notizbuch.

»Sara hat zwar nie so etwas erwähnt, aber ich glaube schon, dass er es war. Allerdings bin ich mir sicher, dass er Jonas nicht angerührt hat, denn dann hätte Sara ihn bestimmt verlassen. Aber manchmal habe ich blaue Flecken an ihren Armen gesehen.« Die Wut in Lindas Stimme wuchs. »Die Beziehung zwischen Jonas und seinem Vater war quasi nicht existent. Auf mich hat es gewirkt, als hätte sich dieser sogenannte Vater überhaupt nicht für seinen Sohn interessiert, als der noch klein war. Und als Jonas dann etwas älter wurde, begann er sich überall einzumischen. Er wollte Sara alles vorschreiben, auch wie sie Jonas erzog. Sie müssen wissen, dass Jonas ein sehr sensibles Kind war, er mochte alles, was schön und liebenswürdig war, und sein Vater konnte das nicht ertragen. Vielleicht hatte Jonas ein bisschen Angst vor ihm, er wurde stiller und introvertierter. Und als sein Vater dann verschwand, war der Schaden bereits angerichtet. Trotz all unserer Bemühungen war der Einfluss seines Vaters größer.«

»Als wir uns das letzte Mal unterhielten, waren Sie davon überzeugt, dass Jonas sich nicht selbst umgebracht haben kann«, sagte Mats. »Trotzdem haben wir in der Hütte eine leere Packung Schlafmittel sowie eine fast leer getrunkene Flasche Wodka gefunden.«

»Das beweist rein gar nichts!«, platzte es aus Linda heraus. »Sara musste manchmal Schlafmittel nehmen, das waren bestimmt ihre. Und Wodka gibt es bestimmt in jedem finnischen Sommerhäuschen.«

Das mochte sein, aber Mats fand es merkwürdig, dass Linda mit allen Mitteln versuchte, die Sache so zu drehen, dass ihr Neffe auf gar keinen Fall Selbstmord begangen haben konnte.

»Es gibt noch etwas, was ich Sie gerne fragen würde, dann lassen wir Sie in Ruhe, und Sie können sich wieder um Ihre Schwester kümmern.« Einen Moment lang blickte Mats in die traurigen Augen der Frau. »An Jonas' Leiche wurden mehrere Prellungen gefunden, die ihm bereits vor seinem Tod zugefügt wurden. Haben Sie eine Idee, was diese Verletzungen verursacht haben könnte?«

Das Gespräch wurde durch einen fast animalischen Schrei unterbrochen, als Sara Snellman plötzlich in der Tür auf ihre Knie fiel. Linda lief zu ihrer Schwester, schlang ihre Arme um sie und sagte laut zu den Polizisten, dass sie nichts zu der letzten Frage sagen könne und es für dieses Mal erst mal genug sei.

16. KAPITEL

Der Abend in Kristinestad wurde allmählich kühler. Eine schwarze Katze ließ sich an der Ecke der Straßen Kissanpiiskaajankuja und Itäinen Pitkäkatu nieder. Sie leckte sich über die Pfote, lief dann langsam über die Straße und gemächlich die schmalste Straße Finnlands hinauf, als wollte sie sich über die Kissanpiiskaajankuja, die Katzenpeitschergasse, lustig machen. Die schmale Gasse und die Häuser dort stammten aus dem 19. Jahrhundert, als die meisten Holzhäuser von Kristinestad gebaut wurden. Am Strand lagen die Grundstücke der Reichen, und je weiter man sich vom Strand entfernte, desto kleiner wurden die Häuser und desto enger die Gassen. Wer heutzutage an dieser 299 Zentimeter breiten Gasse wohnen durfte, konnte sich glücklich schätzen, so schön waren die Holzhäuser mit ihren blühenden Gärten.

Eevi ging langsam nach Hause. Sie wollte die Ruhe und die Geschichte der Stadt auf sich wirken lassen – als Gegengewicht zu der Traurigkeit, die an diesem Mai-Abend über allem lag. Außerdem hatte sie nach ein paar Bellinis zu viel einen kleinen Schwips, und heute erwartete sie eh niemand zu Hause. Als sie an ihrem Garten ankam, merkte sie, dass das Tor offen stand. Sie war sich ganz sicher, dass sie es geschlossen hatte. Das machte sie immer ganz automatisch, denn wenn es offen blieb, schwang es quietschend hin und her, was ihr auf die Nerven ging.

Im Haus beschloss sie, ihre Mutter anzurufen, doch bevor sie sich in den Sessel im Wohnzimmer setzen konnte, klingelte schon ihr Telefon.

»Hallo und Entschuldigung, dass ich so überraschend anrufe, aber ich wusste nicht, was ich sonst tun sollte«, meldete sich ein junges, ängstlich klingendes Mädchen.

»Entschuldigung, aber wer spricht da?«, fragte Eevi aufmerksam.

»Oh, Sie haben meine Nummer natürlich nicht erkannt, Entschuldigung. Also, hier ist Isla Tuominen, erinnern Sie sich noch? Sie waren am Karrieretag bei uns im Gymnasium, und danach haben wir uns noch unterhalten.«

Eevi überlegte einen Moment. Ja, sie erinnerte sich an das Mädchen vom Kristinestad-Gymnasium. Sie hatte alles über den Beruf der Journalistin wissen wollen, als Eevi einen Vortrag darüber an ihrer ehemaligen Schule gehalten hatte.

Das Mädchen war ihr nach draußen gefolgt und hatte sie neugierig ausgefragt, wer bislang ihre berühmtesten Interviewpartner gewesen waren und wie viel für Enthüllungsgeschichten bezahlt wurde. Eevi erinnerte sich noch daran, dass sie damals gedacht hatte, dass Islas Begeisterung und Neugierde gut zu einer zukünftigen Journalistin passten.

»Oh, hallo. Wie geht es dir?«, fragte Eevi, die die Verwirrung und den angeheiterten Tonfall in ihrer Stimme nicht ganz verbergen konnte.

»Ich komme direkt zur Sache. Ich wusste nicht, was ich sonst tun sollte, als Sie anzurufen ... Es ist etwas Schreckliches passiert, und ich hoffe, dass Sie mir helfen können.« Isla sprach jetzt langsamer.

Angesichts der Dringlichkeit in der Stimme des Mädchens klarte Eevis augenblicklich auf. »Erzähl es mir, dann helfe ich dir, wenn ich irgendwie kann«, sagte sie beruhigend.

»Ich möchte, dass das, was ich Ihnen gleich erzähle, unter uns bleibt, also, ich sage Ihnen das im Vertrauen.«

»Natürlich.«

»Ich habe ein bisschen Ihre Laufbahn verfolgt, seitdem Sie bei uns auf der Schule waren, und ich lese auch Ihre Artikel. Die haben mir sehr gut gefallen. Und Sie haben doch auch auf Image diesen Artikel über Sexualverbrechen in den sozialen Medien, über Rachepornos und all diese anderen schrecklichen Dinge geschrieben?« Isla redete wieder schneller.

»Ja, das war ein Artikel aus dem letzten Jahr.«

»Und es wurde dort sehr deutlich erklärt, was man machen muss, wenn man ein Opfer von so etwas wird, damit alles so gut wie möglich für das Opfer abläuft. Oder damit das Opfer Gerechtigkeit erfährt.«

»Ist dir so etwas passiert?« Sorge schlich sich in Eevis Stimme.

»Mir nicht, aber meiner besten Freundin. Sie war betrunken, und dann ist sie wohl irgendwie bewusstlos geworden, und ihr ist etwas passiert ... Sie wurde sexuell missbraucht. Und davon wurde ein Video gedreht und auf

TikTok hochgeladen. Das haben schon eine Million Menschen gesehen!« Den letzten Satz rief Isla laut.

»Das ist ja unfassbar. Als Erstes muss deine Freundin Anzeige erstatten. Die Polizei kann Ratschläge zum Umgang mit den sozialen Medien geben, selbst bei der örtlichen Polizei gibt es heutzutage Leute, die sich auf so etwas spezialisieren«, antwortete Eevi ernst. Sie schüttelte die Hand, in der sie nicht das Telefon hielt, um ihre starken Emotionen in den Griff zu bekommen. Jetzt war es am wichtigsten, Isla und ihrer Freundin zu helfen.

»Wenn deine Freundin bewusstlos war und man etwas Sexuelles mit ihr gemacht hat, dann ist das eine Vergewaltigung. Glücklicherweise wurden die Gesetze in den letzten Jahren verbessert, und wenn man aufgrund von Trunkenheit oder anderer Umstände nicht in der Lage ist, seine Zustimmung auszudrücken, dann ist das eine Vergewaltigung.«

»Also selbst wenn da vorher irgendetwas war, als man wach war, ist das dann immer noch eine Vergewaltigung?«, fragte Isla misstrauisch. Bei dem Wort Vergewaltigung zitterte ihre Stimme.

»Natürlich. Und das wurde auch gefilmt? Das ist dann schon eine zweite schwere Straftat. Habt ihr die Polizei verständigt?« Eevi spürte, wie die Wut in ihr immer größer wurde, aber sie gab ihr Bestes, um ruhig und sachlich zu bleiben.

»Nein, meine Freundin will das nicht. Sie sitzt nur noch zu Hause und weint.« Die Angst um ihre Freundin brachte auch Isla hörbar fast zum Weinen.

»Das verstehe ich gut, das muss ganz schrecklich für sie gewesen sein. Aber deine Freundin muss verstehen, dass sie nichts falsch gemacht hat, sondern dass man *ihr* etwas Schlimmes angetan hat, und das ist eine Tat, die bestraft werden muss. Das hier ist definitiv eine Angelegenheit für die Polizei, das ist mein Rat für dich und für euch. Das muss auf jeden Fall der Polizei gemeldet werden.«

»Aber wenn meine Freundin nun mal nicht will? Wir trauen uns nicht, wir haben Angst!« Islas Stimme brach, und Eevi war für einen Moment ganz still.

»Ihr braucht keine Angst zu haben, die Polizei wird in solchen Fällen vertrauensvoll ermitteln«, sagte Eevi schließlich sanft.

»Okay.« Islas Antwort war fast ein Flüstern. »Ich rede mit ihr.«

»Deine Freundin wird jetzt viel Unterstützung von dir brauchen. Es ist schrecklich, dass ihr so etwas angetan wurde. Ich kann dir verschiedene Websites schicken, wo sie sofort Hilfe durch Beratung bekommt. Und du und deine Freundin könnt mich auch jederzeit anrufen, wenn ihr mit jemandem reden wollt.« Den letzten Satz sagte Eevi betont deutlich.

»Danke. Ich wusste, dass Sie helfen können. Wenn ich mal erwachsen bin, wäre ich gerne so wie Sie, damit ich immer weiß, was ich sagen und tun soll.« Isla klang erleichtert.

Nach dem Telefonat mit Isla schaute Eevi aus dem Fenster auf die Straße. Wenn sie doch nur immer wüsste, was sie sagen und tun sollte. Es fühlte sich gut an, dass Isla ihr vertraut hatte, und sie war froh, dass sie ihr hatte helfen können. Das Mädchen schien einen wachen Verstand zu haben und würde ihrem Rat bestimmt folgen, damit die Polizei so früh wie möglich die Ermittlungen aufnehmen konnte. Es fühlte sich gut an, dass einer der schwierigsten Artikel ihrer Laufbahn dazu geführt hatte, einem jungen Mädchen in einer so furchtbaren Situation zu helfen. Eevi war zutiefst erschüttert über das, was geschehen war. In ihrer Nachricht an Isla verlinkte sie die Kontaktinformationen von Hilfs- und Notdiensten für Opfer von Verbrechen. Nach einem Moment des Nachdenkens schrieb sie noch etwas:

> Es war wirklich gut, dass du dich mir anvertraut hast. Ohne deine Erlaubnis werde ich natürlich niemandem etwas davon erzählen. Aber glaube mir: Damit sich deine Freundin davon erholen kann, muss sie darüber mit der Polizei reden. Ich kenne einen wirklich netten und guten Kriminalpolizisten, und ich weiß, dass er gerade in Kristinestad arbeitet. Er kann euch helfen!

Eevi setzte noch ein Herz ans Ende der Nachricht. Sie lief vom Wohnzimmer zur Veranda und von dort wieder in die Küche. Dann ging sie hoch in ihr Arbeitszimmer im ersten Stock, schaltete den Computer ein und öffnete eine Datei, die sie *Männer, die Frauen hassen* genannt hatte. Sie las ein paar Zeilen ab der Stelle, wo sie zuletzt aufgehört hatte. Lange starrte sie darauf.

> Im letzten Jahr wurden der Polizei 5538 Sexualverbrechen gemeldet. Fünftausendfünfhundertachtunddreißig Sexualverbrechen!

Das Thema drohte Eevi zu überwältigen, also ließ sie sich im Bad kaltes Wasser über die Handgelenke laufen und atmete ein paar Mal tief durch. Sie musste jetzt einen kühlen Kopf bewahren, auch wenn einfach alles an diesem Fall nach ihrer Aufmerksamkeit schrie und ihren Sinn für Gerechtigkeit verletzte. Sie kehrte an ihren Computer zurück und ließ ihren Gefühlen und Gedanken beim Schreiben freien Lauf, ohne Zensur oder Beschönigung. Das half ihr am meisten dabei, etwas zu verarbeiten.

Eevi suchte in dem Text nach der Stelle, in der sie den ehemaligen Generalstaatsanwalt zitierte. Dieser hatte den Missstand betont, dass Personen, die in Finnland wegen Sexualverbrechen angeklagt wurden, mildere Strafen erhielten als in anderen nordischen, ja sogar anderen europäischen Ländern. Ihm zufolge wurde Vergewaltigung in Finnland nicht als schweres Verbrechen angesehen. Stattdessen wurden mehr Polizeiressourcen für solche Straftaten bereitgestellt, die als schwerwiegender galten, wie Drogendelikte. Die finnische Rechtskultur verharmloste damit sexuelle Gewalt – Taten, die nach Ansicht des ehemaligen Generalstaatsanwalts menschliche Grundwerte mit Füßen traten.

Eevis Gedanken schweiften in die Vergangenheit, und sie schaute lange aus dem Fenster. Es war, als gäbe es drei verschiedene Eevis: die Eevi, die einst voller Enthusiasmus für die Zukunft aus diesem Fenster geblickt hatte, bereit, die Welt zu erobern. Dann gab es die Eevi, die mit dem Bösen aneinandergeraten war, die ihr Vertrauen in das Leben und die Menschen verloren hatte. Und dann war da noch die Eevi von heute, eine Art zusammengesetzte Person aus den Teilen, in die die erste Eevi zerfallen war. Diese Eevi hatte sie selbst, Stück für Stück, zusammengebaut – in der Therapie und mit Hilfe ihrer Lieben.

Wieder dachte sie an Mats. Ein Teil seiner Anziehungskraft lag sicherlich darin, dass er sich noch daran erinnerte, wie sie vor all diesen schlimmen Erlebnissen gewesen war. Als die Welt sie noch nicht gebrochen hatte. Manchmal dachte sie lange darüber nach, wie ihr Leben wohl verlaufen wäre, wenn das alles nicht passiert wäre. Wenn sie und Mats zusammengeblieben wären. Wäre sie dann Übersetzerin geworden, so wie sie es sich erträumt hatte? Würden sie woanders wohnen, vielleicht im Ausland? Würden sie viele Kinder haben? Der letzte Gedanke versetzte Eevi einen Stich, und sie klappte ihren Laptop zu. Es machte keinen Sinn, darüber nachzugrübeln. Was geschehen war, war geschehen, und sie und Mats hatten nur eine gemeinsame Vergangenheit, keine Gegenwart oder Zukunft.

Sie zuckte zusammen, als das Telefon wieder klingelte. Erleichtert stellte sie fest, dass es Mirek war.

»Hei, Schatz, wie geht es dir?« Eevi versuchte munterer zu klingen, als sie sich fühlte.

»Sehr gut! Die Ausstellung war ein voller Erfolg, und heute hatte ich zwei Interviews. Wie geht es dir?«, fragte Mirek aufmerksam. Eevis Täuschungsversuch hatte bei ihrem Partner offensichtlich nicht funktioniert.

Sie entschied, ihm die Wahrheit zu sagen. »Ziemlich beunruhigt. Natürlich aus dem üblichen Grund, aber dann auch wegen allem, was hier in den letzten Tagen passiert ist. Das ist ziemlich belastend.«

»Das verstehe ich gut. Der Tod eines jungen Menschen ist immer ziemlich verstörend«, sagte Mirek mit seiner beruhigenden, sanften tiefen Stimme.

»Ich verstehe es nur einfach nicht. Ich verstehe nicht, warum manche Menschen anderen etwas so Böses antun«, platzte es aus Eevi heraus.

»Über was redest du jetzt, Liebes? Wer hat wem etwas Böses angetan?« Mireks Tonfall wurde ernster.

»Ich habe etwas Furchtbares gehört. Einem Mädchen wurde etwas Schlimmes angetan.«

»Wo hast du so etwas gehört?« Die Sorge in Mireks Stimme wuchs von Frage zu Frage.

Eevi klappte ihren Laptop wieder auf und tippte ihr Passwort ein. Der Artikelentwurf kam zum Vorschein. Für einen Moment schwieg sie, dann sprach sie weiter. »Das kann ich nicht sagen, ich muss meine Quelle schützen. Es spielt auch keine Rolle, ich habe es trotzdem gehört.« Eevi runzelte die Stirn. Es ärgerte sie, dass Mirek ihr nicht einfach nur zuhören konnte, ohne sofort zu hinterfragen, woher sie ihre Informationen bezog.

»Es tut dir überhaupt nicht gut, dich jetzt zu sehr in solche Dinge zu vertiefen, das weißt du selbst. Jetzt wäre es das Wichtigste, so ruhig wie möglich zu bleiben, einen kühlen Kopf zu bewahren und deinen Therapeuten zu kontaktieren, wenn es zu bedrückend wird«, sagte Mirek sanft, und Eevis Ärger verflog ein bisschen.

»Ich weiß, aber ich muss auch etwas mit meinem Tag anstellen, ich kann mich nicht einfach krankschreiben lassen und mir über eine weitere, noch nicht begonnene Schwangerschaft den Kopf zerbrechen.« Tränen traten in Eevis Augen, und sie wischte sich über die Augenwinkel.

»Oh, Schatz, du weißt doch, was zu tun ist. Geh joggen, schau dir eine gute Serie an oder lies ein Buch. Ich muss jetzt Schluss machen, die Kuratorin kommt gerade in die Hotellobby. Und bald bin ich ja auch schon wieder zu Hause.« Obwohl Eevi wusste, dass Mirek einen guten Grund dafür hatte, das Gespräch zu beenden, spürte sie einen Stich der Enttäuschung.

»Ja«, sagte sie in die bereits verstummte Telefonleitung.

Einen Moment lang saß sie nur da, betrachtete die Worte auf ihrem Computer und hörte Mireks Stimme in ihrem Kopf widerhallen. Sie klappte den Laptop zu und verstaute ihn in ihrer Arbeitstasche, weg aus dem Blickfeld. Als sie die Treppe runterging, bemerkte sie aus dem Augenwinkel eine Bewegung. Erschrocken blieb sie einen Moment lang stehen, um der Stille im Haus zu lauschen. Dann merkte sie erleichtert, dass das Gespenst nur ihr eigenes Spiegelbild im Flurspiegel war, und sie ärgerte sich über sich selbst. Es kann doch nicht sein, dass ich anfange, mich in meinem eigenen Zuhause zu fürchten, dachte Eevi auf dem Weg zur Küche, wo sie sich ein großes Glas Wasser eingoss, um sich dann mit einem guten Buch in ihren Lesesessel zurückzuziehen. Sie wollte in einer anderen Welt verschwinden, sich nur mit den Problemen von der Größe eines einzigen Romans befassen und auf den letzten Seiten eine Lösung für sie finden. Also häufte sie etwas Essen auf einen Teller und brachte ihn ins Wohnzimmer. Nachdem sie alles für einen entspannten Abend vorbereitet hatte, vergewisserte sie sich noch, ob die Haustür auch wirklich abgeschlossen war. Als Eevi die Tür öffnete, sah sie eine schwarze Katze, die über den Hof in den Nachbargarten huschte. Eevi konnte nicht sagen, ob es dieselbe Katze war, die sich in der Nacht zuvor in ihre Küche geschlichen hatte. Vorsichtshalber zog sie die Tür besonders fest zu und überlegte, sich eine Alarmanlage anzuschaffen, vor allem wenn Mireks Auslandsreisen in Zukunft häufiger wurden. Dann schüttelte sie ihre Hände aus, um das unbestimmte Gefühl der Angst aus ihrem Körper loszuwerden, und ging ins Wohnzimmer, um sich in das neueste Werk ihres Lieblingskrimiautors zu vertiefen.

Aus dem Tagebuch. Nachher.

Mein Therapeut ist der Meinung, dass es mir guttun würde, wieder Tagebuch zu schreiben.
Es fällt mir schwer.
Obwohl ich ein neues Tagebuch gekauft habe, fühlt es sich so an, als würde mein früheres Ich, das glückliche Ich, in jedem Wort, das ich schreibe, herumgeistern. Erschrocken schaut es mich und meine verweinten Augen an, dieses entmutigte und verängstigte Wesen, und fragt: »Was ist passiert?«
Ich will kein einziges Wort darüber schreiben, was passiert ist.

17. KAPITEL

Eevi war gerade von ihrem Morgenlauf zurückgekehrt und auf dem Weg in die Dusche, als sie sah, dass Isla geschrieben hatte. Die Mädchen wollten mit ihr persönlich über die Sache sprechen.

Eevi schlug vor, sich in einer Dreiviertelstunde im Park Saunapuisto zu treffen, worauf Isla nur mit einem kurzen OK antwortete.

Nach der Dusche blieb Eevi einen Moment vor dem Badezimmerspiegel stehen, um ihren nackten Körper zu betrachten. Sie hatte dazu immer eine recht pragmatische Einstellung gehabt. Sie mochte ihr Aussehen und ihre Leistungsfähigkeit, zum Beispiel wenn sie lange Strecken lief. Die Tatsache, dass sie nicht schwanger geworden war, belastete sie jedoch so sehr, dass sie ihren Körper nun kritischer betrachtete als früher. Was stimmte nicht mit ihr, dass es einfach nicht klappte? Die Untersuchungen hatten ergeben, dass sie eine nach hinten geneigte Gebärmutter hatte, und nachdem sie alle möglichen Ursachen für Unfruchtbarkeit gegoogelt hatte, glaubte sie, dass auch das ihre Chancen auf eine Schwangerschaft beeinträchtigte. Eevi stöhnte, als sie aus Versehen mit der Hüfte gegen das Waschbecken stieß. Im selben Augenblick begann sie, sich über ihr überholtes Denkmuster zu ärgern. Sie beschloss, sich von nun an auf alles andere, nur nicht das Thema Kinder, zu konzentrieren.

Auf dem Weg zum Saunapuisto-Park zog Eevi, obwohl es ein warmer Tag war, ihre dünne Strickjacke enger um sich. Der Tag war voller Verheißung, und es fühlte sich falsch an, wenn sie darüber nachdachte, warum sie im Saunapuisto an der Ecke mit dem großen Stein verabredet war. Sie war früh von zu Hause losgegangen, um auf dem Weg ihre Gedanken zu sammeln. Beim Gehen schienen sie am besten zur Ruhe zu kommen, Laufen war die effektivste Art, um Gefühle zu kontrollieren.

Eevi setzte sich auf den Stein und betrachtete die Meeresbucht, die sich fast reglos vor ihr ausbreitete. Als Kind war dies ihr Lieblingsplatz zum Spielen gewesen, und in ihrer Jugend war sie oft hergekommen, um von der Zukunft zu träumen. In Eevis Kindheit hatte es neben dem Stein einen Waschsteg gegeben, und sie erinnerte sich gerne an die Zeiten, als sie hier mit ihren Freundinnen in den Fässern des Stegs Seeräuber gespielt hatte. Gleichzeitig durchdrang wieder ein schmerzhafter Gedanke die Schutzmauern ihres Geistes. Ihrem eigenen Kind könnte sie nicht dieselbe wunderbare und unbeschwerte Kleinstadtkindheit bieten. Sie bekam es ja noch nicht einmal hin, schwanger zu werden, und bald wäre es auch in der Theorie viel zu spät dafür, um es überhaupt noch schaffen zu können. Im nächsten Sommer würde sie vierzig werden, und da die Ärzte nicht müde wurden zu betonen, wie rapide die Fruchtbarkeit ab dem 35. Lebensjahr abnahm, schien die Vierzig die Deadline für diesen Traum zu sein.

Sie und Mirek hatten gehofft, ein Umzug in das ruhige Kristinestad würde helfen. Doch obwohl das gemächliche Lebenstempo und die Idylle, die sie auf allen Seiten umgab, Eevis Erschöpfung allmählich gelindert hatten, hatte sich ihr Kinderwunsch nicht erfüllt. Eevi gab sich dafür selbst die Schuld.

Sie konnte einfach nicht anders, als sich mit Themen zu beschäftigen, die ihr unter die Haut gingen. Sie schien das regelrecht zu brauchen – als Gegengewicht zu all den unbeschwerten Artikeln. Sie hatte mehrere lange Geschichten zu schwierigen Themen in Arbeit und schrieb diese, wann immer es möglich war. Es war ihr wichtig, die Augen nicht zu verschließen und dazu beizutragen, Ursachen und Folgen von Ereignissen besser zu durchschauen. Das war ihre Mission, ihre eigenen traumatischen Erlebnisse und die sie umgebende Welt zwangen sie dazu. Sie schrieb ihre Texte, um die Welt verständlicher zu machen, zumindest für die Dauer eines Artikels. Worte halfen ihr dabei, das war schon immer so gewesen. Und im besten Fall würden sie auch jemand anderem helfen, den die gleichen Fragen quälten.

»Eevi?« Als Eevi sich umdrehte, sah sie Isla Tuominen und ein zweites Mädchen, dessen Hand Isla hielt.

»Hei, Isla.« Eevi legte all ihre Einfühlsamkeit in ihre Stimme und lächelte auch Islas Freundin an.

»Eevi, das ist meine Freundin Ella. Ich habe Ihnen von ihr am Telefon erzählt.«

»Hei, Ella. Es ist wirklich gut, dass du gekommen bist. Hoffentlich kann ich dir helfen.«

»Ich weiß nicht, ob mir überhaupt jemand helfen kann«, schluchzte Ella.

»Eevi kann das, ich vertraue ihr«, sagte Isla ermutigend zu ihrer Freundin.

»Wollen wir uns auf die Bänke setzen, da ist es ein bisschen gemütlicher als hier auf dem großen Stein?«, fuhr Eevi lächelnd fort.

»Wenn Isla neben mir sein kann?«

»Natürlich!«

Sie gingen eine Weile am Strand entlang und bogen dann vor der Gedenkstätte für die Seeleute ab. Auf einer Bank vor der Pavillonbühne saßen sie eine Weile schweigend da, bis Eevi das Wort ergriff.

»Ella, du musst verstehen, dass nichts von dem, was passiert ist, dein Fehler oder deine Schuld ist. Nicht, was du anhattest, und auch nicht, wie du dich verhalten hast, bevor es passiert ist. Und es war auch nicht deine Schuld, wenn du betrunken warst. Es ist einzig und allein die Schuld des Täters.« Eevi machte eine kurze Pause, bevor sie fortfuhr. »Deshalb wäre es wirklich wichtig, mit der Polizei darüber zu reden. Damit der Täter gefasst, verurteilt und bestraft wird.«

Über Ellas Wange lief eine Träne. Fast unmerklich schüttelte sie den Kopf und schaute ihre Freundin flehend an.

»Den kann man nicht mehr festnehmen und auch nicht mehr verurteilen«, flüsterte Isla. »Er ist tot.«

Eevi war kurz verwirrt, und im selben Moment begriff sie, wen Isla meinte. »Der tote Junge war derjenige, der dir wehgetan hat?« Sie bemühte sich, weiterhin ruhig zu sprechen.

»Ja.« Kraftlos sank Ella in sich zusammen, und Isla nahm ihre Freundin in die Arme.

»Jetzt verstehen Sie, warum das hier so schwierig ist. Die ganze Stadt trauert um Jonas, und wir hassen ihn für das, was er Ella angetan hat.«

Eevis Gedanken überschlugen sich. Warum hatte Jonas Ella so etwas angetan? Er schien überhaupt nicht ins Raster zu passen, basierend auf den wenigen Informationen, die Eevi über ihn vorlagen. Introvertiert und vielleicht ein bisschen merkwürdig, aber kein eiskalter Sexualstraftäter.

»Das ist jetzt so eine Situation, in der man zur Polizei gehen muss. Die Polizei muss erfahren, was Jonas getan hat.«

»Wir trauen der Polizei aber nicht«, sagte Isla, als wäre das eine Selbstverständlichkeit.

»Glücklicherweise kenne ich zufällig einen Kriminalbeamten, der sehr nett und vertrauenswürdig ist.«

»Derjenige aus Ihrem Artikel, dessen Kontaktdaten Sie auch in Ihrer Nachricht geschickt haben? Dieser Mats irgendwas?«, fragte Isla.

»Ja, genau der.«

Ella zögerte. »Ich bin nur einverstanden, wenn Sie auch mitkommen. Ich will nicht alleine gehen und auch nicht nur zu zweit mit Isla.«

Eevi nickte. »Wenn wir es so machen, spreche ich vorher noch mit dem Polizisten. Und wenn er dich dann befragen will, müssen auch deine Erziehungsberechtigten bei dir sein. Hast du mit deinen Eltern darüber gesprochen?«

Ella warf Isla schnell einen Blick zu, die ihrer Freundin ermutigend zunickte. »Ja, sie wissen Bescheid.«

18. KAPITEL

Mats freute sich, als er Eevis Namen auf dem Handydisplay las, hörte ihr aber gleich an, dass das hier kein privates Telefonat war.

»Entschuldige, dass ich jetzt anrufe, ihr habt mit den Ermittlungen bestimmt alle Hände voll zu tun.«

»Das haben wir, aber für dich habe ich immer Zeit.« Mats hätte sich am liebsten einen Tritt verpasst, als ihm bewusst wurde, was er da gerade gesagt hatte. Von der anderen Tischseite aus sah Jansson ihn bedeutungsvoll an.

Eevi machte eine kurze Pause und fuhr dann sachlich fort: »Ich habe einiges über den toten Jungen erfahren, was ich der Polizei mitteilen möchte.«

»Erzähl es mir.« Mats schnappte sich einen Stift und sein Notizbuch und schob sich das Telefon zwischen Schulter und Ohr.

»Die Angelegenheit ist streng vertraulich. Die Person, die mir das erzählt hat, hat kein Vertrauen in die Polizei, aber ich konnte sie davon überzeugen, dass du dich um diese Sache gut kümmern wirst und ihr helfen kannst.«

Trotz der Professionalität, um die sich Eevi bemühte, klang sie aufgeregt, und in Mats breitete sich ein mulmiges Gefühl aus.

»Der tote Junge hat letzten Freitag etwas Entsetzliches getan. Er hat mindestens ein Mädchen aus der Gegend sexuell missbraucht, während es bewusstlos war. Außerdem hat er diesen Missbrauch gefilmt und auf TikTok hochgeladen. Das Video hatte inzwischen bereits eine Million Aufrufe.« In Eevis Stimme schlich sich ein wütender Tonfall.

»Wer ist das Opfer?« Mats sah, dass Jansson ihm gegenüber das Gespräch mit Argusaugen verfolgte.

»Ella Aaltonen«, antwortete Eevi.

Mats notierte den Namen, machte ein paar Stichpunkte in sein Notizbuch und zeigte es dann Jansson. Dieser schrieb eine Antwort: *Leena und Matti Aaltonen, Itäinen Pitkäkatu, Adresse bekannt.*

»Vielen Dank, Eevi. Darf ich dich bitten, noch nichts darüber zu veröffentlichen?«, fragte Mats und schrieb dann für Jansson in sein Notizbuch: *Telefonnummer?* Jansson ging aus dem Raum, um sich darum zu kümmern.

»Du weißt ganz genau, dass ich nichts darüber schreiben werde. Ich habe Ella und ihrer Freundin versprochen, dass ich es nur dir erzähle und sich die Polizei um die Sache kümmert.« Eevi klang etwas beleidigt, aber Mats musste das sagen.

»Danke.« Mats beendete das Telefonat.

Unzählige Fragen schossen ihm durch den Kopf. Jansson kehrte mit Matti Aaltonens Telefonnummer zurück, den Mats sofort anrief. Nach einigem Hin und Her stimmte Matti Aaltonen widerwillig einer Befragung seiner selbst und seiner Familie zu.

Auf dem Weg nach draußen holte Mats Bäckström aus ihrem Büro und umriss seinen Gedankengang, während sie zum Auto gingen.

»Ich habe erfahren, dass Jonas Snellman möglicherweise eine sexuelle Straftat begangen hat. Wir befragen jetzt das siebzehnjährige Opfer, Ella Aaltonen. Es war der Freitag, als ihr das angetan wurde.«

»Was zur Hölle?! Schwer vorstellbar, dass Jonas so etwas tun würde«, platzte es aus Bäckström heraus.

»So etwas sieht man einem Menschen leider selten an«, erwiderte Mats.

»Ich habe da so eine Ahnung, ich weiß es natürlich nicht genau ... Aber ich habe bei Jonas so ein Gefühl, dass er nicht in diesem Sinne an Mädchen interessiert war«, versuchte Bäckström sich so vorsichtig wie möglich auszudrücken.

»Umso wichtiger ist es, dass wir der Sache auf den Grund gehen.«

Den Rest der Fahrt verbrachten sie schweigend.

Ein ernst dreinschauender Matti Aaltonen öffnete ihnen die Tür und bat sie herein. Ellas Mutter Leena saß auf dem Rand des Sessels im Wohnzimmer und sprang sofort auf, als die Polizisten den Raum betraten. Das ganze Zimmer strahlte Beklemmung aus, und Mats dachte, dass er alles tun würde, um die Not dieser Menschen zumindest ein bisschen zu lindern.

Eine erschrocken aussehende Ella kam die Treppe herunter, die Aaltonens nahmen Platz, und Ella setzte sich zwischen ihre Eltern aufs Sofa. Mit ihrem Blick suchte sie bei beiden abwechselnd nach Trost, und Mats fiel auf, dass Ella immer wieder ihre Haare vors Gesicht strich. Er spürte, wie die Wut in ihm immer weiter hochkochte, als er an das Schreckliche dachte, das diesem jungen Mädchen angetan worden war, aber er verdrängte das Gefühl, um seine Arbeit so gut wie möglich zu erledigen.

Ellas Eltern sahen die Polizisten streng, erwartungsvoll und fordernd an. *Bringt das hier in Ordnung, bestraft den Schuldigen, macht irgendetwas!*

Bäckström ergriff als Erste das Wort. Mit sehr sanfter Stimme stellte sie ihre Fragen, das schien Ella zumindest ein bisschen zu helfen. »Dein Vater hat dir bestimmt schon erzählt, warum wir hier sind. Wir sind gekommen, um dir zu helfen, und um herauszufinden, was am Freitag genau passiert ist. Kannst du uns erzählen, was vorgefallen ist?«

»Ja«, antwortete Ella leise.

»Du kannst uns alles anvertrauen. Alles, was du uns hier erzählst, bleibt innerhalb dieser vier Wände.«

»Tja, also ich war am Freitag bei den Kanuunakallio-Klippen ... und habe dort mit meiner Freundin Isla Tuominen gefeiert.« Schnell warf Ella ihrer Mutter einen Blick zu und fuhr fort: »Und dann habe ich ziemlich viel getrunken, und an den Rest des Abends kann ich mich nicht mehr erinnern. Ich bin in Jonas' Hütte aufgewacht, und Papa hat mich abgeholt.« Ellas Stimme klang deutlich jünger als sie war.

»Waren in der Hütte noch andere Leute, als du aufgewacht bist?«, fragte Mats sanft.

»Ja, Jonas.«

»Was für einen Eindruck hat Jonas auf dich gemacht?«

»Irgendwie erschrocken. Noch ängstlicher als sonst. Verwirrt.«

»Habt ihr miteinander geredet?«

»Ja, er meinte, dass er mich zum Ausruhen in die Hütte gebracht hat, weil ich so betrunken war.« Das Mädchen blickte zu ihren Eltern. »Er hatte mich auch in einen Schlafsack gewickelt, was ich nicht wirklich verstehe.«

»Was verstehst du nicht?«

»Nun, dass er irgendwie so fürsorglich war. Und irgendwie so, als würde er mich um Verzeihung bitten. Und dann hat er mir trotzdem danach diese Nachrichten geschickt und hat das Video auf TikTok gepostet.«

»Jonas war also auf dem Video zu sehen? Und hat er dir etwas angetan?«

»Dieser Junge hat Ella sexuell missbraucht!«, brüllte Ellas Vater wütend.

»Matti, beruhige dich, Herrgott noch mal!«, herrschte Ellas Mutter ihren Mann an.

»Wollen wir für einen Moment in die Küche gehen, und mein Kollege bleibt hier, um mit Ella zu sprechen?«, schlug Bäckström vor und führte Matti und Leena aus dem Wohnzimmer.

In Gedanken bedankte sich Mats bei ihr, dass sie sofort reagiert hatte. Er hatte den Eindruck, dass es Ella ohne ihre Eltern leichterfallen würde. Das Mädchen war sichtlich erschrocken über den Gefühlsausbruch ihres Vaters.

»Ich werde dir jetzt ein paar detaillierte Fragen stellen, und du wirst versuchen, sie so gut wie möglich zu beantworten. Wenn du irgendwann das Gefühl hast, dass du nicht mehr kannst, dann hören wir auf und machen ein anderes Mal weiter. Ist das in Ordnung?«

»Ja, das passt. Und ich will natürlich auch alles erzählen, was ich weiß, aber wenn ich mich doch an nichts mehr erinnern kann!«, sagte Ella ängstlich und zog die Knie an.

»Wir fangen mit etwas an, an das du dich erinnerst. Was für eine Beziehung hattest du zu Jonas, wart ihr befreundet?«

»Nein, waren wir nicht. Irgendwann in der Grundschule war er in meiner Parallelklasse, und als ich kleiner war, haben wir auch mal gespielt, aber ich sehe ihn nicht als Freund, das habe ich nie gedacht. Jonas ist ein bisschen seltsam.«

»Inwiefern?«

»Na, so ein einsamer Wolf. Oder Schaf. Und irgendwie, na ja, halt nicht so männlich. Jeder kann natürlich so sein, wie er will, aber Jonas ... Nun, man wusste nicht so wirklich, was er war. Er war irgendwie weder das eine noch das andere oder irgendwas dazwischen. Manchmal ärgert so was die Leute.« Ella schien gedanklich abzudriften.

»Kannst du dich daran erinnern, dass ihr am Freitag irgendwas miteinander zu tun hattet, bevor das passiert ist?«

»Ich glaube, er war irgendwann mal in derselben Gruppe von Leuten. Ich kann mich dunkel daran erinnern, dass ich irgendwann auf Jonas gefallen bin, als ich gerade pinkeln gehen wollte. Und dann bekam ich diese Nachricht mit dem TikTok-Link, und da war ein Bild von mir, auf dem ich nackt bin, und Jonas steht nackt neben mir und seine Hand ist auf meiner Brust«, schluchzte Ella ungläubig. Ihr Gesicht verzog sich, als sie weinte. »Und ich kann mich nicht mehr daran erinnern, was ich gemacht hab, oder ob ich das vielleicht selbst wollte! Aber das weiß ich jedenfalls, dass ich mich nüchtern niemals ausgezogen und auch nie was mit Jonas angefangen hätte.«

Mats bat das Mädchen, ruhig ein- und auszuatmen. Als Ella sich beruhigt hatte, fuhr er fort. »Lass uns einmal den ganzen Abend rekapitulieren. Alles, woran du dich erinnern kannst, okay?«

»Okay. Aber ich erinnere mich wirklich nicht an viel ... Ich weiß noch, dass ich mit dem Fahrrad zu den Klippen gefahren bin, und dass Isla dort auf mich gewartet hat, und dass ich Wein getrunken habe ...« Ella machte eine kurze Pause und sah zu Mats. Verständnisvoll schaute er sie an und nickte ihr ermutigend zu. »Ich habe fast eine ganze Weinflasche allein ausgetrunken, und danach erinnere ich mich an nichts mehr.«

»Ella, du machst das gerade ganz toll. Wir haben oft das Gefühl, dass wir uns an nichts mehr erinnern können, nur weil wir versuchen, die Dinge nachvollziehbar zu erzählen. Wenn du vielleicht mal versuchen würdest, dich daran zu erinnern, wie du dich Freitagabend gefühlt hast?«

»Fröhlich«, flüsterte Ella, und ein paar Tränen liefen ihr über die Wange.

»Erinnerst du dich noch an irgendein anderes Gefühl?«

»So ein dämliches mutiges Gefühl. Es fühlte sich so an, als ob alles möglich wäre.«

»Waren bei den Klippen auch noch andere Bekannte, außer deiner Freundin Isla?«

»Markus, Islas Freund. Und Jonas und noch ein paar andere aus unserer Schule. Und dann gab es da auch noch welche, die ich nicht kannte. Schweden, da war ziemlich viel Schwedisch zu hören. Irgendwann hat sich Isla am Fuß verletzt, und Markus hat sie nach Hause gebracht.«

»Wie heißt Markus mit Nachnamen?«

»Malmgård.«

»Als Markus und Isla gingen, bei wem bist du geblieben, oder warst du allein?«

Ella sah verzweifelt aus, wieder kamen ihr die Tränen.

»Da kann ich mich auch nicht mehr dran erinnern, aber Markus meinte, dass ich bei Jonas bleiben wollte, und da waren wohl auch noch andere ...« Sie klang immer unsicherer. »Aber ich kann das auch nicht mit absoluter Sicherheit sagen.«

»Weißt du noch irgendetwas von dieser Nacht, nachdem du so betrunken warst?«

»Nicht wirklich. Ich habe versucht, mich an irgendetwas zu erinnern, aber mir fällt einfach nichts ein. Und das macht das Ganze so schrecklich.«

»Was ist das Nächste, an das du dich erinnern kannst?«

»Dass ich in der Hütte aufgewacht bin.«

»Erinnerst du dich noch an etwas anderes?«

»An den Geruch.«

»Was für ein Geruch?«

»Der Geruch von Jonas. Davon musste ich kotzen.«

Ella saß nun im Schneidersitz auf dem Sofa und wiegte sich langsam hin und her. Zwischendurch atmete sie tief ein und langsam aus.

»Wenn so etwas passiert, rate ich dringend dazu, sich ärztlich untersuchen zu lassen.«

»Auch wenn das schon viele Tage her ist?«

»Auch wenn das schon viele Tage her ist.«

»Ich war danach schon hundertmal duschen.«

»Das ist okay und auch absolut nachvollziehbar. Es lohnt sich trotzdem, eine Untersuchung durchführen zu lassen, zumindest um mögliche Spuren am Körper festzuhalten. Auch zu einer gynäkologischen Untersuchung würde ich dir raten. Von allem bleiben immer irgendwelche Spuren zurück.«

»Ich will aber nicht untersucht werden«, stammelte Ella.

»Das kann ich wirklich gut verstehen. Nur ist es wichtig, alle Beweise zu sammeln und herauszufinden, was passiert ist.«

»Ich will nicht mal wissen, was genau passiert ist. Ich will das nicht. Ich will nur, dass dieser Albtraum endlich aufhört. Ich kann nicht mehr zur Schule gehen, und ich kann auch niemanden mehr sehen. Ich muss aus Kristinestad wegziehen!« Ella schluchzte jetzt laut.

Ihre Eltern kamen ins Zimmer und warfen Mats einen vorwurfsvollen Blick zu. Der ließ sich davon nicht aus der Ruhe bringen, sondern fragte Ella beherrscht: »Die Klamotten, die du am Freitag anhattest ... Sind die noch irgendwo?«

»Mama hat die irgendwohin gebracht. Ich wollte sie verbrennen.«

Leena Aaltonen schüttelte den Kopf, dann verließ sie den Raum und kam mit einem schwarzen Müllbeutel zurück. Mats atmete auf.

»Um wie viel Uhr haben Sie Ella abgeholt?« Mats wandte sich an Ellas Vater.

»Nach sechs, wenn ich mich richtig erinnere«, antwortete der Mann ruhig und sah Mats direkt in die Augen.

»Haben Sie Jonas gesehen?«

»Nein.«

»Sie haben vielleicht schon mitbekommen, dass Jonas Snellman am Sonntag tot aufgefunden wurde?«

»Nun, dieser Meldung konnte man auch nicht wirklich entgehen, da reden schließlich alle drüber«, bemerkte Leena gereizt.

»Und es könnte sein, dass Ella die letzte Person war, die

Jonas lebend gesehen hat«, mischte sich Bäckström ungewohnt hart in das Gespräch ein.

Mats hoffte, seine Kollegin würde sich zusammenreißen und darauf konzentrieren, dass sie nicht wegen Jonas' Tod, sondern wegen des an Ella begangenen Verbrechens bei den Aaltonens waren.

»Kannst du uns noch etwas über die Nachrichten erzählen, die du bekommen hast? Wann wurden die verschickt?«, versuchte er die Stimmung wieder zu beruhigen.

»Nachdem Papa mich abgeholt hat, bin ich schlafen gegangen, und als ich gegen Mittag aufgewacht bin, hab ich schon den Link zu dem Video geschickt bekommen.« Ella zitterte, während sie sprach.

»Wir müssten uns diese Nachrichten anschauen. Kannst du sie uns zeigen?«

»Man kann sie nicht mehr sehen, ich habe alle gelöscht«, antwortete Ella. Sie starrte entschlossen geradeaus. »Und dieses TikTok-Video haben wir schon dreimal gemeldet, also, es wurde entfernt, wir haben uns darum gekümmert.«

Mats sah seiner Kollegin an, dass sie beide das Gleiche dachten: Leider verschwand Material, dass einmal hochgeladen worden war, niemals ganz aus dem Internet, besonders ein Video, das Tausende Male angeklickt worden war. Spätestens jetzt bräuchten sie einen Experten für digitale Spuren in ihrem Team, um alle Anhaltspunkte zu sammeln und zu untersuchen.

»Kamen die Nachrichten von Jonas?«

»Von wem denn sonst? Er hat doch auch das Video gedreht«, mischte sich nun Ellas Mutter ein.

»Ich habe Ella gefragt. Kamen die von Jonas' Telefonnummer? Hast du seine Nummer gespeichert?«

»Habe ich nicht, die kamen halt von irgend so einer Nummer.« Ella biss sich auf ihre trockene Unterlippe und Mats sah, wie Blut aus der Lippe des Mädchens zu tropfen begann.

»Wir könnten uns jetzt mal dein Telefon anschauen, was wir dort so finden. Wenn du mir dein Handy geben würdest, überprüfen wir mit deiner Erlaubnis die Nachrichten und Social-Media-Accounts.«

»Ja, ich will dieses Telefon nicht mal mehr sehen, es widert mich an. Mama, ich will eine neue Nummer, und ich werde komplett aus den sozialen Medien verschwinden. Das muss ich einfach«, klagte Ella unter Tränen.

Leena Aaltonen versprach ihrer Tochter, das zu regeln. Dann warf sie ihrem Mann einen Blick zu, der verriet, dass er sich um die praktischen Dinge kümmern sollte – sie schien hier die Entscheidungen zu treffen. Während Bäckström Ellas Handy in die Tüte mit dem Beweismaterial legte, beobachtete Mats die Eltern genauer. Ellas Vater unterdrückte seine Wut, ihre Mutter wirkte ruhiger, entschlossener.

»Wann hast du das letzte Mal eine Nachricht von dieser Nummer bekommen?«, fragte Mats.

»Am Sonntag, irgendwann gegen Mittag«, seufzte Ella.

Mats und Bäckström bedankten sich, und Bäckström gab Ella noch eine Telefonnummer, unter der sie Unterstützung bekam, wenn sie sie brauchte.

Als die beiden vor dem Haus der Aaltonens um die Ecke bogen, sprach Bäckström aus, was sie beide dachten: Jemand anderes als Jonas hatte die Nachrichten geschickt, denn am Sonntagnachmittag war er bereits tot gewesen.

19. KAPITEL

Spannung lag zu Beginn des Meetings in der Luft. Mit dabei war auch Dag Björklund, der bereits zu Beginn der Ermittlungen gehofft hatte, dem Kernteam beizutreten. Dag war spezialisiert auf soziale Medien und digitale Kriminalität. Mats ging davon aus, dass er in den nächsten Jahren entweder zur Vaasa-Einheit der Polizei Österbottens oder direkt in die Hauptstadtregion wechseln würde, so talentiert war der junge Mann. In allen Polizeidienststellen gab es Einheiten, die sich auf die Verarbeitung und Analyse digitaler Beweismittel spezialisierten, und die Polizei Österbotten war besonders gut darin, Spuren online und speziell in den sozialen Medien zu untersuchen.

Vor dem Meeting hatte Mats sich einen Moment Zeit für sich genommen und in seinen Notizen geblättert, um sich einen Überblick über die Relevanz der verschiedenen Hinweise und die Richtung der Ermittlungen zu verschaffen. Mit der Vaasa-Einheit war für 15 Uhr eine Videokonferenz angesetzt, und davor wollte er noch die Lage mit seinem Team durchgehen. Heute Nachmittag oder spätestens morgen früh lägen die Ergebnisse von Ella Aaltonens gynäkologischer Untersuchung vor.

»Was Ella Aaltonen passiert ist, hat die Ermittlungen in eine andere Richtung gelenkt«, begann Mats. »Jetzt haben wir mindestens eine Person, die vor Jonas' Tod bei ihm war, und wir wissen, dass er laut Ella Aaltonens Aussage am Samstagmorgen noch gelebt hat.«

»Könnte das, was mit dieser Ella passiert ist, der Grund für Jonas' Selbstmord sein?«, fragte Laajavuori. Für ihn schien die Sache klar.

»Also, zuerst hat Jonas das Mädchen missbraucht, dann hat er ihr Bilder davon geschickt, danach hat ihn das schlechte Gewissen gepackt, und zum Schluss hat er sich umgebracht?«, fragte Bäckström ungläubig.

»Am wichtigsten ist es, endlich herauszufinden, welche Personen am Freitagabend und möglicherweise auch am Samstagmorgen etwas mit Jonas zu tun hatten«, warf Mats ein. Die Stimmung war aufgeheizt.

»Da seine Identität nun bekannt ist, wurde online zu einer Art Gedenkfeier für Jonas aufgerufen. Die findet heute bei den Klippen statt. Und auch sonst gibt es eine Menge Kommentare auf Jonas' Instagramprofil«, sagte Björklund, so als hätte er gar nichts von der angespannten Stimmung im Raum mitbekommen.

»Irgendwie traurig, dass es da vor seinem Tod fast gar keine Kommentare gab, und jetzt posten alle Herzchen und Beileidsbekundungen. Ziemlich heuchlerisch«, bemerkte Bäckström traurig.

»Bäckström und Laajavuori, hört euch mal auf der Trauerfeier um, ob jemand der Anwesenden Jonas am Freitag oder Samstag gesehen hat. Björklund, kümmere du dich um das Telefon von Ella Aaltonen. Arbeite am besten mit dem Vaasa-Team zusammen, damit wir so schnell wie möglich alle Spuren finden.«

»Bin schon dabei. Bis heute Abend oder spätestens morgen früh habe ich eine Zusammenfassung.«

»Klingt gut.«

Es klopfte, und Kaarina Valve, die Sekretärin, steckte den Kopf herein. »Entschuldigen Sie die Störung, aber hier ist jemand, der dringend mit dem Ermittlungsleiter sprechen möchte.«

Im Foyer fand Mats Runar Dahlberg vor, der nervös seine Schirmmütze in den Händen knetete. Als er Mats bemerkte, stapfte er mit ausgestreckter Hand auf ihn zu. »Ich bin Runar Dahlberg, Sie erinnern sich bestimmt noch an mich! Ich kannte Ihren Vater und ... Nun ja.«

Der Blick des Mannes schweifte über die Wände, und Mats wurde ein wenig mulmig zumute. Er versicherte sich selbst, dass er nicht sein Vater und auch nicht dafür verantwortlich sei, was dieser getan oder nicht getan hatte. Für einen Moment jedoch huschte ein Ausdruck der Unsicherheit über sein Gesicht, was Kaarina Valve offensichtlich bemerkte.

»Warum sind Sie hier, Herr Dahlberg?« Mats drückte ruhig und entschlossen die Hand des Mannes und sah ihm dabei in die Augen, um sich sein Unbehagen nicht anmerken zu lassen.

»Hören Sie, ich habe ein Video für Sie. Freitagabend hat meine Wildkamera etwas aufgenommen, von dem ich denke, dass es die Polizei interessieren wird.«

»Wo haben Sie die Wildkamera angebracht?«

»In Furuviken, ich habe da ein Sommerhäuschen und

muss ständig aufpassen, dass da nicht eingebrochen wird. Deshalb zeichnet die Kamera jetzt alles auf, falls etwas passiert.«

Mats sah die Sekretärin an und wies Runar mit der Hand den Weg. »Das klingt interessant, lassen Sie uns in Konferenzraum 3 gehen.«

Sichtlich aufgeregt betrat Runar Dahlberg den Raum, in dem Mats' Team saß. Er stellte sich vor und nahm den Donut entgegen, der ihm angeboten wurde.

Björklund schloss dessen Telefon an den großen Bildschirm an und spielte das Video der Wildkamera ab. Zuerst war gar nichts zu sehen, doch dann tauchten weit entfernt zwei Gestalten auf, von denen eine die andere fast zu tragen schien. Mats' Gesichtsausdruck verfinsterte sich, als er die beiden erkannte. Es waren Jonas und Ella. Er notierte sich die Uhrzeit und wollte Dahlberg gerade etwas fragen, als dieser ihm mit einer Geste zu verstehen gab, ruhig zu sein und auf den Monitor deutete. Es erschienen zwei weitere Gestalten auf einem Damenfahrrad. Einer trat in die Pedale, der andere saß auf dem Gepäckträger und hielt sich am Vordermann fest. Sie waren zu weit weg, um sie zu erkennen, aber es schien sich um Männer zu handeln. Sie schlingerten gefährlich, schafften es aber irgendwie, nicht umzukippen. Die beiden fuhren so kurz nach Jonas und Ella dort entlang, dass sie einander gesehen haben mussten. Die Jungs auf dem Rad verfolgten sie, so viel war sicher.

»Vielen Dank. Das hilft uns bestimmt weiter.«

»Na, das habe ich mir doch gedacht. Ich kann Ihnen auch alle anderen Videoaufnahmen geben. Ich will der Polizei so gut wie möglich helfen.«

»Das könnte durchaus hilfreich sein. Neben dem Freitag interessiert uns vor allem der Samstag.«

»Ich stelle Ihnen alles zur Verfügung, was ich habe. Die Polizei leistet schließlich wertvolle Arbeit, und es ist wirklich schrecklich, was mit dem Snellman-Jungen passiert ist.«

»Vielen Dank. Kommissar Björklund nimmt das Material von Ihnen entgegen und begleitet Sie dann hinaus.«

Mats wartete, bis die Tür hinter ihnen ins Schloss gefallen war. »Als Erstes müssen wir herausfinden, wer Ella und Jonas folgt und sie dann vernehmen.«

Nach dem Meeting blieb Mats noch im Raum und starrte weiter auf das Standbild in der Hoffnung, irgendwelche Hinweise zu entdecken. Leider konnten die beiden Gestalten mit den schwarzen Kapuzenpullis so ziemlich jeder junge Mann sein.

20. KAPITEL

Als Eevi am späten Vormittag endlich in die Redaktion kam, lud Juurinen sie und Miika zu einem Meeting ein, sogar Hefegebäck hatte er in der Konditorei besorgt.

»Unsere Aufgabe ist es jetzt, für Stabilität und Sicherheit in Kristinestad zu sorgen«, begann Juurinen großspurig, »und wir schaffen das, indem wir deutlich machen, dass das Leben trotz dieser Tragödie weitergeht. Wir werden also alle für diese Woche geplanten Geschichten und Interviews auch bringen. Und wir drucken wie gewohnt unsere Printausgabe. Ich denke, wir könnten auch einen Nachruf auf Jonas unterbringen, wenn das für seine Angehörigen in Ordnung geht. Eevi, kümmerst du dich darum?«

Eevi dachte über die Tragödie mit Ella nach, wie schwierig es für sie gewesen sein musste, mit all dem fertigzuwerden, was gerade in der Stadt los war. Trotzdem sagte sie nichts, sondern nickte Juurinen nur zu.

»Und Miika, du kannst die Geschichte über den neuen Café-Besitzer in Lappfjärd schreiben, okay?«

»Jep«, antwortete Miika. Es erstaunte Eevi immer wieder, dass dieser junge Kerl, obwohl er in der Redaktion immer wortkarg und ruhig war, sich als hervorragender Interviewer erwies, der sich vorher stets intensiv in sein Thema vertiefte. Juurinen ging noch alle anderen Artikel durch, die diese Woche erscheinen würden, bevor er Eevi und Miika wieder zurück an die Arbeit gehen ließ.

Eevi saß eine Weile an ihrem Schreibtisch und sammelte vor dem Gespräch mit Jonas' Mutter ihre Kräfte.

In ihrem Inneren tobten widersprüchliche Gefühle und Gedanken – von Jonas' Tod bis zu dem Verbrechen, das er kurz vor seinem Tod begangen hatte. Eevi überlegte, ob sie Juurinen nicht doch hätte bitten sollen, sich um diese Sache zu kümmern. Ihr fiel allerdings auch keine Ausrede ein, warum sie es nicht selbst erledigen konnte, also nahm sie ihre Tasche und machte sich auf den Weg zu den Snellmans.

Auf dem Strandweg kamen ihr einige Bekannte entgegen, die leise grüßten und offenbar ein wenig plaudern wollten, aber Eevi ging gedankenversunken an ihnen vorbei, über das bevorstehende Gespräch nachgrübelnd. Später würde es darüber sicher Gerede geben – typisch Kleinstadt –, aber Eevi hatte eh schon den Ruf einer Großstädterin weg, also beließ sie es dabei. Sie wünschte, die Leute hätten mehr Verständnis dafür, dass sie nicht ständig auf Smalltalk aus war. In der Regel wollte sie lieber ihre Ruhe.

Die Sonne schien vom strahlend blauen Himmel, die letzten Maitage zeigten sich von ihrer schönsten Seite. Die Schwalben sangen um die Wette, alle waren bereit für einen wunderschönen Sommer. Einen Sommer, der ganz anders werden würde als erwartet, zumindest für die Familien von Jonas und Ella.

Auf dem Hof der Snellmans angekommen, zögerte Eevi einen Moment, bevor sie an die Tür klopfte. Es dauerte lange, bis ihr von einer schmalen Frau geöffnet wurde, die angespannt wirkte und ihr mit einem misstrauischen Blick begegnete. Sie öffnete die Tür nur einen Spalt.

»Was wollen Sie?«

»Ich bin Eevi Manner, Journalistin beim *Suupohjan Kaiku.*«

»Nein, danke, Sie können gleich wieder verschwinden. Wir reden nicht mit Journalisten.«

»Mein tief empfundenes Beileid«, sagte Eevi so einfühlsam, wie sie konnte.

Die Frau öffnete die Tür etwas weiter und musterte Eevi nach wie vor argwöhnisch, allerdings nun auch einen Hauch neugierig.

»Mein Chefredakteur Kari Juurinen hat mich geschickt. Wir würden gerne einen Nachruf auf Jonas veröffentlichen.«

Nun drückte die Frau die Haustür ganz auf. Lange, mit Tränen in den Augen, blickte sie Eevi an, bis sie schließlich zur Seite trat und Eevi hereinwinkte. »Ich hole meine Schwester. Sie können schon mal ins Wohnzimmer gehen.«

»Danke.«

Eevi zog ihre Sneaker aus und ging in die Richtung, die ihr die Frau gezeigt hatte. Ihr fielen die vielen Fotos auf, die auf der Kommode standen und Jonas in verschiedenen Lebensphasen zeigten. Das fröhliche Lächeln des kleinen Jungen auf den Bildern war bestechend, aber je älter er auf den Fotos wurde, desto ernster sah er aus. Es gab nur ein einziges aktuelles Bild, auf dem Jonas am Strand war und von der Kamera wegschaute. Das Foto hatte etwas Friedliches, Schönes an sich. Eevi fiel es schwer, sich vorzustellen, was in dem Leben des Jungen zwischen diesen Aufnahmen geschehen war, und warum es so ein Ende genommen hatte. Und obwohl sie versuchte, nicht darüber nachzudenken, konnte sie nicht umhin, zu überlegen, wie Jonas Ella so etwas Schlimmes hatte antun können.

Eevis Gedanken wurden unterbrochen, als Sara Snellman den Raum betrat. Sara war sogar noch dünner als ihre Schwester, ihre Haut war durch den Kummer ganz grau geworden. Sie wirkte etwas langsam und Eevi vermutete, dass sie unter dem Einfluss von Beruhigungsmitteln stand.

Sie trat neben Eevi und betrachtete die Bilder ihres Sohnes. Tränen liefen ihr über die Wangen.

»Mein herzliches Beileid«, sagte Eevi leise.

»Danke.« Sara Snellmans Körper zuckte, so als würde die Trauer ihn plötzlich durchbohren. Mit gedämpfter Stimme fuhr sie fort: »Jonas war das Licht meines Lebens. Er war das Beste, was mir je passiert ist. Jetzt habe ich nichts mehr.«

Die Worte fielen ihr eins nach dem anderen aus dem Mund und erfüllten den Raum mit Verzweiflung.

»Ich weiß nicht, ob Ihre Schwester es Ihnen schon erzählt hat, aber wir möchten einen Nachruf auf Jonas im *Suupohjan Kaiku* veröffentlichen.«

Die Frau schaute an Eevi vorbei und schien zu Jonas' Bildern zu sprechen. »Können Sie schreiben, dass Jonas das Schwimmen, die Natur und die Musik liebte? Und dass er den besten Sinn für Humor hatte. Und wirklich viel über schwarze Löcher wusste. Und als er klein war, hat er immer zu mir gesagt, dass er seine Mama mehr als alles andere liebt, sogar mehr als Eiscreme.«

Jonas' Mutter war in ihrer eigenen Welt, inmitten von ihren Erinnerungen, von denen jede glückliche umso mehr wehtat. Sie wirkte, als wäre ihr kalt. Sie ging zum Fenster und starrte hinaus. »Da drüben hat Jonas gelernt, ohne Stützräder Fahrrad zu fahren. Dort haben wir sein Konfirmationsfoto geschossen, und da war die Sandkiste, in der er als Kleinkind gerne Sandkuchen gemacht hat. Ich habe es geliebt, dort mit ihm zu sitzen. Er hat mir all diese sorgfältig zubereiteten Kuchen gebracht, es war so rührend. Jonas' Vater, der damals noch bei uns lebte, war der Meinung, dass sich ein Kind nicht an so etwas erinnert. Aber ich wusste, dass es wichtig ist.«

Eevi ließ sie reden und machte sich Notizen. Sie hatte festgestellt, dass Schreiben in emotionalen Situationen oft besser funktionierte, als das Gespräch mit dem Handy aufzunehmen. Und unter solch traurigen Umständen kam das eh nicht infrage.

»Ich habe es geliebt, dass wir alles zusammen gemacht haben, als Jonas klein war. Später natürlich auch, aber besonders schön war die Zeit, als er noch ein kleines Kind war. Als er mich brauchte und ich in seinen Augen die beste Gesellschaft der Welt war. Jonas' Vater hat von Anfang an versucht, aus unserem Sohn etwas zu machen, das er nicht war. Er wollte ihm das Weinen verbieten und machte blöde Bemerkungen, wenn er mit Stofftieren oder Puppen spielen wollte. Er meinte, das wäre nichts für Jungen. Ich habe versucht, Jonas so sein zu lassen, wie er war, aber der Härte seines Vaters war er nicht gewachsen. Als er in die Schule kam, hatte er sich bereits so sehr in sein Schneckenhaus zurückgezogen, dass ich nicht mehr wirklich an ihn herankam. Und als Jonas' Vater dann verschwand, kam er gar nicht mehr mit sich selbst zurecht. Jonas war ein in sich gekehrtes Kind, aus dem ein sehr verschlossener junger Mann wurde. Und über sein Leben in den letzten Jahren weiß ich nicht mehr viel.« Sie vergrub ihr Gesicht in den Händen und schluchzte schwach.

»Hatte Jonas eine Freundin?«

»Nicht, dass ich wüsste. Er schrieb viel mit seinen Freunden in den sozialen Medien, aber ich habe es so verstanden, dass diese Freunde weit weg lebten, in anderen Ländern.«

Linda, die bis jetzt still geblieben war, öffnete nun ihren Mund, schloss ihn dann aber wieder, presste ihre Lippen zu einem dünnen Strich zusammen.

»Fällt Ihnen dazu noch etwas ein?«, fragte Eevi Jonas' Tante.

»Nur, was Dating und solche Dinge angeht. Also, ich hatte den Eindruck, dass sich Jonas noch gar nicht für solche Sachen interessierte. Oder dass er überhaupt kein Interesse an Dates oder Mädchen hatte.«

Eevi schrieb das in ihr Notizbuch. »Gibt es Freunde oder Bekannte von Jonas, die ich für den Nachruf befragen sollte?«

»Ich kenne die Namen dieser Leute aus dem Netz nicht.« Sara Snellman blickte zu Boden.

»Jonas war einsam. Das kann man auch mal ganz direkt sagen«, platzte es aus Linda heraus, die sich jedoch gleich wieder zusammenriss, als sie die Reaktion ihrer Schwester bemerkte. »Wir haben wirklich alles versucht, haben uns Hobbys überlegt, bei denen er Freunde finden könnte, haben gleichaltrige Kinder eingeladen und versucht, uns unterschiedliche Beschäftigungen zu überlegen. Aber das Ergebnis war immer das gleiche: Die Jungen spielten unter sich, aber Jonas sprach mit niemandem, und keiner redete mit ihm. Einmal wurde er richtig wütend, hat uns angeschrien, dass wir den Jungen eingeladen hätten, der ihn immer ärgere, und warum wir ihn dazu zwingen würden, Zeit mit Leuten zu verbringen, mit denen er nichts gemeinsam habe. Danach haben wir es aufgegeben. Und je älter er wurde, desto deutlicher machte er, dass er lieber Zeit mit seinen Social-Media-Freunden oder allein verbringen wollte.«

»Vielleicht könnte ich einige dieser Social-Media-Freunde kontaktieren, wenn Sie mir die Zugangsdaten zu seinem Konto geben. Und kommen Ihnen noch andere Personen in den Sinn, die ich befragen könnte?«

»Seine Finnischlehrerin Maarit Korkiasaari, sie hat Jonas immer gutes Feedback gegeben. Ich hatte das Gefühl, sie hat erkannt, dass er etwas ganz Besonderes war.« Eine große Wärme lag nun in Sara Snellmans Stimme.

»Von den anderen Lehrern kann man das nicht gerade behaupten. Sie wussten, dass Jonas schikaniert wurde und haben nichts unternommen«, zischte Linda.

»Wir haben alles versucht, aber Jonas wollte keine Schlichtung, und dann hat das Mobbing irgendwann aufgehört«, sagte Sara undeutlich.

»Warum glauben Sie, dass Jonas schikaniert wurde?«

»Weil er etwas ganz Besonderes war«, schluchzte Sara. »Es begann, nachdem sein Vater verschwand. Davor hatte er Freunde, er wurde zu Geburtstagen eingeladen und zu Ausflügen mitgenommen. Aber als sein Vater verschwand, zog sich Jonas immer mehr zurück und ließ keinen mehr an sich heran.«

»Was glauben Sie, was mit ihm passiert ist?«

»Die Polizei glaubt, dass sich mein Sohn das Leben genommen hat, aber ich weiß, dass er das nie getan hätte, ganz bestimmt nicht«, wimmerte Sara und wischte sich wieder die Nase an ihrem Ärmel ab. Dann, als hätte sie von irgendwoher neue Kraft bezogen, sah sie Eevi plötzlich direkt in die Augen. »Ich spüre es in meinem Inneren, dass jemand meinem Jungen etwas Schlimmes angetan hat. Irgendjemand hat ihm wehgetan.«

»Die Polizei ermittelt, aber ist noch nicht besonders weit gekommen«, schnaubte Linda.

Eevi wusste nicht, was sie dazu sagen sollte, ohne dass es wie eine Rechtfertigung klang, also blieb sie lieber still und betrachtete die Bilder von Jonas, die auf der Kommode standen. »Wäre es möglich, dass ich mir Jonas' Zimmer mal anschaue?«, fragte sie dann.

»Für den Nachruf?«

»Ja, ich glaube, dass ich mir ein umfassenderes Bild von Jonas' Leben machen kann, wenn ich sein Zimmer sehe.«

»Ich denke, das ist in Ordnung. Linda, könntest du ihr das Zimmer zeigen?«

Eevi folgte Linda ins Obergeschoss. Auf den ersten Blick sah Jonas' Zimmer aus wie das eines ganz gewöhnlichen jungen Mannes – abgesehen davon, wie makellos aufgeräumt es war: Die Kleidung lag ordentlich gefaltet in den Schränken, und auch sonst herrschte in dem Raum eine tadellose Ordnung. Auf Jonas' Nachttisch stand ein gerahmtes Foto von ihm und einem Mädchen. Eevi sah Linda fragend an, als sie das Bild in die Hand nahm. Das Glas des Rahmens war zersprungen.

»Das sind Jonas und Malla, Jonas' Freundin. Früher waren sie sogar richtig eng miteinander. Ich habe das so verstanden, dass sie sich anonym im Netz kennenlernten, und dann stellte sich heraus, dass sie in derselben Stadt lebten und sogar dieselbe Schule besuchten.«

»Aber die beiden waren nicht zusammen, oder?«

»Nein, nichts dergleichen. Jonas hat mich ausgelacht, wenn ich danach gefragt habe, hat mich als Boomer bezeichnet, die immer allen ein Geschlecht und einen Beziehungsstatus aufdrücken will. Danach habe ich das nie wieder angesprochen.«

»Ich könnte Malla auch befragen«, überlegte Eevi laut.

»Ja, es lohnt sich, mit ihr zu sprechen. Die beiden standen sich einmal wirklich nah. In letzter Zeit nicht mehr, aber letztes Jahr war das noch so.« Linda wirkte, als wollte sie noch etwas sagen, änderte dann aber ihre Meinung und ging wieder die Treppe hinunter zu ihrer Schwester.

Eevi nutzte die Gelegenheit und warf einen Blick in die Schubladen von Jonas' Nachttisch, fand dort aber nichts Auffälliges. An der Wand von Jonas' Zimmer hingen ein paar eingerahmte Landschaftsbilder. Eevi machte sich eine Notiz, zu überprüfen, ob er oder jemand anderes die Bilder geschossen hatte. Sie blieb an der Zimmertür stehen und spürte eine Welle der Trauer über sich hinwegrollen, über das Leben dieses jungen Mannes, das einfach so beendet worden war.

Als Eevi die Treppe hinunterstieg, hörte sie, wie Sara und Linda sich stritten.

»Warum hast du den Polizisten erzählt, dass Jonas mit Freunden zur Hütte gegangen ist, wenn du der Journalistin jetzt erzählst, dass er gar keine Freunde hatte?«, fragte Sara ihre Schwester. Linda antwortete so leise, dass Eevi es nicht verstand. Sie machte noch einen Schritt, um besser lauschen zu können, aber die Stufe unter ihr knarrte, woraufhin es im Wohnzimmer ganz still wurde.

Als Eevi in den Flur kam, trat Linda neben sie, legte eine Hand auf Eevis Arm und sah ihr in die Augen. »Danke, dass Sie etwas Schönes über Jonas schreiben. Seine Mutter hat das verdient. Und Jonas auch.«

Dann hörte Linda ihre Schwester im Wohnzimmer weinen und eilte zu ihr.

Eevi zog die Haustür hinter sich zu und lief langsam die Straße entlang, den Kopf voller Fragen. Sie steuerte direkt aufs Meer zu; sie brauchte jetzt einen Moment Ruhe, und am Ufer klarte ihr Geist stets auf.

Zurück in der Redaktion, hatte sie bereits das größere Ganze im Blick: Ein Nachruf würde nicht ausreichen, sie wollte einen ausführlicheren Artikel schreiben, um Jonas' Leben sichtbar zu machen und die Gründe dafür zu finden, warum es so ein jähes Ende genommen hatte. Dieser Gedanke ließ ihr keine Ruhe. Wie war es dazu gekommen, dass der lächelnde kleine Junge – und später einsame Jugendliche – aus den Fotos auf so grausame Weise gestorben war? Sie wusste, dass sie die Geschichte mit Hilfe ihres Netzwerks in die größeren Medien bringen könnte, sie bräuchte nur von Jonas' Mutter die Erlaubnis, den Artikel zu veröffentlichen.

Eevi schüttelte ihre Hände, atmete ein paar Mal tief

durch und öffnete dann der Übersicht halber ihre Datei für die *Suupohja*-Sonderausgabe über die bevorstehenden Sommeraktivitäten in Kristinestad. Dann öffnete sie eine neue Datei, notierte den Namen von Malla und den von Jonas' Lehrerin und begann zu schreiben. Als Juurinen in ihrer Tür erschien und sich erkundigte, wie es bei den Snellmans gelaufen war, antwortete sie nur knapp, dass es gut gelaufen sei und gab ihm mit einer Geste zu verstehen, dass sie gerade mitten im Schreibprozess war, woraufhin er wieder verschwand.

Einen Moment lang betrachtete Eevi die Buchstaben auf dem Bildschirm. Sie brauchte mehr Informationen darüber, warum Menschen an Suizid starben, also schnappte sie sich das Telefon, um ihren Bruder anzurufen.

Martti arbeitete als zuständiger Psychiater auf der M1-Station des Krankenhauses in Vanha Vaasa, einem Stadtteil in Vaasa. Es handelte sich um die geschlossene Abteilung für Männer, in der unter anderem psychiatrische Untersuchungen durchgeführt und forensische Psychiatriepatienten behandelt wurden. Eevi fragte ihren Bruder öfter nach seiner Meinung und nach Hintergrundinformationen für Artikel.

Martti ging rasch ans Telefon, er war gerade beim Mittagessen.

»Ich schreibe an einem Artikel, in dem es auch um Suizid geht. Ich würde gerne wissen, wie Menschen, die einen Suizidversuch überlebt haben, ihre Gefühle vor dem Versuch beschreiben.«

Martti hatte sich bereits an die eigenartigen Fragen seiner Journalistenschwester gewöhnt.

»Warte, ich geh mal eben woandershin, wo es etwas ruhiger ist.« Nachdem er sich vom Lärm des Restaurants etwas entfernt hatte, fuhr er fort: »Nun, solche Personen beschreiben es so, dass sie es einfach nicht mehr ausgehalten haben. Sie wollen dem unerträglichen Zustand ein Ende setzen, in dem sie, aus welchem Grund auch immer, gelandet sind. Oft führt die Erfahrung, den Kontakt zu nahestehenden Menschen, der Welt oder sich selbst verloren zu haben, dazu. Diejenigen, die einem Suizidversuch erliegen, erzählen oft, dass dem Versuch die Gewissheit vorausgeht, entweder zu völliger Einsamkeit verurteilt oder nur eine Last für ihre Angehörigen zu sein. Damit geht oft ein tiefes Gefühl der Wertlosigkeit einher. Der letztendliche Auslöser ist oft impulsiv, nachdem sie die Suizidgedanken schon länger hegten.«

Interessiert hörte Eevi ihrem Bruder zu.

»Und diejenigen, deren Versuch quasi ›erfolgreich‹ ist, also die an Suizid sterben? Wie haben die sich davor verhalten?« Eevi erschauderte angesichts ihrer eigenen Worte. *Erfolgreicher Suizid* war eine schreckliche Kombination.

»Viele verspüren nach der Entscheidung für den Suizid einen tiefen Frieden, ja sogar Glück. Natürlich nicht alle, aber viele, die sich um Betroffene gekümmert haben, berichten, dass diese in ihren letzten Tagen entschlossener handelten und im Vergleich zu früher energischer und fröhlicher waren. Deswegen kann das, was dann passiert, für die Angehörigen oft sehr verstörend sein, nachdem sich gerade endlich alles zu bessern schien«, referierte Martti in dem Tonfall, den er immer anknipste, wenn er in seine Arztrolle schlüpfte.

»Danke, Brüderchen, auf dich ist immer Verlass.«

»De nada, Schwesterchen. Wie geht's dir denn sonst so?

Also, mal abgesehen vom Suizidartikel-Schreiben?«, fragte ihr Bruder und lachte über seine eigenen Worte.

»Ganz gut«, antwortete Eevi viel zu schnell. Glücklicherweise sagte gerade jemand etwas zu Martti, deshalb fiel ihm die hastige Antwort gar nicht auf.

»Ich muss jetzt los, lass uns ein anderes Mal weiterreden.«

»Vielen Dank noch mal!«

Nach dem Telefonat ordnete sie ihre Notizen und betitelte ihren Artikelentwurf: *Das Leben eines Jungen. Und sein Tod.*

Aus dem Tagebuch. Nachher.

Wie kommt man über etwas hinweg, das einem jedes Gefühl von Sicherheit raubt?
Etwas, von dem man nie gedacht hätte, dass es einem einmal selbst passieren würde?
Etwas, das, wenn man es den wenigen Menschen erzählt, denen man das anvertrauen kann, Unglauben in ihre Augen zeichnet. In der Sekunde, in der man den Mund öffnet, versteht man, dass sie es nicht verstehen können. Dass man damit am Ende immer alleine bleibt.

21. KAPITEL

Bäckström begann das morgendliche Meeting mit einem Bericht über die Trauerfeier. Die Jugendlichen, die eingewilligt hatten, mit ihnen zu reden, waren am Freitag selbst nicht bei den Kanuunakallio-Klippen gewesen, aber hatten gehört, dass einige junge Leute hingegangen waren und Jonas selber wohl nur kurz. Viele hatten sich nicht getraut, mit der Polizei zu sprechen. Angesichts der allgemeinen Erschütterung und weil ein Großteil der Jugendlichen in Begleitung ihrer Eltern teilgenommen hatte, war bei dem Besuch nicht allzu viel herausgekommen.

Über die Hotline waren diverse Tipps eingegangen, aber noch nichts, was die Ermittlungen vorangebracht hätte. Zum Teil waren die Hinweise völlig hanebüchen, aber das passierte immer, wenn man die Öffentlichkeit um Hilfe bat. Es kostete immens viel Zeit, jede Meldung durchzugehen, auszusieben und gegebenenfalls zu überprüfen.

Björklund räusperte sich, als die anderen für einen Moment still waren, übernahm er begeistert die Kontrolle über den Bildschirm. Er schaute noch einmal zu Mats, der ihm aufmunternd zunickte. »Schauen wir uns zunächst die Informationen auf Ellas Handy an. Wie ihr euch vorstellen könnt, gibt es bei einem jungen Menschen eine Menge Informationen, aber ich habe mich auf Freitag und die Zeit danach konzentriert.«

Auf dem Bildschirm erschienen einige Nachrichten, als Erstes die von Ella und ihrer Mutter:

19.5., 23.55 Uhr

Hallo Schatz, bleibst du noch lange? Papa und ich sind schon ins Bett gegangen und deine arme Mutter kann erst schlafen, wenn sie etwas von dir gehört hat 😊

Ich könnte in Islas Hütte übernachten

Okay, Schatz ❤ Sind Islas Eltern auch da?

Nein, aber Markus kommt mit. Wartet nicht mit dem Frühstück auf mich, wir essen in der Hütte und ich komm dann irgendwann

Gut, dass Markus mitkommt. Gute Nacht, wir sehen uns morgen. Schlaf gut, mein Schatz ❤😘

Jepp

20.5., 06.10 Uhr

Papa, kannst du mich jetzt sofort abholen?

Na klar, mein Schatz! ♥ Mama schläft noch, sie wird sich freuen, wenn du heimkommst.

Ich bin in Furuviken, ich schicke dir den genauen Standort

Also nicht in Islas Hütte?

Nein, aber erzähl Mama bitte nichts davon. Alles ist okay

Okay, Mäuschen, bin schon auf dem Weg, in 10 Minuten bin ich da ♥

♥

»Haben sich Ellas Pläne in der Zwischenzeit geändert? Warum war sie in Jonas' Hütte gelandet und nicht in Islas?«, fragte Bäckström.

»Nun, es wäre nicht das erste Mal, dass ein Teenager über seinen Aufenthaltsort lügt. Besonders, wenn sie betrunken war. Ich glaube, das ist es, worum es hier geht. Für die Untersuchung wäre es gut, noch mal mit Ella und auch mit Isla darüber zu reden. Stellst du den Kontakt her, Bäckström?«, fragte Mats.

Seine Kollegin nickte.

Aufgeregt erzählte Björklund von den Fortschritten, die das Team für Cyberkriminalität aus Österbotten mit den Social-Media-Hinweisen gemacht hatte.

»Hinter diesem @*fearnoman*-Usernamen steckt etwas Interessantes: Diese Person hat sich unter anderem in einem sehr hässlichen Ton über Jonas' Beiträge auf seinem Privat-Account geäußert und ihn aufgefordert, sich umzubringen.« Björklund zeigte Screenshots auf dem Bildschirm.

»Wissen wir, wer hinter diesem Nutzernamen steckt?«, fragte Mats.

»Noch nicht, aber ich denke, dass das Vaasa-Team es bald herausfindet. Es ist schon irgendwie klar, dass es sich um jemanden aus der Gegend handelt«, fuhr Björklund fort und fügte dann noch hibbeliger hinzu: »Außerdem habe ich gestern online ein paar Videos gefunden, die genau zu dem Zeitpunkt passen, an dem Ella alleine zurückblieb und unsere Beobachtungen von Ella und Jonas enden. In einem taucht sogar kurz Jonas auf.«

Das Video war so wacklig, dass Mats fast zu schwanken begann. Anfangs versuchten zwei Jungen, etwas mit dem Mund aufzufangen, während ein dritter warf und filmte. Als die Hand des Kameramannes lange genug stillhielt, sah Mats Jonas auf der anderen Seite der Felsen entlanggehen, und als Björklund das Bild anhielt und heranzoomte, rief Mats: »Da! Da sind sie schon wieder – Jonas und Ella! Jonas trägt das Mädchen praktisch, zumindest braucht Ella sehr viel Unterstützung beim Gehen.«

»Wir müssen denjenigen, der das Video gedreht hat, auftreiben, und nach weiteren aus dieser Nacht fragen.

Auf Social Media wird immer das gelungenste gepostet, aber in der Regel werden mehrere gefilmt. Diesmal waren auch die persönlichen Daten des Accounts leicht zu finden. Es scheint Jaakko Alanen zu gehören, ebenfalls siebzehn«, erklärte Björklund. »Laajavuori, könntest du ihn vorladen?«

Laajavuori nickte und schmatzte so laut beim Kaugummikauen, dass Mats fast eine Bemerkung herausgerutscht wäre. Als hätte Laajavuori seine Gedanken gelesen, schnappte der sich eine Serviette vom Tisch, spuckte den Kaugummi hinein und warf ihn rasch in den Mülleimer.

Jaakko Alanen, der im Konferenzraum des Polizeireviers saß, sah verwirrt aus. Er beantwortete die Fragen ängstlich und präzise, als wären es Prüfungsaufgaben. Es stellte sich heraus, dass er am Freitag mit zwei Freunden bei den Felsen gewesen war und jeder von ihnen »ungefähr drei Bier« getrunken hatte. Im Laufe des Abends hatten sie diverse Videos für eine Online-Challenge gedreht.

Nach einiger Überredung rückte der Junge sein Telefon heraus, und Björklund schloss es an den großen Bildschirm an, während Jaakko im Foyer wartete. Weder das erste noch das zweite Video zeigten irgendetwas, das von Interesse gewesen wäre. Nur drei fröhliche Jungen, die sich angeheitert etwas zuwarfen. Das nächste Video war das, was sie schon gesehen hatten, das auf TikTok gelandet war. Danach gab es noch zwei Aufnahmen von dem Abend. Die erste spielte direkt nach dem TikTok-Video: Zwei Gestalten gingen in die gleiche Richtung, in die auch Jonas und Ella gelaufen waren. Die beiden bewegten sich ziemlich verdächtig: Mit tief in die Gesichter gezogenen

Kapuzen gingen sie zügig voran, als ob sie Jonas und Ella verfolgten. Obwohl das Bild herangezoomt wurde, ließ sich nichts Genaues erkennen, weil die Jungen, die im Vordergrund des Bildes herumalberten, sie an kritischen Stellen verdeckten. Klar war jedoch, dass es sich um die Personen von Runar Dahlbergs Wildkamera handelte.

Mats machte Screenshots und spielte die letzte Aufnahme ab, obwohl er bereits davon ausging, dass dort nichts Relevantes mehr zu sehen wäre, weil die Gestalten das Bild im vorigen Video bereits verlassen hatten. Das letzte Video begann genau wie die vorherigen: Lachend verfolgten die Jungen, was die anderen taten. Doch der Spaß wurde jäh unterbrochen, als etwas weiter weg ein Mädchen erschien, das etwas rief, vielleicht sogar an die beiden aus dem vorherigen Video gewandt. Björklund optimierte die Audioeinstellungen, und als er es erneut abspielte, konnten sie deutlich hören, was das Mädchen sagte: Sie rief den Namen eines der Jungen und fragte auf Schwedisch, wohin er gehe. Mats schrieb den Namen *Markus* auf das Flipchart und dahinter ein Fragezeichen.

Er schaute Björklund und danach Laajavuori an, dieser nickte und holte den Jungen aus dem Foyer. Mats bat Jaakko, sich noch einen Moment zu setzen.

»Auf dem letzten Video vom Freitag hört man, wie jemand nach Markus ruft. Weißt du, wer dieser Markus ist?« Mats schaute Jaakko streng an, aber sein Blick wurde sofort wieder sanfter, als er die verängstigten Augen des Jungen sah.

»Ich kenne nur Markus Malmgård. Jedenfalls war der am Freitag auch bei den Klippen.« Es war offensichtlich, dass er wegwollte.

Bäckström begleitete ihn aus dem Polizeirevier und bat ihn, sich zu melden, falls ihm noch etwas Wichtiges zu Freitagabend einfallen sollte. Der Junge schlüpfte so schnell aus der Tür, wie er konnte.

Mats fügte der To-do-Liste von Laajavuori hinzu, Markus Malmgård so schnell wie möglich einer Befragung zu unterziehen.

22. KAPITEL

Markus Malmgård wirkte beunruhigt. Das Wasser, das sie ihm anboten, lehnte er kopfschüttelnd ab, setzte sich und starrte angestrengt auf die Tischplatte. Mats und Bäckström nahmen die Stühle auf der anderen Seite des Tisches und setzten sich dem Jungen gegenüber. Mats schenkte sich betont ruhig ein Glas Wasser ein, trank die Hälfte davon aus und begann dann mit der Befragung.

»Wir würden gerne mit dir über letzten Freitag sprechen.«

»Ich glaube nicht, dass ich irgendwelche hilfreichen Informationen für Sie habe«, erwiderte der Junge ernst.

»Nun, das werden wir selbst entscheiden, deshalb ist es gut, mit dir zu reden.«

»Das ist doch ein Verhör, ich hatte ja wohl kaum eine andere Wahl, oder?« Markus sah die Polizisten aufsässig an.

»Das Wichtigste ist jetzt, gemeinsam herauszufinden, was am Freitag passiert ist. Wir müssen alle Informationen sammeln, die wir kriegen können«, warf Bäckström ein.

»Tja, von mir bekommen Sie nur Teile davon. Ich habe nämlich meine betrunkene Freundin, die sich den Fuß verletzt hat, wie so ein Privatkrankenwagenfahrer herumkutschiert.«

»Bist du danach noch mal zu den Kanuunakallio-Klippen zurückgekehrt?«

»Ja, ich bin noch mal zurückgefahren.« In Markus' Stimme lag etwas trotzig Lockeres, als er langsam ihre Fragen beantwortete.

»Warum bist du zurückgekehrt?«, fragte Bäckström.

Mats beobachtete den Jungen genau.

»Was meinen Sie mit *warum*?«

»Nun, so wie wir das verstanden haben, ging es deiner Freundin ziemlich schlecht, und sie hätte es bestimmt gut gebrauchen können, wenn du dich um sie gekümmert hättest. Aber jetzt macht es den Eindruck, als wärst du direkt zu den Klippen zurückgekehrt, nachdem du Isla zu Hause abgesetzt hast.«

»Es hat mich geärgert, dass Isla sofort total betrunken war, sodass wir nicht mal länger als zwei Stunden dort sein konnten. Und dann musste ich auch schon wieder los, um sie nach Hause zu bringen.«

»Was hast du gemacht, als du zurück warst?«

»Ich habe mit Freunden Bier getrunken, das sollte ja wohl nicht verboten sein, wenn man volljährig ist.« Markus schaute an die Decke und gähnte plakativ.

»Mit welchen Freunden?«, fragte Bäckström.

»Ich kenne ihre Namen nicht. Es sind neue Freunde.«

Mats musste sich zusammenreißen, um nicht die Geduld mit diesem dickköpfigen Jungen zu verlieren, dem sie alles aus der Nase ziehen mussten.

»Was hattest du am Freitag eigentlich an?«, fragte Mats.

»Äh, Jeans und T-Shirt.« Markus setzte sich gerade hin und sah Mats mit hochgezogenen Augenbrauen an.

»Und einen schwarzen Kapuzenpulli?« Mats sah Markus direkt in die Augen.

»Ja, und einen schwarzen Kapuzenpulli«, sagte Markus wie zu sich selbst.

»Wann hast du dich auf den Heimweg gemacht?«

»Ich wurde gegen zwei abgeholt.«

»Von wem?«

»Von Taxi-Bosse.«

Taxi-Bosse war der Sohn eines lokalen Händlers, der gern Auto fuhr und andere gegen eine kleine Entschädigung herumkutschierte. Gerüchten zufolge wurde irgendwann und irgendwie bezahlt, selten mit Geld.

»Können wir uns auf deinem Handy die Videos und Fotos von der besagten Nacht anschauen?«, fragte Bäckström.

»Nun, das möchte ich lieber nicht«, entgegnete Markus beunruhigt.

»Du kannst uns dein Telefon entweder freiwillig geben, oder wir holen uns eine Genehmigung dafür. Das ist im Handumdrehen erledigt«, drohte Bäckström verärgert.

»Ach, da ist nur so besoffenes Zeug drauf.«

»Hast du an dem Abend noch irgendwas anderes außer Alkohol zu dir genommen?«

»Nichts, was nicht verschrieben wurde«, entgegnete Markus selbstbewusst.

Mats ließ Markus im Konferenzraum warten und brachte das Handy des Jungen zu Björklund. Das Material von Freitag war recht dürftig, allerdings erregte ein Video Mats' Aufmerksamkeit: Der Fokus lag eindeutig auf Ella, der Kameramann hatte ihren Hintern herangezoomt. Der Gesichtsausdruck der neben Mats sitzenden Bäckström veränderte sich von ernst zu wütend.

»Kann ich noch eine zweite Anhörung durchführen?«, fragte sie.

»Wenn du versprichst, sachlich zu bleiben, dann Ja.«

»Das bin ich doch immer.«

Als Bäckström die Tür öffnete, zuckte Markus zusammen. Sie setzte sich neben ihn ans Tischende und führte ihre Befragung fort.

»Was hast du damit zu tun, was am Freitag mit der besten Freundin deiner Freundin passiert ist?«

»Gar nichts!«, rief Markus gereizt.

»Kennst du Jonas Snellman?«

»Klar, ich kenne ihn. Ja.«

»Und am Freitag warst du mit ihm und Ella Aaltonen zusammen?«

»Bei Ella war ich, bis Isla sich den Fuß verletzt hat. Und Jonas habe ich bei den Klippen gesehen, aber ich hatte überhaupt nichts mit ihm zu tun.«

»Hast du mit ihm über irgendwas gesprochen?«

»Nicht, dass ich wüsste.«

»Wir haben ein Video, auf dem du Jonas und Ella folgst.«

Markus verkrampfte sich. Misstrauisch schielte er zu den Polizisten, seine Hände zitterten leicht, als er sie auf dem Tisch vor sich ablegte.

»Ich bin ihnen nicht gefolgt!« Der Junge versuchte, härter zu klingen, als er war, was ihm nicht gelang. »Und wer soll das gefilmt haben?«

»Darum geht es hier nicht, sondern darum, dass wir Videomaterial haben, das dich mit Jonas und Ella in Verbindung bringt. Jonas, der später starb, und vor seinem Tod misshandelt wurde.« Bäckström nahm den kürzesten Weg, aber Mats ließ es geschehen, hauptsächlich weil er auf die Reaktion des Jungen gespannt war. Dem wich die Farbe aus dem Gesicht, er schluckte hörbar.

»Denk jetzt mal ganz genau nach. Hast du Jonas und Ella zu irgendeinem Zeitpunkt gesehen, nachdem du zu den Felsen zurückgekehrt warst?« Bäckström sprach nun ruhiger und neigte leicht den Kopf.

Mats schätzte die psychologische Herangehensweise seiner Kollegin, auch wenn sie sich im Vergleich zu ihm etwas zu schnell aufregte. Manchmal war diese Eigenschaft allerdings nützlich, so wie jetzt.

»Na ja, okay. Ich hab sie gesehen. Als ich zurückkam, war Ella schon total besoffen, und Jonas wollte sie zum Ausruhen in seine Hütte bringen.« Markus biss ein Hautstückchen von seiner Lippe ab und nahm dann einen Schluck aus seinem Wasserglas. Mats sah, wie ein kleiner Tropfen Blut am Glasrand kleben blieb.

»Eben hast du noch gesagt, dass du überhaupt nicht mit Jonas geredet hast. Weißt du, was mit Ella in Jonas' Hütte passiert ist?«

»Ja, das weiß ich. Aber ich muss dazusagen, dass das wirklich schwer zu glauben ist. Ich verstehe nicht, wie so einer wie Jonas am Ende so etwas tun konnte.« Markus richtete sich auf, und seine Stimme klang vor lauter Nervosität immer höher.

»Um was zu tun?«, fragte Bäckström. Sie sah Markus direkt in die Augen, ohne mit der Wimper zu zucken.

»Na ja, um Ella zu missbrauchen!«, antwortete Markus sichtlich nervös. »Wissen Sie eigentlich, wie sich so etwas anfühlt? Weil ich das akzeptiert habe, dass Ella mit diesem Typen mitgeht, konnte das alles überhaupt erst passieren. Können Sie sich vorstellen, wie man sich nach so etwas fühlt? Ich hätte diese ganze Scheiße verhindern können. Aber ich hab es nicht geschafft. Ich hab nur daran gedacht, dass ich es mir so leichter machen kann. Und ich hatte da schon viel getrunken, ich wäre nicht mehr in der Lage gewesen, noch zu fahren. Und Ella hätten wir auch nicht nach Hause bringen können, sie war sturzbetrunken. Ihre Eltern wären ausgetickt.«

Markus sah aus, als würde er jeden Moment anfangen zu weinen. Mats hatte den großen Bildschirm bereits an den Computer angeschlossen und drückte nun auf Play. Wieder waren die zwei Gestalten zu sehen, die Ella und Jonas folgten. Markus starrte verwirrt und ungläubig auf den Bildschirm. Als er gerade etwas sagen wollte, startete Mats das nächste Video, und es war zu hören, wie ein Mädchen Markus hinterherschrie.

Markus sah aus, als würde er gleich ohnmächtig. Abwechselnd sah er zu Mats und Bäckström, seine Panik steigerte sich immer mehr. »Ich bin nicht in dem Video! Das bin ich nicht!«, rief er schrill. Sein Stuhl kippte leicht nach hinten, als er erschrocken zusammenzuckte.

Bäckström blieb hart. »Aber dieses Mädchen ruft deinen Namen.«

»Ich weiß aber nicht, warum! Ich hab keine Ahnung, wer das ist.«

»Das werden wir herausfinden, und dann können wir sie einfach fragen.«

»Ich habe nichts zu verheimlichen«, rief Markus verängstigt.

»Nicht einmal die Tatsache, dass du den Hintern der besten Freundin deiner Freundin gefilmt hast?«

In seiner Verlegenheit wirkte der Junge plötzlich viel jünger. »Das war doch nur so ein Witz.«

»Genau. Einfach nur so ein Witz. Ein Witz, nach dem Ella vergewaltigt wurde«, sagte Bäckström kalt.

Markus brach in Tränen aus. Mats trat neben ihn und legte seine Hand auf die Schulter des Jungen. »Lass uns eine kleine Pause einlegen. In der Zwischenzeit kannst du darüber nachdenken, was am Freitag passiert ist, und dann unterhalten wir uns noch mal.«

Er nahm Markus sanft am Arm und half ihm hoch. Jansson, der vor dem Konferenzraum wartete, nahm den Jungen in Empfang.

23. KAPITEL

Das Team hatte sich im Konferenzraum versammelt, alle schauten erwartungsvoll auf den großen Bildschirm. Das Gesicht von Olli Koskinen, dem Vorsitzenden des Teams für Cyberkriminalität der Polizei Österbotten, erschien, und er schaltete das Mikrofon ein.

»Herzliche Grüße aus Vaasa! Kommen wir gleich zur Sache?«

»Ja, lasst uns anfangen. Was habt ihr herausgefunden?«, fragte Mats.

»So einiges! Dieses Social-Media-Video, in dem der Verstorbene zu sehen ist, wurde Samstagabend auf TikTok veröffentlicht. Wir haben die Spuren nachverfolgt, es war nirgendwo vor Samstag um 20.12 Uhr zu finden. Also, wenn ich das richtig verstanden habe, dann war diese Person zu diesem Zeitpunkt bereits tot?«

»Der Todeszeitpunkt von Jonas liegt tatsächlich irgendwann zwischen Samstagmorgen und -mittag«, bestätigte Mats.

»Wer hat das Video dann gepostet?«

»Und wie hat die Person das Material in die Finger bekommen? Oder hat derjenige, der das Video gepostet hat, es auch gedreht?«

Bäckström sah zufrieden aus, als sie auf die Frage hin nickte. Mats konnte sie verstehen. Sie hatte die ganze Zeit nicht glauben können, dass Jonas jemanden vergewaltigt und auch noch ein Video seiner Tat online gepostet hätte. Björklund und Jansson sahen vor allem interessiert drein, während Laajavuori eher enttäuscht wirkte.

»Und das ist noch nicht alles. Wir haben mit Hilfe von Björklund aus eurem Team die Telefondaten von Ella Aaltonen untersucht. Sie hat tatsächlich solche Nachrichten erhalten, allerdings nachdem Jonas bereits gestorben war. Wir haben es geschafft, diese Nachrichten wiederherzustellen.«

Koskinen übernahm die Kontrolle über den Bildschirm, und die Anwesenden sahen zwei Nachrichten: Die eine zeigte die Nahaufnahme eines Penis und einen Teil von Ella Aaltonens Gesicht. Die andere lautete:

Du hast das so sehr genossen,
das machen wir bald wieder, ja?

»Verdammt«, platzte es aus Laajavuori heraus. »Das ist mal ein besonders verstörendes Dickpic!«

»Die sind alle verstörend, nur zu deiner Information, Laajavuori«, zischte Bäckström.

Laajavuori lief rot an. Es wirkte kurz, als wollte er etwas erwidern, aber dann hielt er doch den Mund.

»Also hat ein anderer als Jonas diese Nachrichten verschickt?« Bäckströms Stimme wurde lauter.

»So ist es. In allen gibt es die gleiche Art von Rechtschreibfehlern, und sie stammen alle von einem Prepaid-Handy, sodass wir damit nicht besonders viel anfangen können.« Koskinen machte eine Pause, in der sich alle kurz sammelten.

»Es war also noch jemand anderes außer Jonas in Ellas Missbrauch involviert«, stellte Mats schließlich fest. »Und diese Person hat das Video von Jonas und Ella auf TikTok gepostet.«

»Zumindest hat Ella dadurch Beweismaterial über den Missbrauch bekommen«, sagte Koskinen.

»Können wir mal ganz direkt über Vergewaltigung sprechen, schließlich geht es ja genau darum«, fragte Laajavuori dazwischen, als wollte er seine vorherige Bemerkung wiedergutmachen.

»In den sozialen Medien hat es übrigens schon jemand geschafft, den toten Jungen als Vergewaltiger zu bezeichnen – jemand mit dem Username *Kadabra*. Dieser Kommentar wurde gestern Abend nach elf auf Jonas' öffentlichem Instagramprofil gepostet, der ansonsten voller gebrochener Herzen und trauriger Emojis ist. *Kadabras* Profil wurde nur für diesen Kommentar erstellt. Sieht so aus, als ob sich auch diese Sache schnell verbreitet, wie üblich«, fuhr Koskinen in seiner ruhigen Art fort.

»Jemand weiß also schon etwas mehr darüber, was Ella Aaltonen am Freitag passiert ist. Wir müssen mit ihr durchgehen, wer darüber Bescheid weiß. Und wir müssen mit Sara Snellman darüber reden, das wird sie noch mehr aus der Bahn werfen.«

Björklund tippte etwas auf seinem Laptop und räusperte sich dann hörbar. »Diese Telefonnummer, von der die Nachrichten an Ella geschickt wurden, ist die gleiche wie die von dem Prepaid-Handy, von dem Jonas am Freitag und Samstag angerufen wurde.«

Stille legte sich kurz über den Raum. »Koskinen, kannst du sehen, wann diese Nummer das letzte Mal aktiv war, oder ob sie es jetzt ist? Können wir die Person sofort ausfindig machen?«, fragte Mats aufgeregt.

Koskinen tippte schnell etwas und blickte enttäuscht drein. »Es sollte nicht überraschen, dass die Nummer nicht mehr aktiv ist, und zwar schon seit mehreren Tagen nicht mehr.«

»Wann war sie es das letzte Mal?«, fragte Mats ungeduldig.

»Am späten Sonntagabend.«

»Das Telefon wurde also ausgeschaltet, als die Nachricht über den Leichenfund in den sozialen Medien verbreitet wurde.«

24. KAPITEL

Eevis Morgen hatte schlecht begonnen. Sie hatte bis spät in die Nacht geschrieben, in dem Text nach Gründen sowie nach dem Sinn für alles Frustrierende gesucht, zum Thema Selbstmord recherchiert, verschiedene Social-Media-Kanäle in der Hoffnung durchstöbert, irgendeine Spur von Jonas zu finden. Irgendetwas, das ihr half, diese Tragödie zu verstehen. Ihre Nichte Anna hatte ihr den Link zu dem TikTok-Video von Jonas geschickt, und Eevi hatte es sich viel zu oft angesehen und die Kommentare dazu gelesen. Die Folge all dessen war ein vages ungutes Gefühl der Übelkeit, und nachdem sie schließlich eingeschlafen war, wurde sie in unruhigen Träumen von gesichtslosen Menschen verfolgt.

Als sie endlich in die Redaktion kam, warf Miika ihr auf dem Weg nach draußen einen vielsagenden Blick zu. Juurinen deutete mitfühlend zur Kaffeemaschine. Eevi schnappte sich eine große Tasse aus dem Schrank, schenkte sich Kaffee sowie eine großzügige Menge Hafermilch ein, setzte sich aufs Redaktionssofa und seufzte.

Juurinen sah sie einen Moment lang an. »Willst du reden?«

»Danke, aber ich will mich jetzt nur auf einen ganz normalen Arbeitstag konzentrieren. Ich hab sehr schlecht geschlafen.«

»Alles klar. Ich frage dich trotzdem: Belastet dich noch etwas anderes als die Ereignisse der letzten Tage?«

»Das Übel dieser Welt.«

»Wenn man müde ist, gewinnt das Übel dieser Welt immer, aber denk daran, dass das nicht die ganze Wahrheit ist. Genau genommen ist es Unsinn. Meine kluge Partnerin sagt immer, dass man seinen Gedanken keinen Glauben schenken darf. In deinem Fall würde ich ihnen also nicht viel Aufmerksamkeit schenken.« Juurinen tätschelte ihr Knie, und obwohl diese Geste beunruhigend hätte sein können, wenn jemand anderes es getan hätte, empfand sie es von ihrem Chef und genau in dieser Situation als seltsam tröstend. Eine Welle von Emotionen überkam Eevi, und sie konnte ihre Tränen nicht mehr zurückhalten. Ein Schluchzer entfuhr ihr. Juurinen schloss sie in seine Arme, und Eevi ließ ihren Tränen freien Lauf.

Miika kam wieder und blieb ratlos in der Tür stehen. Eevi musste lachen, als sie seinen verwirrten Gesichtsausdruck sah und rief ihm zu: »Die Gefahr ist gleich vorbei, die Gefühlswallungen eines Menschen fast mittleren Alters sind bereits am Schwinden!«

»Hier.« Juurinen reichte ihr eine Packung Taschentücher.

Eevi putzte sich die Nase, erhob sich vom Sofa, holte ihren Arbeitslaptop aus dem Rucksack und öffnete ihn am Schreibtisch. Sie beschloss, alles, was mit Jonas und Ella zu tun hatte, erst mal beiseitezuschieben, und begann mit der Arbeit, indem sie alle sommerlichen Musikveranstaltungen in der Suupohja-Region auflistete. Sie hoffte auf ein Interview mit mindestens einem der Künstler.

Zur Mittagszeit klingelte ihr Telefon. Sie runzelte die Stirn, als sie sah, dass ein Bekannter aus ihrer Helsinki-Zeit anrief: der *Iltalehti*-Journalist Santeri Auvinen. Eevi hatte keine Lust, mit ihm zu sprechen, sie fühlte sich immer noch nicht besonders gut, also schickte sie Santeri eine automatisierte Nachricht: *Kann ich später anrufen?*

Was wollte er von ihr? Unwohlsein stieg in Eevi auf. Sie ging zum Kühlschrank, goss Apfelsaft und Mineralwasser in ein Glas und trank es in ein paar Schlucken leer.

Santeri war ihr Arbeitskollege gewesen, mit dem sie damals, in den Helsinki-Jahren, bei einem Bier ihren Gedanken freien Lauf lassen konnte, wenn einer von ihnen gerade an einer schwierigen Story arbeitete. Obwohl sie die Boulevardpresse nicht immer mochte, hielt sie Santeri für einen sehr begabten Journalisten, dessen Fachkenntnis sie zu schätzen wusste, auch wenn sie für unterschiedliche Medien arbeiteten. Außerdem hatte er ein verblüffend gutes Netzwerk. Trotz ihrer Wertschätzung, war sie bei Santeri immer etwas vorsichtig. Es war nicht ungewöhnlich, dass er erst Zeit hatte, wenn Eevi gerade an einer hochkarätigen Geschichte arbeitete.

Sie suchte nach seinem letzten Artikel und stellte fest, dass es in einigen früheren Texten um Vaasa ging. Santeri musste in Österbotten sein. Also rief sie ihn doch an.

»Eevi! Du warst wie vom Erdboden verschluckt, nachdem wir uns das letzte Mal gesehen haben«, meldete er sich lachend.

»Tja, hier bin ich, gesund und munter in Kristinestad. Und du scheinst ja auch gerade in Österbotten zu sein?«

»Da wurde wohl mal wieder Hintergrundrecherche betrieben? Ja, ich bin gerade in Vaasa. In Helsinki wurde die Situation etwas heiß, was einen bestimmten Politiker angeht, das war ein guter Zeitpunkt, um mal etwas auf Abstand zu gehen.«

»Verstehe«, antwortete Eevi knapp. Hoffentlich erzählte er gleich, was er wollte.

»Dieser verstorbene Junge aus eurer Gegend, irgendwas Interessantes an der Geschichte?«, fragte Santeri scheinbar gleichgültig.

Eevi schaute auf die Meeresbucht und überlegte ganz genau, was sie jetzt antworten sollte. »Nun, das hängt natürlich davon ab, was jemand als interessant empfindet.«

»Gibt es einen Background in den Bereichen Drogen, Kriminalität oder was Ähnliches?«

Eevi ärgerte sich über seine betont sorglose Art. Sie schwieg einen Moment, bevor sie wieder antwortete. »Jonas war der Sohn einer alleinerziehenden Mutter, die ihn sehr geliebt hat.«

»Also nichts Aufregendes oder etwas, das eine größere Geschichte wert wäre?«

»Manchmal frage ich mich, Santeri, ob du überhaupt ein Herz hast«, wies Eevi ihn zurecht.

Der lachte nur sein ansteckendes Lachen, und für einen Moment hatte Eevi das Gefühl, dass sie sich und das Leben einfach viel zu ernst nahm.

»Was hältst du davon, wenn ich mal für eine Nacht nach Kristinestad komme und wir zusammen Bier trinken, um der alten Zeiten willen? Gibt es da ein paar gute Biergärten? Du weißt ja, wie wählerisch ich bin.«

Mit einem Mal fühlte sich der Gedanke, mit Santeri die Welt zu verbessern, gut an, und sie erzählte ihm vom Pavis, vom Jungman und anderen Restaurants mit malerischen Biergärten, in denen sich gut ein Maiabend verbringen ließ.

»Wir sehen uns, ich melde mich, wenn ich da bin und eine Bleibe gefunden habe. Kannst du etwas empfehlen?«

Eevi versprach, ihm ein paar Tipps zu schicken, und beendete das Gespräch mit einem Lächeln auf den Lippen. Santeri war anstrengend, aber auf seine eigene Weise genau die Art von Person, mit der sie jetzt gerne Zeit verbringen würde.

25. KAPITEL

Mats sprach mit seinem Team über die neuesten Erkenntnisse.

»Die Frage ist: Wer war zu dieser Zeit sonst noch in der Hütte? Ella kann sich nur an Jonas erinnern, und der ist tot. Markus Malmgård behauptet, keine der Personen gewesen zu sein, die von der Wildkamera aufgenommen wurden. Wir brauchen mehr Informationen über diesen Abend. Bäckström, könntest du den Kriminaltechniker bitten, bei der Hütte vorbeizuschauen, am besten noch heute? Hier müssen sowohl Ellas Vergewaltigung als auch Jonas' Tod berücksichtigt werden.«

»Wird sofort erledigt«, erwiderte Bäckström. Sie hatte das Telefon bereits in der Hand.

»Als ihr bei der Hütte wart, war dort auch ein Damenfahrrad?«, fragte Mats an Jansson und Laajavuori gewandt.

»Kann mich nicht daran erinnern, dort so etwas gesehen zu haben«, erwiderte Jansson.

Als Nächstes bat Mats Bäckström, von Ellas Untersuchung zu berichten. »Es gab fast keine Beweise mehr, weil seit dem Vorfall mehrere Tage vergangen waren und Ella mehrmals geduscht hatte, was natürlich vollkommen nachvollziehbar ist«, sagte sie. »Aber es konnte trotzdem etwas gefunden werden.«

»Erzähl!«, rief Laajavuori enthusiastisch und blickte dann auf den Tisch, als ihm klar wurde, dass das unangebracht war.

»In den Proben von Ellas Kleidung wurde die DNA von drei verschiedenen Personen gefunden. Eine davon ist die von Jonas Snellman.«

Jansson schaute Bäckström fragend an, die nach einer kurzen dramatischen Pause fortfuhr: »Die beiden anderen sind leider nicht in der Datenbank, was keine große Überraschung ist, aber es handelt sich hier um männliche Personen. Und sie sind miteinander verwandt.«

»Die Proben müssen mit Ellas DNA abgeglichen werden. Die eine könnte die von ihrem Vater sein, er hat seine Tochter schließlich von der Hütte abgeholt«, überlegte Mats laut. »Da sowohl Ellas Vergewaltigung als auch die Ereignisse, die zu Jonas' Tod geführt haben, dort stattfanden, müssen wir die ganze Hütte und die Umgebung noch einmal gründlich untersuchen.«

»Es wäre gut, Ellas Vater und andere männliche Personen zu testen, die Freitagabend und Samstagmorgen in Ellas Nähe waren«, fügte Bäckström hinzu.

»Laajavuori, kannst du einen Antrag auf kriminaltechnische Untersuchung stellen? Die sollten heute noch bei der Hütte vorbeischauen. Ihr habt doch ein Absperrband angebracht, als ihr dort wart, oder?«

»Ja, natürlich!«, antwortete Laajavuori empört.

Mats kümmerte sich nicht um dessen Tonfall, sondern

dachte darüber nach, wie er das Budget einhalten konnte, falls der Kriminaltechniker schon heute Abend Zeit hatte. In Gedanken hörte er schon seinen Vorgesetzten, der in allen möglichen Bereichen sparen wollte. In diesem Fall erforderten die Ermittlungen jedoch eine dringende kriminaltechnische Untersuchung, also entschied Mats, dass später auch noch Zeit für Erklärungen bliebe. Jetzt musste gehandelt werden, die Zeit rannte.

26. KAPITEL

Isla ging am Polizeirevier vorbei, weiter zum Kirchhof und setzte sich dort für eine Weile auf eine Bank. Lange saß sie dort und wägte ihre Möglichkeiten ab. Dann stand sie ruckartig auf und ging eilig zur Polizeiwache. Sie hastete durch die Eingangstür, als wollte sie sich selbst keine Gelegenheit geben, es sich noch einmal anders zu überlegen. Mats und Bäckström beobachteten das Mädchen vom Fenster aus und gingen ins Foyer, um Isla in Empfang zu nehmen.

»Schön, dass du gekommen bist«, begrüßte Mats sie freundlich, dem Islas Nervosität nicht entgangen war.

»Ich müsste vor dem Verhör wirklich mit einem Polizisten sprechen, am liebsten mit dem guten, den Eevi Manner kennt«, sagte sie hastig.

»Nun, das bin dann wohl ich, du bist hier also genau richtig. Wir wollen dich auch gar nicht verhören, sondern nur etwas mehr darüber erfahren, was am Freitag passiert ist. Worüber würdest du gerne mit uns sprechen?«

»Ich habe Informationen, die wichtig sein könnten oder

auch nicht. Aber ich hätte gerne Strafverfolgungsschutz«, brach es aus Isla hervor.

Mats merkte, wie sich Bäckström ein Lächeln verkniff. Wieder einmal jemand, der zu viele amerikanische Thriller gesehen hatte.

»Wir werden darüber nachdenken, wenn wir wissen, worum es geht. So etwas gibt es in der Regel nur bei recht schweren Straftaten.«

»Es geht hier aber um eine ernste Sache, das hat schließlich etwas mit Jonas' Tod zu tun!«, rief Isla.

»Okay, verstehe. Wir wollen ja auch hören, was du zu erzählen hast. Lass uns in den Konferenzraum gehen.«

»Okay«, sagte Isla leise und ging mit gesenktem Kopf weiter.

Sie führten das nervöse Mädchen in den Raum, wo Bäckström ihr ein Glas Wasser reichte und ihr ermutigend zulächelte.

»Was möchtest du uns denn erzählen?«, fragte sie.

»Nun, den Schutz vor Strafverfolgung müssen Sie mir schon zusichern, bevor ich etwas sage, das mich vielleicht selbst belasten könnte.«

»Wir müssen zuerst hören, was du uns zu berichten hast, und können dann abwägen, wie belastend es für dich ist, bevor wir über so etwas sprechen können«, erklärte Bäckström sanft.

»Kann ich dann wenigstens hoffen, dass meine Eltern nichts von diesem Gespräch erfahren?«

»Wir müssen nicht mit deinen Eltern sprechen, wenn du nichts Kriminelles getan hast. Wenn aber doch, dann lässt sich ein Gespräch mit ihnen nicht vermeiden«, sagte Mats ruhig und bestimmt.

»Tja, ich weiß nicht wirklich, ob das ein Verbrechen ist. Ich habe versucht, das zu googeln, aber es ist mir trotzdem nicht so ganz klar.«

»Wenn du einfach erzählen magst, beraten wir dich gern.« Ein Teil von Mats hätte am liebsten viel direkter mit dem Mädchen gesprochen.

Isla wirkte ängstlich, und als sie wieder zu reden begann, schluchzte sie fast.

»Ich kenne Leute, die von Jonas Pillen gekauft haben. Ich auch mal, jetzt schon lange nicht mehr, aber vor ein paar Monaten. Das Verbrechen ist bestimmt inzwischen schon ungültig, wenn es im Februar passiert ist, oder?«

»Was für Pillen?«, hakte Mats nach.

»ADHS-Medikamente.«

»Hast du selbst ADHS, oder warum hast du die gekauft?«, fragte Bäckström.

»Also, bei mir wurde das nicht diagnostiziert, aber die Pillen helfen, sich zu konzentrieren und schlank zu bleiben. Manchmal hat man danach auch so ein gutes Gefühl.«

»Und Jonas hat sie dir verkauft«, konstatierte Mats.

»Ja.« Isla fuhr sich mit der Hand durchs Haar und zwirbelte mit den Fingern ihre Locken.

»Wie habt ihr die Geschäfte vereinbart?«

»Per Chat.«

»Dürfen wir uns dein Telefon mal genauer anschauen?«

»Muss das sein?« Isla klang immer ängstlicher.

»Das würde uns bei der Klärung sehr helfen«, sagte Mats ruhig.

»Kennst du noch andere, die bei Jonas Medikamente gekauft haben?«, fragte Bäckström.

»Nicht wirklich.« Das Mädchen wich dem Blick der Polizistin aus.

»Hat Ella auch mal was bei Jonas gekauft?« Die Erwähnung von Ellas Namen wühlte Isla offenbar sehr auf.

»Nein! Ella konsumiert nichts, außer Alkohol. Sie ist sehr gewissenhaft mit so etwas, sie verliert nicht gerne die Kontrolle.«

»Könntest du uns in deinen eigenen Worten erzählen, was am Freitag an den Kanuunakallio-Klippen passiert ist?« Mats glaubte in Bäckströms Stimme eine leichte Verärgerung wahrzunehmen.

»Na ja, ich hab Alkohol getrunken und diese Medikamente genommen und mich dann am Fuß verletzt.«

»Du hast also diese ADHS-Medikamente am Freitag gekauft und genommen?«

»Krieg ich deshalb Schwierigkeiten?« Isla schluchzte wieder. Sie war kurz davor, in Tränen auszubrechen.

»Es ist jetzt wichtiger zu erfahren, was passiert ist. An diesem Punkt interessiert uns das große Ganze«, erklärte Mats sachlich und hoffte, dass sich das Mädchen endlich mal auf etwas anderes konzentrieren würde als auf ihre eigenen möglicherweise illegalen Aktivitäten. »Blieb Ella allein, nachdem man dich nach Hause gebracht hat?«

»Sie war nicht allein. Markus hat versprochen, sich um sie zu kümmern, als er zurückgefahren ist. Ich kann mich nicht mehr so genau erinnern.« Aus Islas Augenwinkel lief eine einsame Träne, die sie rasch wegwischte.

»Und hat er sich um Ella gekümmert?«, fragte Bäckström.

»Na ja, Sie wissen doch, dass er das nicht getan hat.« Islas Stimme klang immer schriller. »Ich wäre nie weggegangen, wenn ich gewusst hätte, was passieren würde. Und Markus auch nicht. Wir konnten das doch nicht wissen!«

»Was hat Markus dir über das Ende des Abends erzählt, nachdem er zu den Klippen zurückgekehrt war?«, fragte Mats.

»Nicht besonders viel. Er meinte, dass er Ella nicht mehr gesehen hat. Er dachte, dass sie irgendwo eine Mitfahrgelegenheit bekommen hat und gegangen ist.«

Mats warf Bäckström einen Blick zu, die ihn ernst ansah. Sie mussten den Jungen noch mal befragen.

Nachdem sie Isla hinausbegleitet hatten, machte sich Laajavuori auf den Weg, um Markus zu holen.

Der junge Mann sah frustriert und verängstigt aus, als er sich an den Verhörtisch setzte.

Bäckström nahm ihn gleich in die Zange »Wir haben uns gerade mit deiner Freundin Isla unterhalten. Sie hat erzählt, dass du Ella nicht mehr gesehen hast, nachdem du wieder bei den Klippen warst.«

»Also, ich konnte Isla doch nicht sagen, dass ich Jonas praktisch die Erlaubnis gegeben habe, Ella zu der Hütte zu bringen und diese ganze Scheiße mit ihr zu machen!«, rief Markus nervös. »Und nachdem ich das einmal gesagt hatte, konnte ich das ja auch nicht mehr zurücknehmen.«

»Isla dachte, dass du auf Ella aufpassen würdest. Kannst du uns sagen, warum das nicht passiert ist?« Wieder blieb Bäckström dem Jungen gegenüber hart.

Mats beobachtete Markus' Körpersprache ganz genau. Lange blieb der Junge still, dann öffnete er schließlich den Mund, schloss ihn wieder und öffnete ihn dann erneut.

»Ich hatte die Schnauze voll. Ich wollte nicht nur der

Babysitter von besoffenen Mädchen sein, ich wollte selbst auch Spaß haben.«

»Soll ich noch mal wiederholen, was dann passiert ist, als du zu den anderen zurückgegangen bist?«

Markus seufzte schwer, starrte auf den Tisch und begann dann zu erzählen: »Als ich zurück war, hab ich gemerkt, dass sich Ella total besoffen hat. Sie konnte nicht allein nach Hause gehen. Sie saß dort am Grillplatz und war Jonas praktisch in den Schoß gefallen. ›Was zum Teufel machen wir jetzt mit ihr, ich hab keine Lust mehr, auf jemanden aufzupassen und nach Hause zu bringen‹, hab ich zu ihm gesagt. Wir hätten Ella ja auch nicht zu ihr nach Hause bringen können, ihre Eltern sind verdammt streng bei so was. Also hat Jonas vorgeschlagen, dass er Ella zu seiner Hütte bringen kann, damit sie dort erst mal ihren Rausch ausschläft. Die Hütte war ganz in der Nähe, und für mich war das in dem Moment eine grandiose Idee. Und Jonas ist halt auch so ein, na ja, Weichei, deshalb dachte ich, dass Ella bei ihm sicher ist.«

»Was für einen Eindruck machte Jonas damals auf dich?«, fragte Mats dazwischen.

»Keine Ahnung, so wie immer, ein bisschen komisch. Der war schon immer so, bei dem hatte man das Gefühl, dass er nicht wirklich mit anderen zusammen sein wollte. Andere haben sich bei ihm oft unwohl gefühlt, der hat immer so kompliziert geredet, da wusste man einfach nicht, wie man sich verhalten soll.«

»Waren auf dem Grillplatz außer Jonas, Ella und dir noch andere Leute?«

»Da waren noch so andere Typen, aber die haben nicht zu uns gehört.«

»Hast du gesehen, wie Jonas und Ella weggingen?«

»Ja, habe ich, aber dann bin ich mit so einem Hurri aneinandergeraten, und wir haben uns ein bisschen geprügelt.«

»Also, wenn ich das richtig verstanden habe, dann scheinst du doch selbst auch ein Hurri zu sein?«, fragte Bäckström etwas verwirrt.

»Na ja, wie man's nimmt. Wir bezeichnen die Schweden aus Schweden als Hurris und nicht die Finnlandschweden.«

»Aha.« Bäckström fand sich mit der Antwort ab. »Du bist Jonas und Ella also nicht gefolgt?«

»Nein. Obwohl ich mir wirklich wünschte, dass ich es getan hätte und das hätte verhindern können, was Ella passiert ist. Aber nein. Ich habe mich betrunken und auf den Heimweg gemacht. So, wie ich es schon erzählt habe.«

Mats erklärte Markus, dass sie von ihm noch Fingerabdrücke sowie eine DNA-Probe bräuchten.

Der Junge sah elend aus, als Bäckström ihm das Stäbchen in den Mund schob.

27. KAPITEL

Nachdem sie Markus zum zweiten Mal verhört hatten, beschlossen Mats und Bäckström, zum Mittagessen zu Jungman zu gehen. Eine kleine Pause würde ihnen guttun, etwas Ablenkung, um wieder klar denken zu können. Mats kam eine alte Weisheit seines Bruders in den Sinn: Essen ist gut, schlafen muss man, und ohne Freunde geht es nicht. Laajavuori hatte seinen Proteinsalat dabei, und Jansson aß zu Hause. Björklund saß konzentriert vor seinem Computer und winkte ab, als Mats fragte, ob er mitkommen wolle. Seit gestern hatte Björklund seine ganze Zeit darauf verwendet, die Aufnahmen von Runar Dahlbergs Wildkamera vom Freitagabend und Samstagmorgen durchzugehen.

Das Restaurant war zur Mittagszeit gerammelt voll, also sah Mats sich auf der Terrasse nach einem Tisch um. Die bot eine spektakuläre Aussicht auf die Meeresbucht. Bäckström unterhielt sich noch kurz mit dem Restaurantbesitzer, einer ihrer Kindheitsfreunde. Für einen Moment blieb Mats mit seinem Tablett in der Hand an der Ecke der Terrasse stehen, um die schöne Landschaft und die ruhige Bucht zu bewundern.

Als er sich setzte, sah er Leena Aaltonen, die entschlossen die Merikatu entlangeilte.

Da kam Bäckström auf die Terrasse und direkt hinter ihr auch schon das Mittagessen. Sie aßen schweigend, bereiteten sich mental darauf vor, was als Nächstes passieren würde: Nach dem Mittagessen würden sie zu den Snellmans fahren. Mats wollte die Meinung von Jonas' Mutter und deren Schwester zu den Vorwürfen gegen Jonas hören.

Zweimal klingelte Mats an der Haustür. Aus dem Inneren der Wohnung war ein lautes Wortgefecht zu hören, das jedoch verstummte, als Mats klingelte.

Saras Schwester Linda öffnete die Tür und setzte ein verkrampftes Lächeln auf. »Na, wenn das mal nicht wieder die Polizei ist. Haben Sie schon herausbekommen, wer Jonas ermordet hat?«

»Die Todesursache wird noch untersucht.«

»Aber Sie werden doch schon irgendetwas herausgefunden haben? Jonas' Tod ist schon viele Tage her, und Sie ermitteln immer noch?«

»Im Zusammenhang mit diesen Untersuchungen würde ich Jonas' Mutter gern noch ein paar Fragen stellen.«

»Ich möchte, dass meine Schwester in Ruhe gelassen wird, und wenn Sie den Namen des Mörders immer noch nicht herausgefunden haben, bitte ich Sie, sofort zu gehen.«

»Lass gut sein, Linda. Lass die Polizisten herein!«, rief Sara aus dem Wohnzimmer.

Jonas' Mutter sah, wenn das überhaupt möglich war, noch schlimmer aus als beim letzten Mal. Ihre Haut war ganz grau, und mit der grauen Decke, die sie um sich geschlungen hatte, sah sie sehr zerbrechlich aus. Saras Augen waren geschwollen, ihre Wangen vom Weinen gerötet, und die Haut war aufgequollen. Mats bemerkte auch, dass sie ihre Nägel blutig gekaut hatte. Ihm graute vor dem, was als Nächstes kommen würde – das, was er Sara über ihren Sohn erzählen musste.

Nach einer knappen Stunde ging Mats wieder. Bei der Befragung war nicht viel herausgekommen, und die Situation war beinahe eskaliert. Linda hatte ihre Schwester schließlich mit Medikamenten in einen fast komatösen Zustand versetzt, und Mats überlegte, ob er darüber mit einem befreundeten Arzt sprechen sollte. Natürlich war das hier eine Tragödie und der Schock entsetzlich. Aber selbst dafür wirkte die schiere Menge an Medikamenten, die Linda für ihre Schwester dabeihatte, völlig unverhältnismäßig. Sara hatte sich geweigert, Mats zuzuhören, sie hatte nur geschrien, dass Jonas niemals einem anderen Menschen etwas Böses hätte antun können. Nicht ihr Jonas, auf gar keinen Fall. Nicht ihr kleiner Sohn, der nicht mal einer Fliege etwas zuleide tun konnte. Sie habe ihn nicht dazu erzogen, Mädchen zu missbrauchen.

Linda hatte Mats und Bäckström aus der Haustür geschoben. Draußen hatte sich die Frau eine Zigarette angezündet und mit gebrochener Stimme gesagt, dass der Mann auf dem Video tatsächlich ihr Neffe sei. Aber sie kenne Jonas, habe ihn von klein auf gekannt, und er sei ein sensibler und lieber Junge gewesen, der noch nicht einmal an Sex interessiert gewesen sei. Da war Mats anderer Meinung. Er kannte keinen einzigen Teenager, der nicht auf irgendeine Weise an Sex und Beziehungen interessiert gewesen wäre, aber das sagte er Linda nicht. Stattdessen bat er sie, zu überlegen, ob es noch irgendetwas gäbe, dass ihnen weiterhelfen könnte.

Als sie später gingen, blieb Linda stehen und schaute ihnen hinterher, und Mats sah, wie die Tränen, die ihr über die Wangen liefen, eine Mascaraspur hinterließen.

Mats grübelte über Jonas' Schicksal nach. Das, was er getan hatte, hatte ihn zur Verzweiflung getrieben. Das Video, wie es sich wie ein Lauffeuer online verbreitet hatte, musste seine Angst noch verstärkt haben. Auch durch weniger würde ein junger Mensch, der schon mit genug Herausforderungen konfrontiert war, sein Gleichgewicht verlieren. Jonas' Leben hatte noch nicht einmal richtig begonnen, als es schon zu Ende ging.

In seiner Schwermut versuchte er, Joakim anzurufen. Dieser drückte ihn nur weg und schickte eine Sprachnachricht: »Papa, du kennst die Regeln. Keine Anrufe, außer wenn jemand gestorben ist.« Jetzt ist aber jemand gestorben, dachte Mats. Trotzdem versuchte er es nicht noch mal. Sobald dieser schreckliche Fall aufgeklärt war, würde er für sie beide eine schöne Vater-Sohn-Zeit organisieren.

28. KAPITEL

Zurück in seinem Büro, sah Mats sich Björklunds Bericht über die Wildkamera an. Für Freitag- und Samstagabend gab es diverse Aufnahmen, an Dahlbergs Hütte in der Skatantie waren mehrere Dutzend Autos und Räder vorbeigefahren. Das Problem war jedoch, dass man zu den Kanuunakallio-Klippen und zu Jonas' Hütte auch noch über einen anderen Weg gelangte, nämlich über den Karhusaarentie. Von den Leuten, die diesen Weg benutzt hatten, gab es keine Aufnahmen.

Björklund hatte ausführliche Notizen über die Fußgänger gemacht, die auf demselben Weg zurückgekehrt zu sein schienen, aber das galt nicht für alle. Mats überprüfte die Automodelle und versuchte gleichzeitig, gedanklich die Puzzleteile zusammenzusetzen.

Bei diesem Fall gab es so vieles, was ihn störte. Wer waren zum Beispiel diese jungen Männer, die Jonas und Ella gefolgt waren? Welche Rolle spielten sie? Hatten sie Jonas misshandelt, ihn vielleicht sogar getötet?

Markus Malmgård hatte für den entscheidenden Zeitpunkt ein Alibi. Sie hatten ein Video von ihm gefunden, das er einem Freund geschickt hatte, in dem er stolz seine bei der Prügelei aufgeplatzte Lippe präsentierte – genau dann, als sich Jonas und Ella auf den Weg zur Hütte gemacht hatten. Von den Bildern und Videos aus der Nacht schlossen sie darauf, dass Malmgård sich noch eine ganze Weile bei den Klippen aufgehalten hatte, nachdem Jonas und Ella gegangen waren. Sie mussten ihn also gehen lassen.

Die Identität der Personen, die Jonas und Ella gefolgt waren, war immer noch unklar. Wie sollten sie die herausfinden?

Da kam Mats eine Idee, und er machte sich direkt auf den Weg zu den Aaltonens.

Matti Aaltonen war verwirrt, als Mats das Gartentor öffnete.

»Hei, Matti! Entschuldigen Sie bitte, dass ich unangekündigt hereinplatze, aber ich wollte noch eine Sache überprüfen«, sagte Mats freundlich.

»Ella und Leena sind nicht hier, sie sind in Vaasa bei der Traumatherapie«, erwiderte Matti und drehte den Schlauch ab, mit dem er gerade das Gemüse gewässert hatte.

»Kein Problem. Diese Fragen können auch Sie beantworten.«

»Nun, wenn ich Ihnen irgendwie weiterhelfen kann, tu ich das gerne.« Matti wischte sich den Schweiß von der Stirn.

»Haben Sie Ellas Fahrrad hier?« Mats schaute sich um, konnte aber kein Damenfahrrad sehen.

»Ellas Fahrrad?«, wiederholte Matti nachdenklich.

»Sie hat erzählt, dass sie damit zu den Klippen gefahren ist. Was ist danach mit dem Rad passiert?«, fuhr Mats ruhig fort.

»Es steht da drüben in der Werkstatt, daran muss was repariert werden.«

»Wie ist es denn dort gelandet? Haben Sie es mitgenommen, als sie bei Jonas' Hütte waren?«

»Ja klar«, antwortete Matti nach kurzem Überlegen.

»Könnten wir das Rad mit aufs Revier nehmen?«

»Ich bin mit der Reparatur aber noch nicht fertig.«

»Das können Sie gern machen, wenn wir mit den Untersuchungen durch sind. Für die Ermittlungen kann es von großer Bedeutung sein.«

Matti zuckte mit den Achseln, was Mats als Zustimmung verstand.

»Können Sie mir sagen, wer das Rad, von Ihnen und Ella abgesehen, sonst noch angefasst hat?«, fragte Mats, während er sich die Gummihandschuhe überzog.

»Ich, Ella, Leena. Sonst bestimmt keiner«, sagte der Mann nachdenklich und öffnete die Werkstatttür. Mats ergriff den Rahmen des Fahrrads, trug es in den Garten und machte sich dann auf den Weg zum Tor. Das Hinterrad des Rads war ziemlich verbogen, es sah bestimmt ein wenig ulkig aus, wie Mats es durch die Gegend trug.

Da rief Matti ihm noch hinterher: »Leenas Vater hat es übrigens auch angefasst, es wurde in seinem Pick-up transportiert.«

29. KAPITEL

Sara Snellman hatte erneut Kontakt zu Eevi aufgenommen, um ihr mehr über Jonas zu erzählen. Auf einen längeren Artikel über ihn hatte sie wohlwollend reagiert, weil sie die Welt wissen lassen wollte, dass ihr Sohn kein schlechter Mensch gewesen war. Eevi vermutete, dass sie davon erfahren hatte, was am Freitag in ihrer Hütte passiert war. Wahrscheinlich hatte die Polizei sie danach fragen müssen, oder ein herzloser Mensch hatte ihr von den Gerüchten erzählt, die in den sozialen Medien kursierten.

Sara öffnete die Tür und bat Eevi herein. Sie war froh, dass die Frau dieses Mal allein war. So würden sie in Ruhe sprechen können. Eevi versicherte Sara noch einmal, dass sie den ganzen Artikel vorher lesen dürfte und er ohne ihre Zustimmung nicht veröffentlicht würde. Sara nickte, und Eevi schaltete die Diktierfunktion auf ihrem Handy ein.

Sara erzählte, dass sie nicht mehr schlafen könne. Seitdem Jonas' Leiche gefunden worden war, hatte sie nur noch dank der vielen Medikamente Schlaf gefunden, war aber trotzdem die ganze Nacht über ständig aufgeschreckt.

Jetzt wollte sie wieder einen klaren Kopf bekommen und in ihren Erinnerungen graben, um die Gründe für diesen sinnlosen Albtraum zu finden, den sie jeden Tag durchlebte. Sie hatte versucht, sich daran zu erinnern, wann sie das letzte Mal richtig mit Jonas geredet hatte. Es war schon eine Ewigkeit her. Sie hatte über das verschlossene Wesen des Jungen nachgedacht und sich selbst dafür verflucht, dass sie ihn schon lange nicht mehr genauer nach seinem Leben, seinen Freunden, Sorgen und Freuden gefragt hatte. In diesem Frühjahr hatte sich Jonas noch mehr zurückgezogen, und Sara hatte nicht gewusst, wie sie darauf reagieren sollte – bei einem beinahe erwachsenen Kind, das sich fast allen Gesprächsversuchen verweigerte. Außer wenn er Geld brauchte. Außerdem hatte Sara die letzten sechs Monate damit verbracht, ihre eigenen Finanzen in Ordnung zu bringen. Sie hatte Tag und Nacht gearbeitet, um ein Projekt abzuschließen, dass ihr eine Gehaltserhöhung einbringen konnte.

Sara sprach auch über das Verschwinden von Jonas' Vater. Mit dem Tod des Jungen kam auch das wieder an die Oberfläche. Der Mann hatte Sara vorgeworfen, ihm ein Kind untergeschoben zu haben, und während ihres ganzen Zusammenseins hatte stets sie die Verantwortung für alles getragen. Dann war er eines Tages spurlos verschwunden und hatte Sara mit ihrer Scham zurückgelassen. Mit der Scham und einem Haufen Schulden.

Sara hatte ihr Bestes gegeben. Sie hatte mehr gearbeitet, als sie konnte, hatte versucht, alles alleine am Laufen zu halten, und war oft gescheitert. Die Rechnungsstapel, die mit der Post kamen, waren von Jahr zu Jahr gleich dick geblieben, und in ihrer Verzweiflung hatte sie verschiedene

Verbraucher- und Schnellkredite aufgenommen, um ihren Lebensstandard aufrechtzuerhalten. Sie hatte auf keinen Fall gewollt, dass sich die Schuldenlast bei Jonas bemerkbar machte. All das hatte sie getan, um Jonas eine finanziell abgesicherte Kindheit zu ermöglichen, aber das konnte den fehlenden Vater nicht ersetzen.

Als sowohl die Schulden als auch ihre Verzweiflung immer größer wurden, hatte sie sich schließlich Geld von ihrem Cousin geliehen – ein fataler Fehler. Als Sara das gemerkt hatte, war es bereits zu spät gewesen. Ihr Cousin hatte für den Kredit hohe Zinsen verlangt und gedroht, jemanden auf sie anzusetzen, wenn sie den Rückzahlungsplan nicht auf den Tag genau einhielt. Einmal hatte er Sara ein Bild von Jonas auf dem Schulhof geschickt – samt Erinnerung, dass der nächste Fälligkeitstag bald bevorstehe. Sie hatte sich dermaßen erschreckt, dass sie ihr gesamtes Monatsgehalt für die Rate verwendet hatte.

Damals war sie gezwungen gewesen, ihre Schwester Linda um Hilfe zu bitten, die ihnen sehr geholfen hatte – nur einfach immer viel zu viel. Sara hatte das Gefühl, auf ewig in ihrer Schuld zu stehen, sie fühlte sich wie ein demütiger Schatten ihrer Schwester. Aber jetzt war alles egal. Ihr Jonas war tot, für immer fort, und kein Geld der Welt würde ihn jemals wieder zurückbringen.

Es war, als hätte Sara Snellman jegliches Bedürfnis verloren, irgendetwas verbergen zu wollen. Als hätte sie durch den Tod ihres Sohnes alle gesellschaftlichen Normen und Erwartungen abgelegt. Sie sprach direkt und ehrlich. Was inmitten all dieser Offenheit deutlich wurde, war die große Liebe dieser Mutter zu ihrem Sohn. Sie hatte all ihre Entscheidungen getroffen, damit es ihrem Sohn besser ging.

Sie bereute nur eine davon: wen sie als Vater ihres Kindes gewählt hatte.

Als Eevi in die Redaktion zurückkehrte, wollte sie Juurinen von dem Artikel erzählen. Er sah ihr an, dass es um ein ernstes Thema ging, bat sie, hereinzukommen und die Tür hinter sich zu schließen.

»Ich möchte einen längeren Artikel über Jonas Snellman schreiben.« Eevi dachte, dass es in diesem Fall am besten wäre, es ganz direkt zu sagen.

Juurinen sah Eevi verständnisvoll an. »Ich hab mich schon gefragt, was du da so gemacht hast, als du offenbar in deiner eigenen Welt versunken warst. Für mich ist das in Ordnung. Mir ist schon klar, dass wir dir die Freiheit geben müssen, das schreiben zu können, was du möchtest, wenn wir dich – unser Goldstück – in unserer Redaktion behalten wollen. Um das kleine Gehalt und unsere provinzielle Berichterstattung wieder aufzuwiegen.« Juurinen lachte.

Eevi wusste seine Worte zu schätzen und dankte ihm für sein Verständnis. Ihr Chef erinnerte sie noch daran, Miika ebenfalls Aufgaben zu übertragen, damit dieser das Beste aus seinem Praktikum herausholen konnte.

Eevi versprach, daran zu denken, und dankte Juurinen, indem sie ihn so lange umarmte, bis er errötete.

»Na, dann geh jetzt mal, du hast doch bestimmt noch was zu recherchieren. Jedenfalls scheinst du deshalb gerade ziemlich Feuer unterm Hintern zu haben!«

Lachend ging Eevi zurück an ihren Arbeitsplatz. Sie bat Miika, Informationen über das Verschwinden von Jonas' Vater und über Sara Snellmans Cousin Elias Konttonen zu sammeln. Miika stellte keine Fragen, er schien geradezu begeistert zu sein, Hintergrundrecherche betreiben zu dürfen.

30. KAPITEL

Eevi parkte auf dem Schulhof vor dem prächtigen Gebäude. Erinnerungen an ihre Jugend wurden wach – sie selbst war hier zur Schule gegangen. Eevi lächelte, als sie daran zurückdachte, wie sie damals alle krampfhaft versucht hatten, erwachsener zu sein als sie waren. Wie absurd ihr das aus heutiger Sicht vorkam.

In einer Viertelstunde war Eevi zu einem Gespräch mit Jonas' Finnischlehrerin, Frau Korkiasaari verabredet. Bis dahin wollte sie die Atmosphäre ihrer alten Schule auf sich wirken lassen. Auf der Rückseite des Anwesens gab es immer noch ein eigenes Gebäude für Hauswirtschaftslehre und Kunst. Auf der anderen Seite befand sich immer noch das Kletter- und Turngerüst für Kinder. Eevi konnte sich nicht vorstellen, dass das heute noch genutzt wurde. Sie hatte den Eindruck, dass alle jungen Leute in ihrer Freizeit nur noch mit ihren Handys beschäftigt waren. Hoffentlich kletterten wenigstens ein paar noch darauf herum, dachte sie.

Die Schulpause begann, und eine Gruppe von Kindern

stürmte auf den Hof. Als ob sie Eevis Vorurteile widerlegen wollten, liefen sie sofort zum Klettergerüst. Eevi schaute sich eine Weile das fröhliche Treiben an und ging dann ins Gebäude.

In der Lobby hing ein eingerahmtes Bild von Jonas, unter dem eine LED-Kerze brannte. Blumen, Zettelchen, kleine Teddybären und Schokolade lagen dort. Eevi schaute sich einige der Zettel an: Die üblichen Beileidsbekundungen wiederholten sich, »*Ruhe in Frieden*«, »*zu früh gegangen*«. Als sie merkte, dass ein paar Mädchen sie beobachteten, lächelte sie sie an. Die Mädchen lächelten zurück. »Sind Sie Polizistin?«, fragte eines.

»Nein, ich bin Journalistin, ich heiße Eevi Manner.«

»Sind Sie gekommen, um etwas über Jonas zu schreiben?«

»Ja, ich wollte der Finnischlehrerin ein paar Fragen stellen.«

»Wir haben Jonas nicht so gut gekannt, aber es ist ganz schrecklich, was mit ihm passiert ist.«

»Ja, das ist furchtbar traurig.«

»Wenn Sie uns befragen wollen, können Sie das gerne tun.«

»Vielleicht ein anderes Mal, ich muss jetzt los.« Eevi sah bereits Korkiasaari, die sie zu sich herbeiwinkte.

Die Frau wirkte freundlich und liebenswürdig, sie war Eevi sofort sympathisch.

»Wir können einen Spaziergang machen und uns dabei in Ruhe unterhalten«, schlug die Lehrerin lächelnd vor. »Die Schule ist fast vorbei, hier herrscht gerade eine ziemlich fröhliche Unruhe.«

Draußen schlenderten sie die Asemakatu entlang und

bogen dann nach links ab, in Richtung des alten, leer stehenden Kasernengebäudes. Nachdem sie eine Weile schweigend nebeneinanderher gelaufen waren, wandte sich Frau Korkiasaari Eevi zu. »Was wollen Sie über Jonas wissen? Was genau schreiben Sie eigentlich über ihn?«

»Ich möchte etwas über den Jonas schreiben, den viele in dieser Stadt gar nicht zu kennen schienen, in der es ansonsten selbstverständlich ist, die anderen zu kennen.«

»Das gefällt mir. Ich hoffe, es stimmt. Ich bringe meinen Schülern Medienkompetenz bei, in diesen Zeiten ist diese Fähigkeit wertvoller als Gold, besonders für diese jungen Leute, die gerade erst etwas über die Welt und den Umgang mit ihr lernen. Als Journalistin wissen Sie bestimmt über die Dinge Bescheid, die in den sozialen Medien über Jonas kursieren?«, fragte die Frau und sah Eevi dabei herausfordernd in die Augen.

»Ja, das tue ich, aber mein Ziel ist es, hinter all das zu blicken, zu den Gründen vorzudringen und zu der Menschlichkeit, die wir alle miteinander teilen«, antwortete Eevi.

Die Lehrerin schwieg einen Moment, seufzte dann tief und sagte: »Jonas war ein toller Mensch. Ich mochte ihn sehr. Lehrer sollten ja eigentlich keine Lieblingsschüler haben, aber natürlich haben wir die. Jonas war mein Lieblingsschüler.«

Eevi ließ sie reden. Sie hatte schnell gemerkt, dass es bei dieser Frau sinnlos wäre, die üblichen Tricks anzuwenden, um Antworten zu bekommen. Frau Korkiasaari musste sie einfach nur reden lassen. Diese erzählte, dass Jonas gut in Finnisch gewesen sei, über einen präzisen Sprachgebrauch verfügt und originelle Essays geschrieben habe. In der Klasse sei er still gewesen, aber zu zweit glänzte er mit seinem Verstand, gab kluge Antworten und bekam oft Extrapunkte.

Als Eevi sie nach Mobbing fragte, antwortete die Lehrerin, dass es das in den Schulen immer noch viel zu oft gebe. Jonas sei zumindest während der ganzen Mittelstufe geärgert worden, und obwohl es während der Gymnasialzeit nicht mehr ganz so schlimm gewesen sei, sei der Schaden bereits angerichtet. Während des Unterrichts habe Jonas kaum etwas gesagt, weil er keine Aufmerksamkeit auf sich ziehen wollte, und dieses Verhalten scheine andere Lehrer verärgert zu haben.

»Ich sage es mal ganz direkt, und sie dürfen mich frei zitieren. Meiner Meinung nach sind wir Lehrerinnen nicht in der Lage, unseren Schülern ausreichend Aufmerksamkeit als Individuen zu schenken. Natürlich haben auch begrenzte Ressourcen einen Einfluss darauf, und Jungen wie Jonas haben am meisten darunter zu leiden. Sie werden in der Schule nicht gesehen, und das setzt sich danach fort. Unsere Gesellschaft ist nicht auf Individuen ausgerichtet, sondern auf von der Schule gleichgeschaltete, produktive Bürger.« Die Frau sprach ruhig und gefasst, konnte aber die Traurigkeit in ihrer Stimme nicht verbergen. »Morgen Abend findet hier in der Schule eine Gedenkfeier für Jonas statt, und es wäre schön, wenn Sie auch kommen würden. Für Ihren Artikel könnte das hilfreich sein.«

Eevi versprach zu kommen.

Als sie zum Schulhof zurückkehrten, fiel ihr auf, dass Frau Korkiasaari jeden Schüler, der ihnen begegnete, fröhlich grüßte und dabei jeden wirklich sah. Die Frau strahlte eine unglaubliche Lebensfreude aus und war bei allem, was sie tat, vollkommen präsent. Bestimmt machte diese

Lehrerin einen großartigen Job, dachte Eevi auf dem Weg zu ihrem Auto.

Als sie gerade den Wagen starten wollte, klopfte jemand an ihr Fenster. Ein Mädchen blickte Eevi misstrauisch an, wie ein schreckhaftes Reh. Langsam fuhr Eevi die Scheibe runter.

»Ja?«, begrüßte sie das Mädchen vorsichtig.

»Hei, ich bin Malla. Ich wollte mit Ihnen über Jonas reden. Wir waren mal befreundet.«

»Hei, Malla. Hast du vielleicht jetzt Zeit? Was hältst du davon, wenn wir irgendwo Kaffee trinken gehen?«

»Okay.« Malla zögerte, ging dann aber auf die andere Wagenseite und stieg ein.

31. KAPITEL

»Ding, ding, ding!«, rief Bäckström, als sie den Raum betrat. »Wir haben die Fingerabdrücke vom Fahrrad, und die stammen nicht von Aaltonen oder Jonas. Wir hatten einen Treffer in der Datenbank!«

Mats beobachtete amüsiert, wie der ganze Raum unter Strom stand.

Bäckström schloss ihren Laptop an den Bildschirm im Konferenzraum an und öffnete die Dokumente. Einen Moment später blickte ihnen vom Bildschirm Sebastian Ahlkvist entgegen: ein junger, verurteilter Kleinkrimineller, der in Lapvjärd lebte.

Björklund holte tief Luft, als er Sebastians Gesicht erblickte, der nicht gerade wie die hellste Kerze auf der Torte wirkte. Aufgeregt schob Björklund seinen Kaffeebecher auf dem Tisch herum und hob dann die Hand, wie in der Schule. Der Enthusiasmus des jungen Kollegen amüsierte Mats, und er nickte Björklund auffordernd zu.

»Das ist der Typ, der Jonas fertiggemacht hat!«, rief Björklund. Hektisch ging er seine E-Mails durch. Als er endlich die richtige gefunden hatte, bat er Bäckström, den großen Bildschirm an ihn zu übergeben. Auf dem Monitor erschienen Bilder, die *@fearnoman* gepostet hatte und auf denen ganz eindeutig das Gesicht von Sebastian Ahlkvist zu sehen war. Vom selben Profil waren auch ziemlich unangenehme Kommentare unter Jonas' TikToks gesetzt worden.

»Ausgezeichnet, Björklund!«, lobte Mats den Jungspund. »Schick mir alle Infos aus dem Profil, die du kriegen kannst. Das Vaasa-Team kann dir bestimmt weiterhelfen.«

Sie mussten so schnell wie möglich mit Sebastian sprechen. Bei genauerer Betrachtung fiel Mats auf, dass der Junge der Sohn eines alten Klassenkameraden aus der Mittelstufe war. Genau aus diesem Grund hatte er in Vaasa arbeiten wollen: damit er nicht ständig Leuten von früher über den Weg lief, was in Kristinestad leider eher die Regel als die Ausnahme war.

Als er in Lappfjärd auf den Hof der Ahlkvists einbog, überlegte Mats, ob Sebastians Vater, Henrik Ahlkvist, ihn wohl erkennen würde. Beim Gedanken an ihn hatte er sofort wieder den schüchternen, an Akne leidenden jungen Mann vor Augen, der in der Mittelstufe in Englisch neben ihm gesessen hatte. Manchmal hatte er das Gefühl gehabt, dass Henrik ihn ein bisschen zu sehr bewunderte – wobei damals wohl kaum einer von ihnen in Bestform gewesen war, schließlich waren alle noch dabei, erwachsen zu werden. Aus der Scheune trat ein Mann, den Mats sofort als Henrik erkannte. Die Schüchternheit, die während seiner Jugend so typisch für ihn gewesen war, war verflogen. Nun kam Mats jemand entgegen, der entschlossen und der offensichtlich nicht sonderlich begeistert von Mats' Besuch war.

»Vad vill du här?«, rief Henrik ihm von der anderen Seite des Gartens auf Schwedisch zu.

Mats war überrascht, normalerweise wurden Besucher hier in der Gegend freundlich empfangen, zumindest war das früher so gewesen. Aber Henrik schien wütend zu sein.

»Hej Henrik, det är jag, Mats Bergholm.« Ich bin's, Mats Bergholm. »Erinnerst du dich noch an mich?«

Henrik blieb stehen, sein Gesichtsausdruck hellte sich auf. Mit ausgestreckter Hand kam er auf Mats zu. »Natürlich erkenne ich dich, du hast dich ja nicht allzu sehr verändert«, sagte Henrik. »Was machst du denn hier, haben wir dich nicht schon vor Jahren an die große Stadt verloren?« Lächelnd schüttelte er den Kopf.

»Wir haben eine Hütte in der Nähe vom Pavis, und ich war gerade zufällig hier, als die Polizei gebraucht wurde.«

»Ach ja, stimmt. Aus dir ist ja ein Polizist geworden, trotz allem ...« Henrik lächelte etwas schief und ein bisschen gemein. Dann wurde er wieder ernst. »Was will die Polizei von mir?«

»Ich würde gerne mit Sebastian sprechen. Ist er zu Hause?«

»Was hat er denn jetzt schon wieder ausgefressen?«

»Er hat nicht unbedingt was ausgefressen, ich würde nur gerne mit ihm reden.«

»Tja, der ist nicht zu Hause, er ist nach Vaasa gefahren. Sein Cousin aus Stockholm ist gerade zu Besuch.«

»Hm, dann muss das wohl einer meiner Kollegen aus Vaasa übernehmen.«

»Sieht so aus«, murmelte Henrik misstrauisch.

Mats zog ungern mit leeren Händen von dannen, bedankte sich aber höflich bei Henrik und trottete zurück zu seinem Wagen. Der sah ihm hinterher, als wollte er sich vergewissern, dass Mats auch wirklich wegfuhr. Als Mats noch einmal zurückschaute, fiel ihm auf, dass Henrik einen besorgten Blick zum Nebengebäude warf. Er folgte dessen Blick, beschloss aber, vorerst die Füße stillzuhalten. Henriks Anspannung verriet ihm schon genug.

Im Wagen rief er in Vaasa an und bat sie, den Aufenthaltsort von Sebastian Ahlkvist herauszufinden. Er würde sich noch heute Abend auf den Weg dorthin machen.

32. KAPITEL

Im Tullitupa-Café war es immer noch angenehm ruhig. Eevi brachte den Kaffee und die Zimtschnecken an den Tisch. Die Schnecken gab es auch vegan, was Malla sichtlich freute. Sofort biss sie herzhaft hinein.

»Trinken Sie Ihren Kaffee auch mit Hafermilch?«, fragte Malla erfreut.

»Ja, ich kann gar nicht mehr anders, so sehr hab ich mich schon daran gewöhnt.«

»Bei uns zu Hause kauft meine Mutter die Hafermilch nur für mich, meine Eltern trinken ihren Kaffee immer noch mit Kuhmilch.«

Als Eevi dem Mädchen zuhörte, wurde ihr klar, dass sie ebenfalls alt genug war, um deren Mutter zu sein. Für einen Moment traf die Ungerechtigkeit des Lebens sie wieder mit voller Wucht. Wenn sie jemals Mutter würde, wäre sie schon fast in Rente, wenn das Kind volljährig wurde. Aber da das Renteneintrittsalter immer höher würde, hatte sie wohl noch einen gewissen Spielraum, dachte sie zerknirscht.

»Du warst mit Jonas befreundet?«

»Ja, früher. Ich dachte eigentlich, wir sind sogar gute Freunde, aber in diesem Frühjahr hat er sich verändert, und mit unserer Freundschaft war es dann vorbei.«

»Wie habt ihr euch kennengelernt?«

»Das war echt verrückt. Wir haben uns online in so einem Forum angefreundet, und als wir uns gegenseitig auf Social Media gefolgt sind, wurde klar, dass wir beide in Kristinestad leben und sogar auf dieselbe Schule gehen.«

»Was hat euch zu Freunden gemacht?«

»Wir sind uns in vielem einig, zumindest hab ich das geglaubt. Und wir hatten auch eine ähnliche Orientierung.« Malla musterte Eevi, als würde sie abschätzen, ob sie ihr vertrauen könnte. Sie schien sich dafür zu entscheiden, denn sie fuhr fort: »Und deshalb ist all das, was ich in den letzten Tagen online gelesen habe, so verwirrend.«

Für einen Moment ließ das Mädchen ihren Blick nach draußen über die Landschaft schweifen, seufzte und blickte Eevi dann in die Augen. »Wir haben uns in einem Forum für asexuelle junge Leute kennengelernt. Jonas war wie ich, er hatte keinen Sex und war auch nicht daran interessiert. Das spielte für ihn einfach keine Rolle.«

Eevi notierte sich den Begriff. Je mehr sie über Jonas erfuhr, desto unlogischer erschien ihr das, was er angeblich mit Ella gemacht hatte.

Malla schien ihre Gedanken zu lesen: »Wenn Jonas so etwas getan haben sollte, dann wurde er bestimmt dazu gezwungen. Er hätte nie im Leben einem anderen Menschen so etwas angetan. Oder zumindest nicht der Jonas, den ich kannte.«

»Warum habt ihr euch gestritten?«

»Jonas hat auf einmal mit richtig miesen Typen abgehangen. Er hat angefangen, irgendwas zu nehmen, und hat sogar Geld von mir geklaut«, erzählte das Mädchen niedergeschlagen.

»Wie kam es denn dazu, dass er mit diesen Typen Zeit verbrachte? Ich hab gehört, dass er meistens eher für sich blieb.«

»Anfang des Jahres, als alles anfing, hat Jonas gesagt, dass irgendjemand wüsste, was damals mit seinem Vater passiert ist. Er war deswegen wirklich aufgeregt. Das war damals sehr belastend für ihn, wohin sein Vater verschwunden war und was mit ihm passiert war. Aber als ich ihn das nächste Mal darauf ansprach, wollte er nicht darüber sprechen, sondern wurde total sauer. Und dann fing er an, sich völlig wahnsinnig zu verhalten, hat sich in der Öffentlichkeit danebenbenommen und dann auch noch Geld von mir geklaut. Ich hatte ziemlich viel gespart. Jonas war der Einzige, der wusste, wo das Geld war, und er hat es einfach genommen. Ich habe ihn darauf angesprochen, aber er hat nichts dazu gesagt und mich nur auf Social Media blockiert. Ich hatte dann auch keine Lust mehr, es noch mal zu versuchen.«

»Das muss sich wirklich schlimm angefühlt haben.«

»Ja, das war es. Und jetzt, da er tot ist, denke ich die ganze Zeit darüber nach, ob ich nicht doch hätte mehr tun müssen, ob ich ihn hätte fragen und hartnäckiger hätte sein sollen. Oder ob ich es seiner Mutter oder irgendjemandem hätte erzählen sollen. Aber jetzt ist es zu spät.«

»Du darfst dir nicht die Schuld dafür geben, was mit Jonas passiert ist. Menschen treffen immer ihre eigenen Entscheidungen, egal, wie schlecht die sind.«

Sie unterhielten sich noch eine Weile, dann brachte Eevi Malla zurück zur Schule.

Auf dem Schulhof wandte sich das Mädchen noch einmal um. »Sie sind ganz nett für eine Erwachsene.«

Eevi wurde warm ums Herz. Sie hoffte, dass sie Malla zumindest ein bisschen hatte helfen können.

33. KAPITEL

Bei Einbruch der Dunkelheit fuhr Mats zur Hütte. Nach dem Mittagessen hatte er nicht mehr daran gedacht, etwas zu essen, der Tag war im Nu vorbeigerast und hatte ihn ziemlich geschlaucht.

Das Verhalten von Henrik Ahlkvist hatte ihn nicht losgelassen. Da war ein Mann, der nicht die Wahrheit sagte oder sie so auslegte, wie es ihm passte. Die Vaasa-Einheit hatte Sebastian trotz aller Bemühungen nicht ausfindig machen können.

Gefrustet parkte er seinen Wagen hinter der immergrünen Hecke im Hof des Sommerhäuschens. Da bekam er eine Nachricht von seinem Sohn – noch bevor er sie öffnete, wusste Mats, dass er ihn um Geld bitten würde.

Er rief Helena an, die überraschenderweise bereits nach dem dritten Klingeln abnahm.

»Oh, hei. Du bist ja rangegangen«, bemerkte Mats erstaunt.

»Natürlich bin ich rangegangen, Schatz.«

Helena klang, als würde sie für ein Publikum sprechen.

Mats verstand: Seine Frau war gerade bei jemandem, dem sie die glückliche Ehefrau vorspielen wollte.

»Wie läuft's in Kristinestad?«, fragte Helena betont interessiert.

»Es gab einen möglichen Mord an einem jungen Menschen. Da gibt es jetzt eine Menge zu untersuchen, es ist belastend und zeitaufwend–«

»Ich könnte für das Wochenende auf jeden Fall zum Sommerhäuschen kommen, deine Pläne klingen wirklich romantisch!«, unterbrach sie ihn fröhlich.

»Äh, okay. Hast du da gerade eine größere Show am Laufen?«, platzte es aus Mats heraus.

»Schön, zu hören! Rosa und ich gehen dann jetzt mal weiter spazieren. Küsschen, Küsschen, ich dich auch!«

Mats starrte einen Moment lang auf sein Handy. Dann leitete er Joakims Nachricht an Helena weiter mit der Frage, ob sie ihm die Summe geben sollten. Ist okay, schrieb sie zurück, also schickte Mats Joakim hundert Euro für neue Sneaker.

Er hatte jetzt weder Energie noch Lust, mit Helena darüber zu diskutieren, dass es für ein Kind besser war, schon in jungen Jahren den Wert von Geld zu begreifen, und dass Joakim nicht immer Geld bekommen konnte, wenn ihm gerade danach war. Aber heute war nicht der richtige Tag für diese Debatte. Er grübelte, ob dieser Tag wohl jemals kommen würde, als ihn der Höllenlärm eines Motorrads aufschreckte, das deutlich zu schnell fuhr.

Mats stellte sich neben eine große Kiefer, um den Raser besser sehen zu können, sobald er um die Kurve bog. Zu seiner Überraschung saßen auf dem kleinen Motorrad, das an seinem Sommerhäuschen vorbeirauschte, gleich zwei Personen. Zwei junge Leute ohne Helm fuhren dermaßen schnell, als gäbe es kein Morgen mehr, und einer von ihnen war eindeutig Sebastian Ahlkvist.

Mats rief aus dem Auto Laajavuori an, der gerade – wie hätte es auch anders sein sollen – joggen war. Er berichtete knapp, dass er sich jetzt an Sebastians Fersen hing. Laajavuori meinte, er könne in fünfzehn Minuten da sein, aber Mats versicherte, dass er sich alleine darum kümmern könne. Es war ihm nur wichtig, seine Kollegen wissen zu lassen, dass sie den Aussagen von Henrik Ahlkvist keinen Glauben schenken durften.

Nach ein paar Kilometern erreichte Mats die Staubspur des Motorrads. Hier war die Straße ungewöhnlich gerade, und er konnte in der Ferne für einen Augenblick Metall aufblitzen sehen. Mats beschleunigte auf neunzig und sah, wie Sebastian und sein Begleiter Richtung Kanuunakallio abbogen. Dort wären sie in einer Sackgasse, und er könnte mit dem Jungen reden, überlegte Mats – und bemerkte dabei nicht, dass vom Waldrand ein Hirsch auf die Straße sprang.

Es war zu spät. Das Tier knallte gegen die Motorhaube. Mats machte eine Vollbremsung und kam schleudernd von der Straße ab.

Es dauerte eine Weile, bis er sich wieder gefangen hatte, nachdem der Wagen zum Stillstand gekommen und der Airbag aufgegangen war. Das Auto piepste wie verrückt, und die Front war stark verbeult. Mats' Herz klopfte wie wild, kalter Schweiß lief ihm über den Rücken. Er atmete schwer. Vorsichtig versuchte er, sich zu bewegen. Als der erste Schock nachließ und er begriff, dass er keine schweren Verletzungen davongetragen hatte, begann er vor lauter Erleichterung zu lachen. Er sah sich nach seinem Telefon um, das durch die Wucht des Aufpralls aus der Halterung auf den Rücksitz geschleudert worden war.

»Hei, Siri, ruf Leevi Laajavuori an.«

Glücklicherweise funktionierte es noch und verband sich mit dem Lautsprecher des Wagens. Allerdings hatte Siri ihn falsch verstanden und verkündete: »Die Verbindung mit Eevi Manner wird hergestellt.«

Mats versuchte noch, den Anruf abzubrechen, als er auch schon Eevis Stimme hörte. »Hallo?«

Gerade hatte Mats sich aus Airbag und Sicherheitsgurt befreit, sich aus dem Auto herausgewunden und den Notruf verständigt, als auch schon eine panische Eevi ankam.

»Beweg dich nicht, du könntest verletzt sein!«, rief sie, als sie aus ihrem Wagen stieg.

»Ich scheine noch mit dem Schrecken davongekommen zu sein, ich merke nur ein bisschen was in meinem Knöchel.« Wieder lachte Mats erleichtert und freute sich ehrlich, dass Eevi gekommen war.

»Aber du blutest!«, rief sie besorgt. Sie kramte den Erste-Hilfe-Kasten aus dem Wagen und beeilte sich, Mats das Blut von der Stirn zu wischen. Am Haaransatz hatte er trotz des Airbags eine blutende Wunde abbekommen.

»Zum Glück ist nichts wirklich Schlimmes passiert, ich hab mich nur erschrocken«, versicherte er ihr.

Eevi hatte Tränen in den Augen, als sie Mats' Wunde reinigte. Offenbar stand auch sie unter Schock.

Mats war erleichtert. Er hatte das starke Gefühl, nach langer Zeit wieder wirklich am Leben zu sein.

Dann war ein Motorrad zu hören, und Mats fiel augenblicklich wieder ein, warum er den Waldweg überhaupt entlanggerast war.

»Die müssen wir aufhalten!«, rief Mats, als das Motorrad auf sie zujagte. Er versuchte, auf die Straße zu hinken, aber Eevi schaffte es als Erste und hob die Hände, um den Fahrer zum Anhalten zu bewegen. Aber Sebastian bremste nicht, im Gegenteil: Er trat aufs Gas und jagte dermaßen dicht an Eevi vorbei, dass sie zurückstolperte, um nicht gestreift zu werden. Mats schaffte es, sie festzuhalten, und sah gleichzeitig, wie der junge Mann hinter Sebastian auf dem Motorrad ihnen den Mittelfinger zeigte. Er versuchte sich das Aussehen des Jungen einzuprägen.

»Was zum Teufel machen diese Verrückten, die hätten mich umbringen können!«, rief Eevi.

»Das war einer der Verdächtigen. Ich hab ihn gerade verfolgt, als ich den Unfall hatte.«

Mats half Eevi hoch. »Alles in Ordnung bei dir?«, fragte er sanft und strich ihr über die Wange.

Eevi blickte ihm in die Augen und nickte ernst. Aus einem Impuls heraus lehnte Mats sich vor und küsste sie.

In dem Moment schreckte der laute Motor eines herannahenden Wagens sie auf. Rasch wich Eevi zurück. Sie trat mehrere Schritte von Mats weg, hob abwehrend die Hände und drehte sich zu dem Wagen um, der auf sie zukam.

Wie erwartet, saß Markku Kaukonen am Steuer, ein Rentner, der in der Suupohja-Region als Helfer bei der Großwild-Dienststelle arbeitete. Er befragte Mats nach den Einzelheiten des Vorfalls, stellte am Straßenrand ein Warnschild für Wildunfälle auf und besah sich den Hirsch. Schließlich bestätigte er, was Mats und Eevi längst klar war: Das Tier war durch die Wucht des Aufpralls gestorben. Routiniert lud Markku den toten Hirsch auf die Ladefläche seines Pick-ups. Mats sah dem Tier in die leblosen Augen. Kaukonen machte Platz für den Abschleppdienst, der bereits auf seinen Einsatz wartete, und wünschte ihnen aus seinem Wagen heraus noch einen schönen Tag.

Schweigend fuhr Eevi Mats zum Gesundheitszentrum. Zu ihrem Schreck hatte sich nun offenbar auch Wut gesellt. Mats wurde schwindlig, als er daran dachte, was eben am Waldweg passiert war. Er verstand sich selbst nicht mehr. Eevi war in einer Beziehung, er selbst war verheiratet. Und trotzdem wand sich ein beharrlicher kleiner Gedanke zwischen den vielen Sorgen hindurch: Für einen kurzen Moment hatte Eevi seinen Kuss erwidert. Er war dem Tod oder zumindest einer schweren Verletzung von der Schippe gesprungen, und in dem Moment hatte er begriffen, dass er starke Gefühle für Eevi hegte. Nach all den Jahren. In dem Moment, als er dem Tod ins Auge geblickt hatte, war ihm vollkommen klar gewesen, dass er Eevi brauchte. Es fühlte sich an, als hätte er ein Jahrzehnt geschlafen und sei nun endlich wieder aufgewacht. Könne endlich wieder hoffen – etwas, das er sich seit Jahren verwehrt hatte.

Dann dachte er an seine Frau und seinen Sohn, als würde eine kalte Dusche ihn wieder zur Besinnung bringen. »Es tut mir leid, was passiert ist.«

»Es ist nichts passiert. Vergiss es einfach«, fuhr sie ihn an, als sie in den Hof des Gesundheitszentrums einbog. »Und ruf deine Frau an. Helena und dein Sohn sollten wissen, dass du einen Unfall hattest.«

Eevi stieg noch nicht einmal aus, als Mats zur Tür des Zentrums hinkte.

34. KAPITEL

Als Eevi nach Hause kam, war sie völlig durch den Wind. Sie setzte sich auf die Treppenstufen von Mireks Atelier und fragte sich, was zum Teufel vorhin eigentlich passiert war. Sie war verwirrt und wütend. Und doch hatte sie vorhin etwas gespürt, etwas sehr Starkes, als sie sich um Mats gesorgt hatte. Sie wollte nicht, dass ihm etwas passierte. Er war ihr wichtig – aber natürlich nur wegen ihrer gemeinsamen Vergangenheit. So erklärte sie es sich zumindest.

Der Gedanke an den Kuss schlich sich in ihr Bewusstsein. Wie er sich angefühlt hatte. Schnell schob sie ihn wieder von sich, das schlechte Gewissen war zu groß. In ihrem Inneren rumorte es weiter, also schnappte sie sich ihr Telefon, um sich abzulenken.

Der Instagram-Post tauchte genau im falschen Moment auf: ein übers ganze Gesicht strahlender Mirek, der seinen Arm um eine junge Frau gelegt hatte. Eine Frau, die mindestens zehn Jahre jünger war als Eevi – und unfassbar schön. Die machte sich bestimmt keine Sorgen, ob sie jemals Kinder bekommen würde. Für sie war noch alles möglich. Sie konnte sich noch überlegen, ob sie freiwillig kinderlos bleiben oder sich einen Partner suchen und direkt beim ersten Versuch schwanger werden wollte. Es handelte sich um die Kuratorin einer Galerie in Oslo, und Eevi spürte einen Stich im Herzen, als sie daran dachte, wie diese Frau ihre Stelle wohl bereits in so jungen Jahren bekommen hatte. Dabei wollte sie gar nicht so in diesen Klischees denken, konnte sich gegen den Gedanken aber nicht wehren. Die Eifersucht erwischte sie in einer Phase ihres Zyklus, in der sie sowieso schon dünnhäutig war – ließ sie rotsehen, da, wo sie eigentlich eine junge Frau hätte sehen sollen, die ihr Leben selbst in die Hand nahm.

Auf dem Profil der Kuratorin entdeckte Eevi eine Story, in der Mirek die Eröffnungsrede seiner Vernissage hielt. In einer anderen erzählte er der Frau von einer seiner Fotoarbeiten. Sie flirtete so offensichtlich mit ihm – unter das Video hatte sie auch noch ein Emoji mit Herzaugen gesetzt –, dass Eevi das Telefon entsetzt zur Seite legte.

Gefrustet stapfte sie in die Küche und goss sich ein großes Glas Riesling ein. Damit setzte sie sich in ihren Liegestuhl auf der Terrasse und betrachtete den Garten, versuchte, sich nicht in einem Strudel aus negativen Gedanken zu verlieren, alles in einem sanfteren Licht zu betrachten. Aber das war noch nie ihre Stärke gewesen. Sie war nun einmal ängstlich, neurotisch, analysierte zu viel, das war schon immer so gewesen. Sie war eine Frau, die mit ihrem Mann über alles reden wollte – über die großen Fragen und über ihre ganz persönlichen. Sie war eine Frau, deren Zeit langsam knapp wurde und die kurz vor der letzten Enttäuschung stand, die ihr Körper noch für sie in petto hatte. Warum sollte jemand sein Leben mit so jemandem teilen wollen? Vor allem wenn die Welt voller junger, schöner, freier und sorgloser Frauen war, die nicht in ständige Grübeleien über das Schlechte in der Welt und den Menschen an sich, über den Sinn des Lebens oder die eigene Fruchtbarkeit verfielen.

Als Eevi sich noch ein weiteres Glas einschenkte, bemerkte sie, dass das Display ihres Telefons aufleuchtete. Sie nahm einen großen Schluck aus ihrem Glas und öffnete die Nachricht von ihrer Mutter:

Ist alles gut bei dir?

Als hätte sie geahnt, dass etwas nicht in Ordnung war. Wohl so eine Art mütterlicher Instinkt. Eevi antwortete trotzdem, gespickt mit vielen fröhlichen Emojis, dass alles gut sei. Sie sei nur ein bisschen müde, aber eine gute Nachtruhe würde alles wieder in Ordnung bringen.

Okay. Du weißt, dass du immer mit deiner
Mutter reden kannst, oder?

Ich weiß, gute Nacht ❤

Wieder verschaffte sich der Gedanke an Mats Gehör. Sie fragte sich, was passiert wäre, wenn sie nicht unterbrochen worden wären. Während sie zu seinen Nachrichten scrollte, erwachte in ihr ein alter Schmerz. Mats mochte sie, hatte sie immer gemocht. Sie spürte, wie der Wein sie langsam einlullte. Gerade wollte sie Mats schreiben, als ihre Gedanken durch ein Miauen unterbrochen wurden. Es kam aus der Nähe.

Eine schwarze Katze saß vor ihrer Tür und miaute erneut.

»Wo kommst du denn her? Bist du hungrig? Darauf werd ich nicht reinfallen; wenn ich dir jetzt was zu fressen gebe, werd ich dich nie mehr los, außerdem erzählst du dann all deinen Katzenfreunden von mir.« Eevi merkte, wie angeschickert sie schon klang.

Die Katze wirkte regelrecht empört, als Eevi sie sanft zum Tor und aus ihrem Garten schob. Das Tor schloss sie hinter sich. Ein kalter Schauer durchlief ihren Körper, und sie schlang die Arme um sich. Die Luft war warm, aber aus irgendeinem Grund war ihr plötzlich kalt.

Eevi scrollte weiter genervt durch Instagram, auch wenn der Wein sie schon etwas milder gestimmt hatte. Alle, denen sie folgte, schienen den warmen Maiabend zu genießen. Ihr Feed war voller Saunen, Meeres- und Seeufer, von Terrassenbildern, Drinks und kaltem Bier.

Da klingelte ihr Telefon, und Santeris fröhliches Gesicht erschien auf dem Display. Bei allem, was passiert war, hatte sie ganz vergessen, dass er auf dem Weg nach Kristinestad war. Das Timing war perfekt. Genau jetzt brauchte Eevi einen Freund zum Plaudern und Weltverbessern.

»Ich hab hier ein Taxi, wo soll ich dich abholen, und wohin wollen wir gehen?«, fragte er begeistert.

Bei dem Gedanken, mit einem Taxi in Kristinestad unterwegs zu sein, musste Eevi lachen. Hier war so gut wie alles zu Fuß oder mit dem Fahrrad erreichbar. Sie begriff natürlich, was Santeri im Sinn hatte: In ihrer Helsinki-Zeit waren sie oft mit dem Taxi von einer Bar zur nächsten gefahren. Eevi gab ihm den Standort vom Pavis und sagte, dass sie mit dem Fahrrad nachkommen würde.

Als sie am Campingplatz vorbeifuhr, fiel ihr die Masse an Autos und schwedischen Wohnwägen auf. Kristinestad schien heute sogar noch mehr Touristen von der anderen Seite der Bucht anzulocken als in ihrer Jugend. Von den Stadtbewohnern waren über die Hälfte schwedischsprachig, und von Umeå aus war es über Vaasa nur ein Katzensprung bis zur Küstenidylle.

Eevi lehnte ihr Fahrrad an den Zaun neben dem Pavis, strich den Saum ihres Sommerkleides glatt und spürte, wie sehr sie sich auf diesen Abend freute. Für einen Moment wollte sie Mats, Mirek und die Galeristin aus Oslo, das Kinderthema und die Tragödie der letzten Tage vergessen und einfach nur eine schöne Zeit mit einem alten Freund genießen. Als sie hereinkam, winkte Santeri ihr von einem Tisch mit Meerblick zu, wo schon eine Flasche Sekt im Kühler bereitstand. Das wird ein toller Abend, dachte Eevi, und ging mit einem breiten Lächeln auf Santeri zu.

35. KAPITEL

Mats' Telefon vibrierte. Kurz und knapp teilte der Pathologe Kiviluoto ihm mit, dass die Obduktion doch schneller habe durchgeführt werden können und ihm der schriftliche Bericht heute noch zugestellt würde. Mats überprüfte sofort seine E-Mails, aber es war noch keine Nachricht aus Tampere eingegangen. Er bat den Taxifahrer, ihn zum Polizeirevier zu bringen. Besser, er war dort, wenn die Nachricht eintraf. Außerdem konnte er nach dem Unfall und der Begegnung mit Eevi sowieso nicht schlafen. Lieber verbrachte er den Abend an seinem Arbeitsplatz, als allein in seiner Hütte zu hocken und sich den Kopf über verpasste Chancen zu zerbrechen. Beziehungsarbeit gehörte nicht gerade zu seinen Stärken. Immerhin war er gut in seinem Job, das wusste er. Wenn er sich darauf konzentrierte, konnte er auch Klarheit in das Gedankenkarussell bringen, das sich unablässig in seinem Kopf drehte.

Auf dem Revier setzte er sich in sein vorläufiges Arbeitszimmer und schaltete den Computer an. Um sich die Zeit zu vertreiben, las er sich noch einmal die bisherige

Fallakte durch und markierte sich in seinem Notizbuch die Stellen, die noch unklar waren.

Gerade war er dabei, einen unausgegorenen Gedanken zu fassen zu kriegen, als ihm ein Anfall stechender Kopfschmerzen einen Strich durch die Rechnung machte. Also legte er sich aufs Sofa und schloss die Augen. Nur ganz kurz. Um zehn wachte er davon auf, dass Jansson in sein Büro rauschte und die Tür knallte. Er bot Mats an, ihn mitzunehmen, was er gerne annahm. Von dem Nickerchen auf dem Sofa war er völlig steif gelegen. Jetzt freute er sich doch wieder auf die Ruhe in seiner Hütte.

Am nächsten Morgen spürte Mats die Folgen des Unfalls deutlich in seinem Körper. Jeder Zentimeter schmerzte. Immerhin hatte er sich keine schwere Verletzung zugezogen. Die Eindrücke, die ihn gestern überrumpelt hatten – das intensive Gefühl, am Leben zu sein, und die plötzliche Einsicht, wie unvorhersehbar und zerbrechlich das Leben war –, hallten immer noch nach. Vielleicht war es keine vorübergehende Laune, dachte Mats, während er auf der Terrasse Kaffee trank.

Er hatte Helena noch aus dem Gesundheitszentrum angerufen, die zu Tode erschreckt war und sofort nach Kristinestad hatte kommen wollen. Mats hatte sie jedoch gebremst und ihr versichert, dass sie wenigstens noch ein paar Tage für die Ermittlungen bräuchten. Danach würde er nach Hause kommen. In Wirklichkeit wollte er nicht, dass sie hierherkam. Nicht jetzt. Erst musste er diesem neuen Gefühl auf den Grund gehen. Herausfinden, wie ernst es ihm damit war.

Er musste mit Eevi sprechen, um ein für alle Mal mit

der Vergangenheit aufzuräumen. Alles andere lag dann im Ungewissen. Das Leben hatte ihm eine neue Chance gegeben, das spürte er ganz deutlich. Die Nahtoderfahrung hatte ihn alles klarer sehen lassen. Er wollte diese Scharade einer Ehe mit Helena nicht länger aufrechterhalten. Sein Sohn war für ihn das Wichtigste, aber Joakim war schon fast erwachsen, und von ihm einmal abgesehen hatten er und Helena nichts mehr, was sie verband. Er war nicht glücklich, schon seit Jahren nicht mehr, und Helena genauso wenig. Die einzigen Fotos, auf denen sie glücklich aussahen, waren die auf Social Media. Helena wollte aus ihm stets jemand anderen machen – jemand Vornehmeren, Reicheren, Geselligeren. Er hatte fast zwei Jahrzehnte lang sein Bestes gegeben, aber sie würde ihn nie als den Menschen zu schätzen wissen, der er im Grunde seines Herzens war. Sie verdiente als Ärztin deutlich mehr, was sie nie müde wurde zu betonen. Mats hatte immer versucht, das irgendwie auszugleichen, indem er die handwerklichen Arbeiten am Haus übernahm, sich stärker nach Helena richtete und zurücksteckte, wenn es um seine eigenen Bedürfnisse ging. Vor allem war er in einer Beziehung geblieben, in der er nicht er selbst sein konnte.

Er scrollte einen Moment durch die Online-Schlagzeilen und dann durch Instagram. Eevi lachte ihm von einem Foto entgegen, ein Glas Sekt in der Hand und den Arm um einen Mann gelegt. Sie hatte es gestern gepostet. Lange starrte Mats darauf und überlegte, wann er das letzte Mal so fröhlich gewesen war. Vielleicht irgendwann im letzten Jahrtausend, dachte er seufzend. Was sollte er mit seinem Leben anfangen, wenn die Ermittlungen abgeschlossen waren? Er sehnte sich schon seit Langem nach einer richtigen Auszeit, nach mehr als gelegentlichen Angelausflügen.

Ein Anruf von Jansson riss Mats aus seinen Gedanken. Er war gerade dabei, in Mats' Straße einzubiegen, um ihn mit aufs Revier zu nehmen, also holte Mats noch schnell Sonnenbrille und Wasserflasche und ging dann seinem Kollegen entgegen. Im Büro entdeckte Mats endlich die ersehnte Mail mit dem Obduktionsbericht in seinem Postfach. Rasch überflog er ihn. Im Magen von Jonas war eine große Menge starker Medikamente sowie drei Deziliter hochprozentiger Alkohol gefunden worden. Diese kombinierte Wirkung hätte zu einem Atemstillstand führen können, aber der Tod war durch das Eindringen von Wasser in die Lunge eingetreten.

Offenbar war der Junge über einen längeren Zeitraum hinweg schwerer Gewalt ausgesetzt gewesen, sein Körper wies Narben und angebrochene Knochen auf – Verletzungen, die bereits mehrere Monate zurücklagen. Die meisten Prellungen hatte er an den Seiten, am Bauch und am Rücken. Auch Spuren neueren Datums fanden sich: einige davon im Gesicht, außerdem wies der Kehlkopfrachen, der untere Teil des Halses, beidseitig deutlich frische fingerförmige Blutergüsse auf. Das Ausmaß dieser Spuren wies auf jemanden mit großen Händen hin.

Als Todesursache hatte der Pathologe Ertrinken und »schädigende Ereignisse, Vorsatz unklar« angegeben. Mats lief ein Schauer über den Rücken, als er die letzten Zeilen las. Er wusste, dass Gerichtsmediziner diesen Code nur dann verwendeten, wenn sie keine eindeutige Todesursache identifizieren konnten.

Mats schreckte zusammen, als Bäckström an seine

Bürotür klopfte. Seufzend erhob er sich. Sein Rücken schmerzte immer noch von seinem gestrigen Schläfchen auf dem unbequemen Sofa. Bäckström war sichtlich amüsiert über Mats' Gefluche, der sich alle Mühe gab, keine Miene zu verziehen.

»Harte Nacht gehabt?«

»In gewisser Weise.«

»Hast du was Neues rausgefunden?«

Mats war dankbar, dass Bäckström nicht weiter nachbohrte. »Eben kam der Obduktionsbericht. Lass uns alles noch mal in diesem Licht betrachten und von vorn bis hinten durchgehen.«

»Sehr gut, machen wir gleich. Übrigens hat Björklund heute früh einen Bericht über Sebastians Telefon geschickt.«

»Könntest du vielleicht einen Kaffee kochen? Normalerweise würde ich nicht fragen, aber mein Kopf kommt nicht so richtig in die Gänge, wenn ich nicht sofort welchen kriege.« Mats gähnte ausgiebig.

»Schon erledigt. Hol dir welchen aus der Küche, und wir treffen uns gleich im Konferenzraum.«

»Laajavuori und Jansson müssten auch gleich hier sein.«

»Laajavuori musste noch mal nach Hause, um seine Proteine zu holen«, meinte Bäckström lachend.

Mats fuhr sich mit dem Kamm durch die Haare, streckte sich lange und kramte ein Schmerzmittel aus seiner Tasche, das er mit dem Kaffee runterspülte. Als sein Blick auf die Obstschale in der Küche fiel, nahm er sich eine Banane und aß sie in drei großen Bissen. Dann spritzte er sich kaltes Wasser ins Gesicht und trocknete sich mit Küchenpapier ab. Schon besser. Endlich fühlte er sich einigermaßen bereit, den Tag zu beginnen.

Für einen Sekundenbruchteil überkam Mats so ein Gefühl. Er dachte an Jonas, an dessen Tat und alles, was darauf gefolgt war. Die Spuren andauernder Gewalt schockierten ihn – damit war Suizid noch wahrscheinlicher. Zum wiederholten Mal körperlicher Gewalt zum Opfer zu fallen, konnte einen Menschen zu einer Verzweiflungstat treiben. Hatte Jonas jemand anderem Gewalt angetan, der schwächer war als er, nachdem er selbst lange darunter gelitten hatte? Das Muster schien klar. Doch etwas störte Mats daran. Er wurde dieses nagende Gefühl nicht los, ein vager Zweifel am Rande seines Bewusstseins, dass er etwas übersah.

»Kam gerade rein: Sebastian Ahlkvist wurde bei sich zu Hause lokalisiert!«, rief Laajavuori aus dem Flur.

Mats nahm einen großen Schluck aus seinem Wasserglas und setzte sich in Bewegung. Es war an der Zeit, dass Sebastian Ahlkvist mit der Wahrheit rausrückte.

36. KAPITEL

Als Eevi mit einem leichten Kater erwachte, prasselten die Eindrücke des vergangenen Abends auf sie ein. Die Begegnungen mit Jonas' Lehrerin und seiner Freundin, Mats' Unfall, der Kuss, Eevis Verärgerung und ihre gemischten Gefühle danach, Santeris unbeschwerte Art, noch ein Glas Sekt, ihr eigenes lautes Lachen und der Kellner, der sie gebeten hatte, auf die anderen Gäste Rücksicht zu nehmen. Santeri, der an den Straßenrand gepinkelt hatte, und die Schönheit der Sommernacht, als Eevi nach Hause radelte, nachdem er ins Taxi gestiegen war. Davor hatte er sie mindestens zehnmal gefragt, ob sie den Abend nicht bei ihr ausklingen lassen wollten. Glücklicherweise war Eevi in dem Moment klar geworden, dass sie allein nach Hause gehen wollte. Sie hatte Schlaf gebraucht, auch wenn es dank des Alkohols kein guter sein sollte.

Eevi betrachtete das kleine Chaos in der Küche und trank einen Schluck Saft direkt aus der Packung. Mirek legte viel Wert auf Ordnung, in seinem Elternhaus hatte das eine große Rolle gespielt. Zum Glück waren ihre unterschiedlichen Vorstellungen von Sauberkeit das Einzige, was ab und an zu Reibereien führte, vom Kinderthema einmal abgesehen. Dabei war es streng genommen gar kein Thema, über das sie stritten – es war einfach da. Wie etwas Unausgesprochenes, obwohl sie doch ständig darüber sprachen. Mirek war da viel entspannter als Eevi. Er glaubte fest daran, dass sie irgendwann ein Kind bekommen würden, während Eevi langsam, aber sicher die Hoffnung aufgab. Sie hatten es jetzt schon so lange versucht. Eevi war auch diejenige, die auf eine Fruchtbarkeitsbehandlung drängte. Sie würde Mirek schon noch davon überzeugen können, dessen war sie sicher. Er richtete sich oft nach ihren Wünschen.

Nun waren sie schon fast ein halbes Jahr in Kristinestad. Sie hatte den Job gewechselt, wie geplant. Ihr Arbeitsalltag war nun weniger stressig, wie geplant. Und trotzdem hatte sich noch nichts getan. Jünger wurde Eevi auch nicht gerade – bald wäre es zu spät für die Hormontherapie. Vielleicht zu spät für alles.

Diese üblichen Grübeleien belasteten Eevi in ihrem verkaterten Zustand mehr als sonst. Zu viel Alkohol versetzte sie am nächsten Tag oft in innere Unruhe. Mats ging es nie so, dachte sie. Er trank gar keinen Alkohol. Damit entging ihm zwar dieses Gefühl von Leichtigkeit, das Eevi so mochte, dafür musste er sich aber auch nie mit einem Kater herumschlagen, so wie Eevi jetzt.

Durch den Klatschspiegel draußen am Fensterrahmen schaute Eevi auf die Straße und fragte sich, warum ihre Eltern dieses seltsame altmodische Ding überhaupt behalten hatten. Auf diesen Straßen passierte nichts Interessantes, das es sich auszuspionieren lohnte. Wie auf Kommando war in diesem Moment eine schwarze Katze im Spiegel zu sehen, die über die Straße huschte. Kurz verspürte Eevi das Bedürfnis, über ihre Schulter zu spucken, wie damals als Kind. Wobei der Aberglaube, eine schwarze Katze bringe Pech, wohl kaum den Blick in einen Spiegel einbezog.

Zeit, sich zusammenzureißen, dachte Eevi. Zeit, die Morgengrübelei hinter sich zu lassen und sich auf die Arbeit zu konzentrieren. Außerdem sollte sie sich einen Ruck geben und Mirek anrufen. Ihr wurde ganz warm ums Herz, als sie die vertraute Stimme ihres Mannes hörte, tief und sanft. Er freute sich spürbar über ihren Anruf. Die Ausstellung sei gut gelaufen, und er könne es gar nicht erwarten, wieder nach Hause zu kommen. Eevi wurde wieder einmal bewusst, wie sehr sie ihn vermisste. Sobald er zurück war, würde sich schon alles fügen, und sie würde wieder einen klaren Kopf bekommen. Seine gute Laune konnte sie nutzen, um noch einmal über künstliche Befruchtung zu sprechen. Manchmal brauchte Eevi Mirek einfach, um im Gleichgewicht zu bleiben. Die beruhigende Wirkung, die er auf sie hatte, half ihr dabei, das Chaos in ihrem Kopf in den Griff zu bekommen und wieder mit beiden Beinen auf dem Boden zu stehen. Er war ihr Anker.

Nach dem Telefonat kochte sie sich einen Kaffee und suchte aus ihren Playlists das Lied aus, von dem sie immer gute Laune bekam. Kurz darauf erfüllten Zach Condons melodische Stimme und der Duft nach gerösteten Bohnen die Küche. Der Sommer stand vor der Tür, alles konnte sich noch zum Guten wenden. Eevi überwand sich zu einem morgendlichen Training mit Kugelhantel und

Planks, und schlüpfte nach dem Duschen in ein geblümtes Sommerkleid. Sie warf ihre Jeansjacke über und radelte dann Richtung Merikatu.

In der Redaktion arbeiteten Juurinen und Miika schon auf Hochtouren. Juurinen hielt dem jungen Kollegen gerade einen seiner Vorträge, und dieser schrieb eifrig mit. Gähnend holte Eevi sich noch einen Kaffee.

Einen Augenblick später gesellte ihr Chef sich an ihren Tisch. »Wilde Nacht gehabt?«

»Kann man wohl sagen. Nur bin ich jetzt ziemlich fertig. Ein alter Kollege aus Helsinki ist zu Besuch.«

»Es tut gut, sich auch mal ein bisschen zu entspannen. Gab's gestern sonst noch was? Ich hab gehört, Bergholm hatte einen Unfall mit einem Hirsch.«

Eevi errötete und gestand, dass sie vor Ort gewesen war.

»Ich werd dich jetzt nicht fragen, was du da gemacht hast, aber ich denke, dass das eine ganz gute Geschichte abgibt, für Print und online. Um die Leute darauf aufmerksam zu machen, was für eine Gefahr diese Viecher darstellen, die ständig auf die Straße springen.« Juurinen lachte mal wieder über seine eigenen Worte.

Eevi versprach, einen kurzen Text zu dem Thema zu schreiben, und klickte übertrieben auf ihrer Maus herum, um Juurinen zu verstehen zu geben, dass sie sich jetzt auf ihre Arbeit konzentrieren wollte. Schmunzelnd ging er in sein Büro und rief Miika wieder zu sich, um dessen Einarbeitung fortzusetzen.

Während Eevi vor sich hin tippte, tauchte immer wieder Mats' Gesicht vor ihrem inneren Auge auf. Sie spürte, wie ihre Ohren heiß wurden, und schloss für einen Moment die Augen, atmete ruhig ein und aus. Ihr Telefon vibrierte: Santeri hatte sie auf einem Foto getaggt. Dabei hatte sie ihn ausdrücklich gebeten, keine der von ihnen gemachten Fotos zu veröffentlichen. Verdammt! Auf dem Bild waren sie und Santeri in ausgelassener Stimmung zu sehen, mit Sekt in den Händen und dem Meer im Hintergrund. Darunter hatte er geschrieben: *Kristinestad – schöner, als ich es in Erinnerung hatte*. Dahinter ein Emoji mit Herzaugen.

Autsch, das sah nicht gut aus. Obwohl Eevi selbst wusste, dass ihre Beziehung zu Santeri rein platonisch war, erweckte das hier einen ganz anderen Eindruck. Rasch ging sie nach draußen und versuchte Santeri zu erreichen. Sie ließ es so lange klingeln, bis die Mailbox dranging. Mist. Warum ging Santeri nicht ran? Eevi schrieb ihm schnell, bat ihn, das Bild sofort zu löschen, und erinnerte ihn daran, dass sie partout keine Fotos von sich in den sozialen Medien wollte. Dann drehte sie eine Runde um den Block, um sich wieder zu beruhigen. Ihre Nachricht an Santeri blieb ungelesen.

37. KAPITEL

Mats und Bäckström waren auf dem Weg ins Zentrum von Lappfjärd, Laajavuori und Jansson folgten ihnen im Kleinbus. Mats wollte dort mit versammelter Mannschaft aufschlagen für den Fall, dass die Ahlkvists versuchten, sie übers Ohr zu hauen.

Vom Zentrum aus waren es nur zehn Minuten mit dem Auto bis zum Anwesen der Ahlkvists. Das Haus stand dort ganz für sich, direkte Nachbarn gab es keine. Bäckström hatte gehört, dass Henriks Vater das Land seiner Eltern durch seine Alkoholkrankheit fast verloren, aber Henrik es irgendwie geschafft hätte, es zurückzubekommen. Wie legal die Aktion gewesen war, darüber ließ sich streiten. Die Rede war von der klassischen Dreieinigkeit aus Erpressung, Einschüchterung und Bestechung gewesen. Für Mats klang das alles etwas weit hergeholt. Trotz ihrer letzten Begegnung konnte er sich nicht vorstellen, dass Henrik jemanden bedrohen würde; das konnte er mit seiner Erinnerung an den schwachen und schüchternen Jungen von damals einfach nicht in Einklang bringen.

Henrik kam gerade aus der Scheune, als sie in den Hof einbogen. Misstrauisch und kein bisschen freundlich trat er ihnen entgegen. »Vad gör ni här?« *Was machen Sie hier?*

»Wir wissen, dass dein Sohn in der Stadt ist, Henrik«, antwortete Mats betont ruhig auf Schwedisch.

»Wo habt ihr das denn her?«

»Ich hab ihn gestern selbst gesehen.«

»Ist wer weiß wie schnell mit seinem frisierten Motorrad zu den Kanuunakallio-Klippen gerast«, schaltete sich Laajavuori ein, der ins Finnische wechselte.

Er war im Schwedischen nicht so sicher wie in seiner Muttersprache, und der Großteil der Finnlandschweden sprach eh besser Finnisch als er Schwedisch. Dass die anderen Anwesenden Finnlandschweden oder zumindest zweisprachig waren, schien ihn nicht zu stören. *In Finnland wird Finnisch gesprochen*, war ihm Mats gegenüber mal rausgerutscht.

»Da saß bestimmt jemand anderes am Steuer.«

»Und wer soll dieser Jemand sein?«

»Sebastians Cousin. Marcus Ordoi. Aber den zu suchen, macht keinen Sinn, er ist schon wieder in Schweden«, antwortete Henrik im Brustton der Überzeugung und setzte wieder sein schiefes Lächeln auf.

»Ist das derselbe Cousin, von dem du meintest, Sebastian sei bei ihm in Vaasa?«, fragte Mats.

Henrik nickte nur und warf ihnen weiter misstrauische Blicke zu.

»Ich hoffe jedenfalls, dass wir so schnell wie möglich mit deinem Sohn sprechen können«, fuhr Mats fort.

»Habt ihr die Befugnis, ihn mitzunehmen?«, fragte Henrik.

»Solche Befugnisse bekommen wir sofort, wenn nötig, aber ich würde lieber hier und jetzt mit Sebastian sprechen. Dann können wir immer noch schauen, ob es nötig ist, aufs Revier zu fahren und dort ein offizielles Verhör durchzuführen.« Mats versuchte, so viel Ruhe und Autorität wie möglich in seine Stimme zu legen.

»Das Bußgeld wegen Fahrens ohne Helm kommt sowieso auf ihn zu, und das Motorrad würde ich mir auch gern mal näher anschauen. Auch das wird teuer, jede Wette«, bemerkte Laajavuori.

»Kann ich dir vertrauen, Bergholm?« Den jüngeren Polizeioffizier ließ Henrik links liegen.

»Natürlich kannst du uns vertrauen. Wir wollen uns nur mal mit Sebastian unterhalten und hören, was er uns über Jonas Snellman erzählen kann. Wir wissen, dass er vor Jonas' Tod etwas mit ihm zu tun hatte.«

»Mein Junge hat nichts gemacht. Aber gut, ihr könnt mit ihm reden. Nur das Mädel und du, Bergholm.«

»Ich würde es sehr begrüßen, wenn Sie mich nicht als ›Mädel‹ bezeichnen. Sie dürfen mich mit ›Hauptwachtmeisterin Bäckström‹ ansprechen«, erwiderte Bäckström.

Henrik starrte sie wütend an und rief dann nach seinem Sohn.

»Sebastian, kom hit!«

Die Tür des Nebengebäudes öffnete sich und ein sichtlich verschlafener Sebastian tappte heraus. Der Anblick der Polizei rüttelte den Jungen auf der Stelle wach. Nervös, ja erschrocken sah er sie an, und Mats bemerkte, dass die Hand des Jungen sofort wieder nach dem Türgriff tastete.

Weil Henrik bei der Befragung seines Sohnes nicht dabei sein wollte, gingen Bäckström und Mats mit dem Jungen zu einem heruntergekommenen Ensemble aus Gartenmöbeln, das sie erst einmal abwischen mussten.

Sebastian lugte verstohlen umher.

»Wir möchten dich zu Jonas befragen«, begann Mats.

»Warum?«, erwiderte der Junge gereizt.

»Warst du letzten Freitag mit ihm und den anderen bei den Kanuunakallio-Klippen?« Mats versuchte Sebastian in die Augen zu sehen, aber dieser starrte stur auf den Boden.

»Kann sein, aber das gilt für halb Kristinestad.«

»Du erinnerst dich also daran, Jonas dort gesehen zu haben?«, fragte Bäckström.

»Ich hab den gesehen, ja. Der war ziemlich betrunken, aber das waren wir alle.«

Sebastians Mackergetue brachte Mats auf die Palme, aber er ließ es sich nicht anmerken. »Wie lange warst du an dem Abend dort, und wer war bei dir, als du gegangen bist?«

Sebastian zuckte mit den Achseln. »Irgendwann so gegen zwei. Allein.«

»Wohin bist du gegangen?«, schaltete Bäckström sich wieder ein.

Mats überließ ihr nur zu gern das Feld. Er war schon zu genervt von diesem vorlauten Jungen, um die Befragung in der angemessenen Ruhe weiterführen zu können.

»Nach Hause.« Sebastian spuckte auf den Boden. Knapp neben Bäckströms Fuß. Ein hämisches kleines Grinsen breitete sich in seinem Gesicht aus.

Doch Bäckström ließ sich nicht aus der Ruhe bringen. »Wer hat dich mitgenommen?«

»Bin ins Zentrum getrampt und von da nach Hause.«

»Kann der Fahrer das bezeugen?«

»Das waren keine Einheimischen.«

Mats kochte vor Wut. Unwillkürlich schnellte er vor und packte Sebastian am Handgelenk. »Ich denke, wir nehmen dich doch mal besser mit aufs Revier.«

»Scheiße, ich geh nirgends mit euch hin!« Sebastian versuchte sich aus Mats' Griff zu winden, aber der packte ihn nur fester und übergab ihn Laajavuori, der den Jungen zu seinem Wagen brachte.

»Dein Sohn kommt jetzt mit uns auf die Wache. Du kannst ihn nach dem Verhör abholen«, rief Mats Henrik zu, der sie von der Treppe seines Hauses aus grimmig anstarrte. Mats fiel auf, dass der Mann die Polizei gar nicht beachtete, sondern seinen Sohn mit Blicken durchbohrte, in denen nicht einmal ein Hauch von Warmherzigkeit lag.

Auf dem Rückweg setzte Mats sich mit Björklund in Verbindung und schickte eine Eilmeldung nach Vaasa, um Sebastians Cousin zur Fahndung auszuschreiben. Sie mussten ihn finden, bevor er die schwedische Seite erreichte. Es war zwar möglich, dass Marcus über Turku reiste statt über Vaasa, aber die Kollegen aus Vaasa würden die Informationen auch an den Hafen von Turku weitergeben. Mats ging davon aus, dass Marcus noch keine Zeit gehabt hatte, das Land zu verlassen. Immerhin hatte er den Jungen gestern Abend noch gesehen. Trotzdem durften sie keine Möglichkeit ausschließen, nicht einmal, dass Ordoi die Grenze über Tornio überqueren würde.

Björklund antwortete Mats augenblicklich, dass er sich darum kümmern werde. Außerdem sollte Mats einen Blick in seine E-Mails werfen: Björklund habe gerade einen Bericht über den Instagram-Account *@fearnoman* abgeschickt. Das Material sei »ziemlich verstörend«.

38. KAPITEL

Sebastian saß wie ein Häufchen Elend im Vernehmungsraum. Er kaute an seinen Fingernägeln und rührte das Wasserglas, das Bäckström ihm hingestellt hatte, nicht an. Mats hatte unterwegs die Sozialbehörde kontaktiert und eine halbe Stunde später trat Eveliina Mattson, eine der beiden Sozialarbeiterinnen von Kristinestad, durch die Tür des Polizeireviers. Irgendetwas an ihr kam ihm bekannt vor, und als er ihre Stimme hörte, erinnerte sich Mats daran, dass er und Eveliina früher zusammen bei den Pfadfindern gewesen waren. Sie hatte schon damals in dieser auffällig hohen, durchdringenden Stimmlage gesprochen, und daran hatte sich nichts geändert.

Zu Beginn des Verhörs besprachen sie die übliche Vorgehensweise, und je mehr er über die Sache erfuhr, desto beunruhigter wirkte Sebastian. Mats zeigte dem Jungen die Standbilder der Wildkamera sowie das Video von Jaakko Alanen. In beiden waren zwei Gestalten mit schwarzen Kapuzenpullis zu sehen. Der eine saß auf dem Sattel eines Damenrads, der andere auf dem Gepäckträger.

»Bist du das?«, fragte Mats ernst. Wieder versuchte er, dem Jungen in die Augen zu sehen, und wieder wich dieser ihm aus.

Sebastian warf lediglich einen kurzen Blick auf die Bilder und starrte dann wieder auf den Tisch. »Das könnte so ziemlich jeder sein«, spottete er.

»Durchaus möglich, aber an dem Fahrrad haben wir deine Fingerabdrücke gefunden.«

Der Junge wurde blass. »Wir haben uns das Fahrrad halt mal ausgeliehen, das ist ja wohl nicht illegal, oder?« Unter dem Tisch begann er nervös mit dem Bein zu wackeln.

»Wer ist die andere Person?«

»Kein Kommentar.«

»Wir kriegen das schon raus, keine Sorge. Genauer gesagt haben wir auch schon eine ziemlich genaue Vorstellung von seiner Identität«, sagte Bäckström.

Mats sah ihr an, dass sie Sebastian gerne ein paar Takte erzählt hätte. »Was habt ihr mit dem Fahrrad gemacht?«, fragte er.

»Wir haben das irgendwo auf dem Weg zur Hütte stehen lassen. Die Reifen waren total verbeult, damit konnten wir nichts mehr anfangen.«

»Was ist dann passiert?« Mats mahlte vor Anspannung mit den Kiefermuskeln.

»Wir sind nach Hause gegangen, wie ich vorhin schon erzählt habe. Wir sind ins Stadtzentrum getrampt.«

»Wenn du, wie du vorhin behauptet hast, alleine warst, warum sprichst du jetzt im Plural? Mit wem bist du nach Hause gegangen?«, zischte Bäckström.

Einen Moment lang sah Sebastian verlegen aus, die

Haut an seinem Hals wurde rot. »Also ich, ich bin nach Hause gegangen. Ich bin zurück in die Stadt getrampt.«

»Auf welchem Weg bist du oder ihr ins Zentrum gekommen? Habt ihr die Skatantie genommen oder die Karhusaarentie?«, wollte Mats wissen.

»Weiß nicht mehr.«

Frustriert beschloss Mats, die Aufmerksamkeit des Jungen auf etwas anderes zu richten. »Wir haben Beweise in den sozialen Medien gefunden. Dazu, wie du Jonas schikaniert hast.«

»Kein Kommentar.«

»Den hast du bereits abgegeben. Zum Beispiel hast du einen von Jonas' Posts folgendermaßen kommentiert: ›Du verdammter Loser, es wär für alle am besten, wenn du dich umbringst.‹«

»Kein Kommentar.«

»TikTok ist voll davon. Oder willst du etwa behaupten, dass der Account *@fearnoman* nicht deiner ist?«, höhnte Bäckström.

Mats warf seiner Kollegin einen warnenden Blick zu. Er hoffte sehr, dass sie trotz allem sachlich bleiben würde.

Sebastian schluckte hörbar. »Das ist ein Fake-Account.«

»Und wie haben es diese Fälscher geschafft, von dir dort ein Video zu veröffentlichen?«, fragte Bäckström.

»Na, irgendwie haben die das auch gefälscht, oder die haben das mit KI gemacht, ich hab keine Ahnung!«

»Haben die zum Beispiel heimlich dieses Video gedreht, in dem du eindeutig Jonas ins Gesicht schlägst, dich zur Kamera drehst und sagst ›Lasst uns der Schwuchtel mal so richtig das Maul stopfen‹?« Bäckström klang ganz schrill vor Aufregung.

»Das könnte doch jeder sein, der 'ne Sonnenbrille trägt oder mir ähnlich sieht.«

Wieder spürte Mats, wie die Wut in ihm hochkochte. Er spielte einen Ausschnitt des Videos ab, dann sagte er nachdrücklich: »Könntest du jetzt mal mit diesem Herumgealbere aufhören und uns erzählen, warum du in diesem Video Jonas quälst, der inzwischen tot ist?«

»Wir haben nichts gemacht, was Jonas nicht selbst gewollt hat. Ich kann Ihnen ein Video zeigen, in dem er sagt, dass das okay ist.« Er kramte sein Handy aus der Tasche und scrollte durch die Aufnahmen.

Ein sichtlich nervöser Jonas war zu sehen, der einen offensichtlich auswendig gelernten Text aufsagte: »Ich, Jonas Snellman, erteile Sebastian Ahlkvist hiermit die Erlaubnis, mich zu schlagen, zu treten und zu beschimpfen.«

Jemand hinter der Kamera fragte: »Warum?«, woraufhin Jonas noch verzweifelter aussah. Er schaute auf den Boden, dann an der Kamera vorbei und sagte so leise etwas, dass es kaum zu verstehen war.

»Sprich lauter!«, hörten sie Sebastian rufen.

Jonas hob seinen Blick und wiederholte, was er eben gesagt hatte: »Weil ich ein armseliger Wichser bin.«

Dann hörten sie Gelächter und Applaus.

Mats war zutiefst erschüttert. Er bat Bäckström, Sebastian zu erklären, dass es sich trotz des Videos um Gewalt und um eine strafbare Handlung handelte, dann stand er so abrupt auf, dass sein Stuhl umkippte. Er stürmte auf den Flur, um sich wieder zu beruhigen. Nachdem er ein paarmal tief Luft geholt hatte, drehte er sich um und riss die Tür des Vernehmungsraums dermaßen schnell auf, dass die Sozialarbeiterin und Sebastian zusammenzuckten. Er stützte sich vor Sebastian auf dem Tisch ab und sah dem Jungen direkt in die Augen.

»Willst du damit sagen, dass Jonas wollte, dass ihr ihn schlagt und als Schwuchtel beschimpft?«

»Er hat zumindest nie was dagegen gesagt. Das ist halt so eine bestimmte Art von Humor.«

»Humor?«

»Ja, ist halt so ein Witz und auch eine Herausforderung.«

»Was für eine hirnlose Herausforderung beinhaltet das Erniedrigen eines anderen Menschen?«

»Da geht es darum, sich einen Typen zu suchen, der viel größer ist, als man selbst, und ihm ein bisschen was beizubringen.« Sebastian klang, als würde er gerade über das Wetter reden.

»Um ihm *was* beizubringen?« Wieder mahlte Mats mit den Kiefermuskeln.

»Na, zu gehorchen, so wie man das bei Hunden macht. Damit er zum Schluss alles macht, was man ihm sagt.«

»Sebastian, begreifst du eigentlich, dass das, was auf den Videos passiert, Gewalt ist? Und dass das ein Verbrechen ist?«, fuhr Mats den Jungen an.

Auf Sebastians Gesicht breitete sich ein Ausdruck tiefer Zufriedenheit, ja von Stolz aus. Mats konnte es nicht fassen. Dieser Junge hatte nicht alle Tassen im Schrank.

»Hast du mal darüber nachgedacht, dass dein Verhalten bei Jonas Gefühle auslösen könnte, die ihn in den Suizid treiben?«

»Kein Kommentar.« Sebastian presste die Lippen zu einem dünnen Strich zusammen.

»Du kannst in der Untersuchungshaft darüber nachdenken, ob das wirklich deine letzte Antwort ist. Hauptwachtmeisterin Bäckström bringt dich dorthin. Dein Telefon kannst du hierlassen, das schauen wir uns mal genauer an. Außerdem brauchen wir eine DNA-Probe von dir.«

Kurz flackerte in Sebastians Augen etwas auf – Angst, Schrecken –, aber dann legte sich über sein Gesicht wieder diese ausdruckslose Maske, und er lächelte sie überheblich an, ganz so, als wäre er stolz auf sich.

Mats hielt es nicht mehr aus. Er stürmte aus dem Vernehmungsraum, lief hinter das Polizeirevier und schrie, so laut er konnte. Dann lehnte er sich an die Wand und atmete mehrere Male tief durch. Übelkeit stieg in ihm auf. Er kramte das Telefon aus der Tasche und schrieb seinem Sohn:

Du weißt, dass du mit mir immer über alles reden kannst, oder? Hab dich lieb.

Ich weiß. Geht's dir gut?

Mir geht's gut, ich habe gerade nur einen ziemlich schwierigen Fall und musste an dich denken.

OK

39. KAPITEL

Mats saß in seinem Büro und starrte auf sein Notizbuch. Er war immer noch von Grund auf erschüttert. Was brachte junge Leute dazu, andere zu schikanieren, sie regelrecht zu quälen, und das auch noch lustig zu finden? Was stimmte nicht mit diesen Leuten, und woher rührte dieses verstörende Verhalten?

Mats wusste, dass sich das menschliche Gehirn bis zum 25. Lebensjahr noch entwickelte, aber das, was Mats auf Sebastians Video gesehen hatte, war etwas anderes als ein Mangel an Verständnis. Das war Sadismus. Mats ließ seinen Kopf in die Hände sinken und seufzte.

Das zweite Verhör von Sebastian hatte keine Ergebnisse gebracht. Der Junge antwortete auf alle Fragen mit »kein Kommentar« und starrte mit verschränkten Armen stur geradeaus. Weil er noch minderjährig war, musste er nicht über Nacht in Haft bleiben, bekam jedoch die Auflage, die Stadt nicht zu verlassen und zu Hause zu bleiben, bis sie ihn morgen weiter vernehmen würden. Jansson und Laajavuori hatten ihn nach Hause gebracht und seinen Vater von dem Hausarrest unterrichtet, dem der Junge Folge zu leisten hatte. Dag Björklund hatte in Vaasa die Telekommunikationsdaten für dessen Handy angefordert. Die DNA-Probe und die Ergebnisse der kriminaltechnischen Untersuchung des Sommerhäuschens würden ihnen höchstwahrscheinlich die Beweise für Sebastians Anwesenheit in Jonas' Hütte liefern.

Bäckström klopfte an Mats' Tür. Ein Bekannter von ihr war vor Kurzem aus Stockholm zur Polizei in Vaasa gewechselt und hatte den bekannten Namen von Sebastians Cousin in der Datenbank entdeckt. Den Bericht warf sie Mats auf den Schreibtisch.

»Hat ganz schön was auf dem Kerbholz, dieser Marcus Ordoi«, rief sie ihm auf dem Weg in ihr eigenes Büro noch zu.

Als Mats sich die Akte ansah, wurden seine Augen immer größer. Marcus Ordoi war das einzige Kind von Camilla Ahlkvist, der Schwester von Henrik Ahlkvist, und Serge Ordoi. Obwohl er gerade erst volljährig geworden war, war er bereits mit diversen Fällen von Bandengewalt im Stockholmer Stadtteil Tensta in Verbindung gebracht worden. Trotzdem wurde er noch nie für irgendetwas angeklagt, weil die Beweise immer entweder viel zu dürftig gewesen waren oder die möglichen Zeugen durch Einschüchterung zum Schweigen gebracht worden waren. Nach Mutmaßungen der Stockholmer Polizei war Marcus Ordoi Mitglied einer mittelgroßen Bande, für die er die Drecksarbeit erledigte. Er wurde verdächtigt, mehrere brutale Gewaltverbrechen begangen oder diese angeordnet zu haben. Der junge Mann wurde als vollkommen gefühlskalt beschrieben. Es wurde vermutet, dass er an seine Position gekommen war, indem er seine Konkurrenten, von denen einige Kindheitsfreunde aus der gleichen Gegend waren, misshandelt oder gar getötet hatte.

Mats wusste natürlich über das Problem der Bandengewalt in Schweden Bescheid, er hatte viel zu diesem Thema gelesen. Hielt diese Gewalt nun auch Einzug im idyllischen Kristinestad?

Wieder machten sich seine Kopfschmerzen bemerkbar. Wie sollten sie diesen Nachwuchskriminellen nur aufspüren? In keinem Hafen war er gesichtet worden, weder in Vaasa noch in Turku oder Helsinki. Er war wie vom Erdboden verschluckt.

Aus dem Tagebuch. Nachher.

Ich kann das Böse nicht verstehen.
Ich verstehe nicht, warum ein Mensch einem anderen etwas Böses antut.
Warum sollte jemand das Leben eines anderen zerstören?
Wir sind alle Menschen.
Wir sind alle Menschen.
Wir waren alle Kinder und kamen unschuldig auf diese Welt. Dann geschah etwas, und manche von uns begannen andere zu verletzen.
Warum?

40. KAPITEL

Janssons laute Stimme auf dem Flur ließ Mats aus seinen Gedanken aufschrecken. Er öffnete Björklunds Bericht über Sebastians Telefon, den der Kollege ganz oben mit einer Notiz versehen hatte, dass er erst zur Nachmittagsschicht kommen würde, weil er die Kommunikationsdaten bis spät in die Nacht überprüft hatte.

Laut Bericht hatte Sebastian das Telefon so gut wie nicht genutzt. Er führte damit lediglich Telefonate mit seinem Vater, und auch das nur äußerst selten, er nutzte damit weder die sozialen Medien noch sonstige Apps oder Websites. Mats lächelte, als er Björklunds Kommentare las: Die Videos auf dem Handy wirkten, als würden sie »von einem amischen Chorknaben« stammen. Die Schlussfolgerung lautete, der Junge müsse noch ein weiteres Handy besitzen, dass eine andere Geschichte erzählte. Das hier schien sein Alibigerät zu sein. Dass sich darauf das Video von Jonas befand, in dem dieser die Misshandlungen scheinbar akzeptierte, passte dazu und unterschied sich gleichzeitig vollkommen vom restlichen Inhalt des Telefons.

Laajavuori platzte in Mats' Überlegungen. »Henrik Ahlkvist hat angerufen.«

»Was wollte er?«

»Er will ausdrücklich mit dir sprechen.«

»Gib mal her.«

In Henrik Ahlkvists Stimme war ein seltsam metallischer Widerhall zu hören, als er Mats mitteilte, dass sein Sohn angeschossen worden war.

Laajavuori raste mit Mats und Jansson nach Lappfjärd. Mats' Gedanken überschlugen sich. Wer hatte auf Sebastian geschossen, und warum? Sebastians Vater war am Telefon nicht in der Lage gewesen, irgendwelche Fragen zu beantworten, er stand unter Schock. So viel hatte Mats dann doch noch aus ihm herausbekommen, dass Sebastian zwar noch am Leben sei, aber so schwer verletzt, dass er es wahrscheinlich nicht überleben würde. Der Krankenwagen war bereits auf dem Weg zum Anwesen der Ahlkvists.

Der Hof wirkte noch verlassener als beim letzten Mal. Der grelle Krankenwagen wirkte völlig fehl am Platz. Henrik stand wie angewurzelt mitten auf dem Hof, ernst und still.

Entsetzt näherte Mats sich der Tür des Nebengebäudes. Er konnte nicht anders, als an seinen eigenen Sohn zu denken, der glücklicherweise wohlbehalten in Vaasa war. Mats holte tief Luft, sammelte sich und öffnete dann die Tür.

Offenbar hatte Sebastian in dem Nebengebäude gewohnt. Darin standen ein Bett, ein Tisch, ein Stuhl sowie ein Bücherregal, in dem es alles, nur keine Bücher, gab:

Papierstapel, leere Pappkartons und leere Weinflaschen. Dann bewegte sich einer der Sanitäter, und Mats entdeckte Sebastian, der halb in sich zusammengesunken auf dem Bett lag. Überall war Blut: auf dem Bett, auf dem Boden, an den Wänden. Es sah schlimm aus.

Mats postierte sich neben der Zimmertür, um alles im Blick zu behalten und nicht im Weg rumzustehen. Die Sanitäter arbeiteten effizient, um dem Jungen das Leben zu retten.

Mats schoss ein paar Fotos und wartete, bis Sebastian auf die Bahre gehoben und zum Krankenwagen gebracht wurde.

Als die Rettungsmannschaft weg war, holte Mats einmal tief Luft, zog sich die Schutzhandschuhe über und ließ seinen Blick durchs Zimmer schweifen. Er versuchte, alles so genau wie möglich zu erfassen. Laajavuori kam mit einer Kamera herein und begann, das Zimmer systematisch zu fotografieren. Mats zog es vor, sich einen möglichst unverstellten ersten Eindruck zu machen, ohne dass die Kamera die Realität verzerrte. Er ging in die Hocke, um unter Sebastians Bett zu schauen, und sah dort eine Waffe. Nachdem Laajavuori den genauen Fundort fotografiert hatte, legte Mats sie in einen Asservatenbeutel.

Außerdem bemerkte er, dass sich unter Sebastians Tisch ein größeres Stück Klebeband befand. Es war gerade mal so groß, dass man damit ein Handy an die Unterseite der Tischplatte kleben konnte. Er suchte das Telefon, konnte es jedoch nicht finden. Auf dem Tisch standen ein Kameraständer und eine Laptop-Dockingstation mit Bildschirm, aber der Laptop selbst war nirgends zu sehen.

Henrik Ahlkvist stand immer noch schweigend auf

dem Hof, als Mats zu ihm ging und ihm die Hand auf die Schulter legte. »Was ist passiert?«

Henrik starrte weiter geradeaus und schüttelte Mats' Hand von seiner Schulter. Der Mann zuckte zusammen, als der Krankenwagen losfuhr und die Sirene losheulte, sobald er vom Anwesen auf die Straße bog.

»Kannst du mir erzählen, was hier passiert ist?«, fragte Mats erneut, als das Geräusch des Krankenwagens weit genug entfernt war.

»Ich weiß es nicht. Ich hab einen Schuss gehört und hab nachgesehen, was passiert ist. Der Junge lag einfach da, blutüberströmt.«

»Woher hatte Sebastian die Waffe?«

»Von mir jedenfalls nicht, so viel steht schon mal fest.« Henrik blickte verstört um sich, ohne Mats in die Augen zu sehen.

»Du weißt also nicht, woher Sebastian die Waffe hatte?«

»Ich hab keinen blassen Schimmer.«

»Wir werden jetzt alles mitnehmen und untersuchen, was passiert ist. Es wäre gut, wenn du mitkommst, um mit uns zu reden.«

Henrik schnaubte. »Das muss dann wohl sein.«

»Hast du eine Ahnung, wo Sebastians Computer und Handy sind?«

»Nein«, antwortete Henrik viel zu schnell.

»Wir haben Grund zur Annahme, dass dein Sohn etwas mit dem Tod von Jonas Snellman zu tun hat oder zumindest mit den Ereignissen davor. Deshalb werden wir eine Hausdurchsuchung durchführen.«

»Nur zu.«

Mats erschauderte angesichts des kalten Tonfalls in Henriks Stimme. »Um alles ausschließen zu können, werden wir dich auch auf Schmauchspuren untersuchen. Polizeioffizier Jansson kümmert sich im Kleinbus darum.«

»Ich hab doch nicht meinen eigenen Sohn erschossen, verdammt noch mal!« Sichtlich nervös machte Henrik einen Schritt auf Mats zu, der ganz ruhig stehen blieb, als der Mann versuchte, irgendeine Reaktion aus ihm herauszubekommen. Schließlich winkte er Laajavuori herbei, der Henrik am Arm ergriff und zum Polizeiauto führte, wo Jansson ihn auf Schmauchspuren untersuchte und seine Fingerabdrücke abnahm.

Mats ging zurück zu dem von Sebastian bewohnten Gebäude. Am Türpfosten des Holzschuppens gab es eine Spur, die er sich genauer anschauen wollte, er winkte Bäckström zu, die gerade eingetroffen war.

»In einer halben Stunde kommt ein Kriminaltechniker aus Vaasa. Haben eben angerufen und uns daran erinnert, hier nichts durcheinanderzubringen«, sagte Bäckström.

»Na, das kriegen wir doch hin. Ich hab eben gesehen, dass Sebastian womöglich ein Telefon unter dem Tisch mit Klebeband versteckt hatte. Ich könnte wetten, dass dessen Inhalt um einiges interessanter ist als von dem, das wir untersucht haben. Seinen Laptop haben wir auch nicht gefunden. Irgendjemand muss den woanders hingebracht haben. Henrik ist uns verständlicherweise im Moment keine große Hilfe, trotzdem müssen wir so schnell wie möglich an die Geräte kommen.«

»Ist das Blut?«, fragte Bäckström, während sie sich die Gummihandschuhe überzog.

»Sieht ganz danach aus.«

In der Ecke des Nebengebäudes stand eine Regentonne,

aus der kürzlich Wasser auf den Boden geschwappt war. Bäckström warf einen Blick in die Tonne und fluchte laut. »Das Telefon und der Laptop sind hier drin!«

Zusammen packten sie die Tonne und kippten den Inhalt auf den Boden. Mats hob den nassen Computer und das Telefon auf einen Holzblock.

»Verdammt! Ich hoffe, damit lässt sich noch was anfangen«, brummte Bäckström.

»Hoffen wir's. Als Nächstes befragen wir Henrik. Jansson, kannst du hierbleiben und den Kriminaltechniker in Empfang nehmen? Gib ihnen die hier.« Mats reichte Jansson die Plastiktüte mit der Waffe.

Aus dem Tagebuch. Nachher.

Inzwischen sind schon so viele Jahre vergangen, und trotzdem verfolgt mich die Angst immer noch.
Die Angst sitzt mir im Bus gegenüber, brüllt mir laut und bedrohlich in den Innenstädten entgegen.
Wegen ihr kann ich nicht allein verreisen. Wegen ihr betrinke ich mich niemals zu sehr. Sie sorgt für meine Sicherheit. Auf Kosten der Unbeschwertheit, der Jugend, des Spaßes, des Abenteuers.
Angst macht die Einsamkeit so beängstigend, dass ich manchmal einfach unter Menschen gehen muss, in Geschäfte, in die Bibliothek, ins Kino. Und ich schlafe immer noch nicht gern allein. Immer noch nicht.
Überall lauert das Böse. Überall lauert die Angst.

41. KAPITEL

Mats rief das Team zusammen und versuchte vorher rasch, die Puzzleteile in Gedanken zusammenzusetzen.

Jansson sah aus, als hätten sie ihn bei einem Nickerchen gestört, Laajavuori trainierte seine Handmuskeln mit irgendeinem kleinen Gerät, und Björklund war mit seinem Telefon beschäftigt. Einen Moment lang war Mats von diesem Team irritiert, dann schaute er in Bäckströms erwartungsvolles, ernstes Gesicht und riss sich zusammen.

»Björklund wird euch nun mehr darüber erzählen, was am Freitag mit Ella Aaltonen passiert ist.«

Björklund wirkte angespannt, als er seinen Laptop an den großen Bildschirm anschloss. Er hatte hart daran gearbeitet, die Daten von Sebastians Festplatte zu retten. Mats hatte ihn sofort kontaktiert, als sich herausstellte, dass Beweismaterial in Gefahr war, aber Björklund hatte ihm versichert, dass einer Festplatte noch viel Schlimmeres passieren konnte als ein kleines Bad, bevor der Inhalt für immer verloren wäre. Das Gleiche galt für das Telefon, allerdings würde das Trocknen hier länger dauern – ein bis zwei Tage.

Björklund warnte, dass der Inhalt, den er nun zeigen würde, sehr verstörend sei. Dabei nahm er besonders Bäckström ins Visier, aber diese schaute nur betont gleichgültig auf den Bildschirm.

»Mats, ich habe dir per geschützter E-Mail alle Videos geschickt, die ich mithilfe des Vaasa-Teams bekommen habe. Ich fange jetzt mit den Aufnahmen an, die etwas mit Ella Aaltonen zu tun haben«, sagte Björklund ruhig und ernst.

Schweigend schauten sie sich die Videos an. Das gesamte Team war sichtlich schockiert.

»Was zum Teufel passiert hier eigentlich? Wer ist so krank, dass er so etwas macht und es dann auch noch filmt?«, zischte Bäckström.

»Sich das anzusehen ist schrecklich, aber ich hoffe, dass wir es trotz des schockierenden Materials als Beweismittel betrachten können«, beruhigte Mats die Situation, auch wenn er das Gleiche dachte wie Bäckström.

Er nickte Björklund zu, und dieser pausierte das Video an einer Stelle, an der deutlich zu sehen war, dass Jonas mit einer Waffe dazu gezwungen wurde, Ella auszuziehen. Bei der Waffe handelte es sich höchstwahrscheinlich um diejenige, die Mats in Sebastians Zimmer gefunden hatte. Auf dem Video waren Jonas, Ella und Sebastian, aber nichts vom Kameramann zu sehen oder zu hören.

Sie schauten sich noch einen Moment lang schweigend das Video an, dann platzte es aus Bäckström heraus: »Ach verdammt, ihr Scheißmänner!«

»Ich hab nichts gemacht. Verwechsle mich nicht mit dieser kranken Scheiße«, beeilte Laajavuori sich zu sagen.

»Lasst uns eine Pause einlegen«, bestimmte Mats.

Er brauchte selbst einen Moment, um das Gesehene kurz sacken zu lassen. Ihnen allen stand das Entsetzen darüber, was mit Ella und Jonas geschehen war, ins Gesicht geschrieben.

In seinem Büro versuchte Mats, sich durch bewusstes Atmen zu beruhigen, auch wenn er am liebsten gegen die Wand geschlagen hätte. Ein Teil von ihm ärgerte sich auch darüber, dass Bäckström ihren Gefühlen freien Lauf ließ, auch wenn ihm bewusst war, wie ihr solche Taten zusetzten. Vor Kurzem hatte sie ihm während einer langwierigen Ermittlung anvertraut, dass so ziemlich all ihre weiblichen Bekannten schon einmal mindestens leichter sexueller Belästigung ausgesetzt gewesen waren.

Mats erinnerte sich daran, wie enttäuscht und traurig Bäckström ausgesehen hatte, als sie von ihren eigenen Erlebnissen erzählt hatte. Von der lebenslustigen Frau, die Mats kannte, war kaum noch etwas zu sehen gewesen, als sie tonlos von Dutzenden Malen im Laufe ihres 28-jährigen Lebens berichtet hatte, die sie von einem Mann belästigt worden war.

In der Grundschule beim Schwimmunterricht.

In der Mittelstufe von den Jungs aus ihrer Klasse.

Als Teenager von einem Exhibitionisten.

Als Studentin auf einer Party, wo ein fremder Mann ihr seine Hand zwischen die Beine schob, als er hinter ihr die Treppe hinaufging.

Von dem betrunkenen Freund ihrer Freundin auf einer Feier, ohne dass es jemand mitbekam.

Mats hatte ihr schweigend zugehört. Ihm war nicht klar gewesen, wie alltäglich so etwas für Frauen schon immer gewesen war, lange bevor die *MeToo*-Bewegung es ins kollektive Bewusstsein gehoben hatte, und er war erschüttert, als ihm dank Bäckströms Erzählung das Ausmaß des Problems aufging. Er hatte damals auch seine Frau darauf angesprochen, und Helena, die sich niemals als Feministin bezeichnen würde, hatte mit einem fast spöttischen Lachen erwidert, dass ihr so etwas schon derart oft passiert sei, dass sie sich nicht mehr an jedes einzige Mal erinnern könne.

Mats fiel ein, dass auch Eevi viel über Alltagssexismus gepostet hatte. Sie hatte die Frauenfeindlichkeit in der Gesellschaft als tiefgreifendes Problem angesprochen, aber dann hatten sich ihre Beiträge wie über Nacht verändert, und sie hatte ihr Instagramprofil auf privat gestellt. Hin und wieder schrieb sie immer noch einen Beitrag dazu, aber meistens verlinkte sie darin auf frühere Artikel aus ihrer Zeit in Helsinki.

Nach der Besprechung schrieb Mats seine Gedanken in sein Notizbuch, versuchte sie miteinander in Beziehung zu setzen. Zwischen Stichpunkten, Gleichheitszeichen und Pfeilen nahm der Ablauf des fraglichen Abends immer mehr Gestalt an.

Es war an der Zeit, Henrik zu verhören.

Mit versteinerter Miene starrte Henrik geradeaus. Sein Kiefer war angespannt, und er saß so stocksteif da wie eine Statue. Auf der Fahrt in die Innenstadt hatte er keinen Ton gesagt.

Bäckström nahm sich einen Stuhl und setzte sich neben Mats. Dem fiel auf, dass in Henriks Augen Wut aufblitzte, als er die Frau ansah. Die Stimmung im Raum wurde noch kälter.

»Möchten Sie uns in Ihren eigenen Worten erzählen, was mit Sebastian passiert ist?«, begann Bäckström.

»Jaa-a«, sagte Henrik mit monotoner Stimme.

»Ihr Sohn wurde schwer verletzt und zur OP nach Vaasa gebracht, er hat eine Schusswunde am Kopf, und Ihre einzige Antwort darauf ist ›Jaa-a‹?«

Henrik schwieg und starrte weiter geradeaus. Dann wandte er sich an Mats. »Sag du's mir.«

»Spekulationen stehen mir nicht zu. Vielleicht ist es einfacher, uns zuerst zu erzählen, was geschehen ist, bevor du Sebastian gefunden hast.«

»Willst du mir was anhängen, Bergholm?«

»Die Aufgabe der Polizei ist, Untersuchungen anzustellen, die Staatsanwälte sind für den Rest zuständig. Wie viel weißt du über die jüngsten Aktivitäten deines Sohnes?«

»Ich habe weder Zeit noch Lust zu verfolgen, was dieser Bengel so treibt.«

»Warum wurden Sebastians Computer und sein Telefon in der Regenwassertonne gefunden?«

»Keine Ahnung.«

»Wir untersuchen zurzeit deren Inhalt. Dein Sohn wird der schweren Körperverletzung, der Vergewaltigung, Bedrohung und Freiheitsberaubung verdächtigt.«

Henrik hörte wie versteinert zu.

Mats fuhr fort: »Und jetzt kämpft Sebastian im Zentralkrankenhaus von Vaasa um sein Leben. Du bist der Einzige, der dort war, als auf ihn geschossen wurde. Henrik, wir verhaften dich wegen versuchten Mordes.«

Henrik sah zum ersten Mal ehrlich erschüttert aus. Er spuckte Mats an. »Ich hab nichts damit zu tun, was mit Sebastian passiert ist! Ihr könnt mich nicht verhaften!«

»Natürlich können wir das.« Ungerührt wischte Mats Henriks Speichel von seinem Hemd und ließ dann Jansson vorbei, der Henrik aus dem Zimmer führte.

42. KAPITEL

Eevi kam rechtzeitig vor der Gedenkfeier in der Schule an. Ihr Arbeitstag war recht effizient gewesen, sie hatte den gestrigen Spaß dadurch kompensiert, dass sie heute besonders produktiv gewesen war. Sie hatte einen Plan über die Artikel der kommenden Woche erstellt, die zu interviewenden Personen kontaktiert, war mit Miika die Nachrichten durchgegangen, die im Forum eingegangen waren, und hatte den *Guter-Typ*-Artikel fertiggeschrieben, in dem der Interviewpartner immer den neuen Kandidaten für den nächsten Artikel vorschlug.

Der Schulhof wimmelte von jungen Menschen in Schwarz. Viele waren mit ihren Eltern gekommen, andere mit Freunden. Eins der Mädchen weinte bitterlich an der Schulter ihrer Freundin. Die Flagge der Schule wehte auf Halbmast, die darum kreisenden Schwalben ließen den Moment sehr bewegend wirken. Gerade als das Leben hätte beginnen sollen, war es für Jonas zu Ende gegangen, dachte Eevi.

Sie entdeckte Isla Tuominen, die gerade mit ihrem

Freund eintraf. Die beiden wirkten nicht besonders harmonisch: Sie stritten sich lautstark, und sobald er sie abgesetzt hatte, brauste der Junge wieder davon. Isla schluckte ihre Tränen herunter, wischte sich über die Augen und hob das Kinn.

Auf dem Weg zum Eingang eilte Eevi ihr hinterher. »Hei, Isla! Gehen wir zusammen?«, fragte sie freundlich und strich dem Mädchen kurz über den Arm.

»Ja, das passt gut. Ich wollte auch nicht alleine gehen. Ella wollte verständlicherweise nicht kommen und Markus auch nicht«, sagte Isla leise.

Sie gingen zum Festsaal der Schule. Wie wenig es sich hier seit damals verändert hatte, dachte Eevi. In ihr steckte immer noch das Mädchen, das in diesem Festsaal ihr Abizeugnis bekommen hatte und deren Zukunft voller Träume und Erwartungen gewesen war. Und nun waren sie hier, um einen jungen Mann zu betrauern, der so früh aus dem Leben gerissen worden war.

Die beiden saßen in der hinteren Reihe. Eevi drückte Islas Hand, als der Schulleiter Rantanen die Zeremonie eröffnete. Malla Joutsenjärvi schaltete die Musik an, Billie Eilishs melancholische Stimme erfüllte den Raum. Eevi bemerkte, dass die gleiche Polizistin, in deren Begleitung Mats letzten Sonntag bei den Klippen gewesen war, hereinkam und an der Tür stehen blieb.

Der Direktor hielt eine kurze Rede, in der er an Jonas' Leistungen beim Schreibwettbewerb und in den Schwedischprüfungen sowie an seine angenehme, ruhige Art erinnerte. Nach ihm betrat Jonas' Lehrerin, Frau Korkiasaari, die Bühne. Lange sagte sie nichts, bis sie schließlich aufsah und ihren Blick durch den Saal wandern ließ.

»Jonas war ein besonderer Mensch. Ein lebendiger, nachdenklicher und gefühlvoller Mensch, dessen Leben viel zu früh vorbei war. Er hatte einen großartigen Sinn für Humor, einen unglaublich großen Wissensdurst und war ein guter Gesprächspartner. Wir wissen alle, dass Jonas schikaniert wurde. Wir wussten es, bevor er starb, und wir haben nichts dagegen getan. Ich nicht und ihr auch nicht.«

Ein gedämpftes Raunen ging durch den Raum, und der Schulleiter sah erschrocken drein, als Korkiasaari sich bei ihrem letzten Satz zu ihm umdrehte.

»Es ist die Aufgabe von uns Erwachsenen, darauf achtzugeben, dass niemand drangsaliert wird, aber dafür brauchen wir eure Hilfe. Wir müssen am gleichen Strang ziehen. Mobbing hinterlässt lebenslange Narben, und bei Jonas könnte es sogar zu seinem Tod geführt haben.«

In der Mitte des Saals brach jemand in Tränen aus. Eevi fiel auf, wie die Polizistin diese Person aufmerksam musterte.

Der Direktor näherte sich der Lehrerin; es wirkte, als hätte er ihr am liebsten das Mikrofon aus der Hand gerissen. Sie sprach jedoch ruhig weiter und erzählte, dass sie trotz allem an die jungen Menschen sowie an deren Fähigkeit glaube, die Dinge besser machen zu können. Nach ihrer Rede begann Malla zu klatschen, und die anderen stimmten in den Applaus ein.

Zum Schluss war eine Fotocollage von Jonas zu sehen: Bilder des Jungen auf dem Schulflur, auf Feiern, auf Klassenfahrt. Ganz normale Momente im Leben, die es nicht mehr gab. Traurige Musik ertönte in dem Festsaal, und Eevi sah viele Jugendliche um sich herum weinen. Auch sie selbst spürte einen Kloß im Hals, und sie konzentrierte sich auf ihre Atmung, um sich zu beruhigen.

Nach der Veranstaltung blieb Eevi noch im Flur und verteilte Visitenkarten für den Fall, dass jemand zu ihrem Artikel beitragen wollte. Die meisten schmissen die Karte noch vor dem Ausgang in den Müll. Das Mädchen, das bei Frau Korkiasaaris Rede in Tränen ausgebrochen war, nahm Eevis Karte still entgegen, blieb in einiger Entfernung stehen und betrachtete sie.

Als nicht mehr viele Leute übrig waren, gesellte Eevi sich zu ihr. »Hei! Warst du mit Jonas befreundet?«

»Nicht wirklich«, antwortete das Mädchen schluchzend. Sie starrte an die Wand und dann wieder auf Eevis Karte. Sie schien einen inneren Kampf mit sich auszutragen.

»Aber du kanntest ihn?«

»Na ja, das eigentlich auch nicht so richtig. Aber ich hätte ihn gerne gekannt.« Betreten schaute sie auf ihre Füße.

»Wollen wir rausgehen, um uns in Ruhe zu unterhalten?«, fragte Eevi ermutigend, und das Mädchen nickte vorsichtig.

Draußen setzten sie sich auf eine Bank, und Eevi wartete geduldig, dass das Mädchen zu erzählen begann.

»Ich will mich eigentlich nicht in irgendwelche Dinge einmischen«, begann es schließlich, »aber ich kann auch nicht mehr schweigen, weil alle möglichen Geschichten über Jonas im Umlauf sind. Und darüber, was am Freitag passiert ist.«

»Ich verspreche dir, dich aus der Sache rauszuhalten, wenn das irgendwie möglich ist. Meinst du damit das, was Jonas einer jungen Frau am Freitag angetan haben soll?«

»Ja. Jonas war das jedenfalls nicht, der das Mädchen in so einen Zustand versetzt hat. Das war ein fremder Typ, so ein Schwede.«

»Was meinst du mit ›in so einen Zustand versetzt‹?«

»Ich habe gesehen, wie ihr jemand irgendwelche Tropfen in den Wein getan hat, als sie auf Klo war. Danach war sie total durch den Wind, und für mich sah es so aus, dass Jonas ihr nur geholfen hat. Ich glaube nicht, dass Jonas etwas getan hat. Er war ein ganz Netter, er hätte nie einer anderen Person etwas Böses angetan!«

Eevi versuchte schnell, ihre Gedanken zu sortieren. Sie war erschüttert, dass Ella möglicherweise unter Drogen gesetzt worden war – und dass der Verantwortliche ein anderer als Jonas sein könnte.

»Wie sah die Person aus, die Ella die Tropfen gegeben hat, kannst du dich an irgendetwas Besonderes erinnern?«

»Dunkle Haare, schwarzer Kapuzenpulli und Jeans. Und ich glaube, das war ein Schwede, also kein Finnlandschwede. Zumindest klang es so, wie der geredet hat. Ich glaube, dass sein Freund ihn Marcus genannt hat.«

»Diese Information ist wirklich wichtig. Danke, dass du mir das alles erzählst«, sagte Eevi.

»Ich wollte es schon früher erzählen, aber ich hab mich nicht getraut.«

»Wovor hattest du denn Angst?« Eevi beugte sich zu dem Mädchen.

»Vor diesem Jungen. Sein Freund hat gemerkt, dass ich gesehen hab, was er da macht, und als sich der Schwede dann zu mir umgedreht hat, hat er so gemacht.« Sie legte den Finger erst an die Lippen und fuhr sich dann damit über den Hals. Dann brach sie in Tränen aus.

Eevi nahm sie in die Arme und ließ sie an ihrer Schulter weinen. »Das Wichtigste ist, dass du jetzt mit mir gesprochen hast. Du bist in Sicherheit. Ich muss nicht mal deinen Namen kennen. Ich verspreche dir, mich ganz unauffällig darum zu kümmern. Und wenn dir noch irgendetwas anderes einfallen sollte, schick mir einfach eine Nachricht.«

Das Mädchen nickte zaghaft, es sah immer noch verängstigt aus. »Glauben Sie, dass Jonas noch leben würde, wenn ich das sofort jemandem erzählt hätte? Dass nichts Schreckliches passiert wäre, wenn ich mich nur getraut hätte, früher den Mund aufzumachen?«, fragte sie verzweifelt.

»Das kann niemand wissen, aber mach dir keine Vorwürfe. Das Wichtigste ist, dass du jetzt geredet hast. Man kann nichts ändern, was bereits geschehen ist. Das Einzige, was man beeinflussen kann, ist das, was von jetzt an passiert.«

Als sich das Mädchen beruhigt hatte und Eevi wieder in ihrem Wagen saß, überschlugen sich ihre Gedanken. Das änderte alles. Sie musste mit Mats sprechen.

43. KAPITEL

Endlich hatte Mats die Sauna in seiner Hütte warm bekommen und saß mit einem Mineralwasser in der Hand auf der Stegterrasse. Die Sonne wärmte sanft seine Haut, und das Meer erstreckte sich weit vor ihm. Diese ganze Woche war vollkommen anders verlaufen als erwartet, aber trotzdem hatte er das Gefühl, am richtigen Ort zu sein und das Richtige zu tun. Trotz seiner schwierigen Vergangenheit hier spürte er, dass sein Platz in Kristinestad war. Hier gehörte er hin, dieser Stadt hatte er etwas zu geben. In den letzten Tagen hatte er sogar sein bunt zusammengewürfeltes Team liebgewonnen, und das trotz der belastenden Ermittlung. Hier waren seine Gedanken so viel klarer als in dem Haus, in dem er mit Helena wohnte. Für einen Moment schloss er die Augen und lauschte dem Rauschen des Meeres.

Schließlich holte ihn die Realität wieder ein, und Mats' Gedanken wanderten zurück zur Arbeit. Er seufzte schwer. Nachdem er seine Vorgesetzte heute gebrieft hatte, hatte diese ihm unmissverständlich klargemacht, dass die Ermittlung augenblicklich abzuschließen sei. Momentan standen weder die Zeit noch das nötige Budget für diesen Fall zur Verfügung. Im Hafen von Vaasa hatten die Kollegen Sprengstoff gefunden, der mit einer Motorradgang aus Österbotten in Verbindung gebracht werden konnte, und spätestens Anfang nächster Woche wurde Mats wieder dort gebraucht. Er spürte ja selbst, wie sehr er sich bei diesem Fall unter Druck setzte. Dass es hier um seine Heimatstadt ging, dass diese Taten Menschen betrafen, die er kannte – all das ging ihm an die Nieren. Ständig fühlte er sich unzulänglich, es war auslaugend. Zwar hatte er das Gefühl, wichtige Arbeit zu leisten, war sich aber nicht sicher, ob der Preis dafür nicht doch zu hoch war.

Die ständige Grübelei, ob er den Zeugenaussagen Glauben schenken konnte, machte ihn müde. Er wollte daran glauben, dass die Menschen die Wahrheit sagten, aber die Erfahrung hatte ihn gelehrt, dass auch die aufrichtigste Person die Geschehnisse oft in einem für sie günstigen Licht darstellte. Und jetzt lag derjenige, der in diesem Fall für vieles verantwortlich gemacht werden konnte, auf der Intensivstation in einem Zustand, der es unmöglich machte, ihn in absehbarer Zeit, wenn überhaupt, zu befragen.

Mats wollte gerade wieder in die Sauna, um einen Moment abzuschalten, als er zusammenfuhr. Da stand eine Gestalt am Rand seines Grundstücks. Als er erkannte, wer da auf ihn wartete, entfuhr ihm ein Seufzer: Es war nur Leif Eriksson, sein langjähriger Hüttennachbar. Der Mann war für sein Einsiedlertum bekannt. Er hatte seine Hütte damals nach dem Tod der Eltern und des Bruders geerbt, Mats hatte ihn schon seit Jahren nicht mehr gesehen.

»Entschuldige, wenn ich dir einen Schrecken eingejagt hab«, sagte Eriksson mechanisch.

»Macht nichts. Hab mich schon ein bisschen erschrocken, war gerade ziemlich in Gedanken. Wie geht's dir denn?«, fragte Mats etwas verwirrt.

»Ich bin gekommen, weil ich dir etwas zu erzählen habe.« Leif nickte Mats zu, als wollte er sagen, dass Mats jetzt besser gut zuhörte.

»Komm, setz dich. Möchtest du ein Wasser oder ein alkoholfreies Bier?«

»Nein danke. Du trinkst also gar keinen Alkohol?« Eriksson klang überrascht.

»Nee, ich trinke nichts.«

»Nun, dann kommst du wohl nicht nach deinem Vater, was das angeht. Ist wahrscheinlich auch gut so«, sagte Eriksson und strich sich durch seine langen Haare.

»Nein, ich komme nicht nach ihm.« Mats spürte, wie Ärger in ihm aufstieg. Er hatte keine Lust, sich für seinen Vater zu rechtfertigen.

»Aber trotzdem bist auch du bei der Polizei gelandet?«

»Ja, so ist es. Was wolltest du mir denn erzählen?«

»Nun, etwas über diesen toten Jungen ...« Eriksson klang, als würde er übers Wetter sprechen.

»Und was wolltest du mir über ihn erzählen?«, hakte Mats nach.

»Ich habe gesehen, wie er angegriffen wurde.«

»Und von wem?« Mit einem Mal stand Mats unter Strom.

»Von einer Frau.«

»Hast du sie erkannt?«

»Es war Leena Aaltonen.«

Mats runzelte die Stirn. »Wo hast du das gesehen und wann?«

»Dort in Furuviken, bei der Hütte der Mutter des Jungen. Und es war morgens, ungefähr halb sieben.«

»Waren dort noch andere Personen?« Mats versuchte seine Aufregung im Zaum zu halten und sich darauf zu konzentrieren, alles Wichtige aus dem Mann herauszubekommen.

»Leenas Mann war dort, und im Auto saß, glaube ich, ihre Tochter. Der Mann musste Leena geradezu von dem Jungen losreißen, sie schrie und fluchte, so dass es wahrscheinlich am ganzen Strand zu hören war.«

»Was ist dann passiert?«

»Nun, Leenas Mann hat es geschafft, seine Frau ins Auto zu bugsieren, und dann sind sie weggefahren.«

»Was hat Jonas danach getan, was für einen Eindruck machte er auf dich?«

»Nun, der Junge sah ziemlich unglücklich aus. Eine Weile kniete er auf dem Boden, dann stand er auf und ging zur Saunahütte. Und dann wollte ich da auch nicht länger rumstehen und gucken, was er treibt. Schließlich hatte ich in meiner Hütte genug zu tun. Also bin ich gegangen.«

»Warum erzählst du das erst jetzt?« Mats überlegte, wie viel weiter sie jetzt wohl wären, wenn Eriksson früher ausgepackt hätte.

»Ich hab versucht, dich hier zu treffen, hab dich aber nie zur richtigen Zeit gesehen. Jetzt war ein guter Zeitpunkt, um zu kommen.«

Der Mann nickte wieder. Er hatte alles gesagt, was er zu sagen hatte. Mats hob seine Hand, aber Eriksson war bereits auf dem Weg zu seiner Hütte. Mats sah nur noch die

Rückseite des Tarnanzugs und die langen grauen Haare, die der Mann zu einem Pferdeschwanz zusammengebunden hatte. Ihm fiel auf, dass Eriksson sich, obwohl er schon fast achtzig Jahre alt sein musste, immer noch flink durchs Gelände bewegte.

Dann klingelte sein Telefon, und Mats war froh, Eevis Namen auf dem Display zu sehen.

Aus dem Tagebuch. Nachher.

Wir waren wieder bei einer Wohnungsbesichtigung, die Wohnung ist wunderschön.
Aber wir können nicht dorthin ziehen. Das Treppenhaus ist unheimlich, es gibt zu viele gruslige Ecken, in denen sich jemand verstecken könnte.
Mein Liebster hat versucht, das zu verstehen, ich habe es gesehen und gespürt.
Aber ich sah auch die Enttäuschung in seinen Augen.

44. KAPITEL

Eevi fuhr den vertrauten Weg zu Mats' Hütte. Er wartete am Straßenrand auf sie, als Eevi mit ihrem Wagen auf einen kleinen Sandweg einbog, der hier als Parkplatz diente. Ihr wurde ganz warm ums Herz, als sie merkte, wie Mats sie ansah, und einen Moment lang wünschte sie sich, dass zwischen ihnen immer noch etwas sein könnte. Es war nur ein flüchtiger Gedanke, der sie aber mit voller Wucht traf. Sie verfluchte ihre Gefühle und hoffte, dass ihr innerer Aufruhr ihr nicht anzusehen war.

»Bist du schon wieder ganz in Ordnung?«, fragte sie, um irgendetwas zu sagen.

»Zum Glück bin ich mit dem Schrecken davongekommen«, antwortete Mats herzlich. »Komm, lass uns zum Steg gehen. Ich hab gerade die Sauna angemacht.«

Er wies Eevi den Weg und sie ging zu der kleinen Sauna, die auf einem Felsen am Strand saß. Heutzutage dürfte man gar nicht mehr so bauen, dachte Eevi bedauernd. Die Terrasse vor dieser Sauna hatte sie immer geliebt. Dort herrschte vollkommene Ruhe. Erinnerungen überschwemmten sie, und sie merkte, wie sie lächelte. Mats saß auf der Bank und sah ihr in die Augen.

»Hier ist es immer noch genauso schön wie früher«, sagte sie.

»Ja, das ist wirklich ein ganz besonderer Rückzugsort. Es gab also doch etwas Gutes an meinem Vater.«

Der Satz blieb in der Luft hängen, und Eevi spürte einen Stich in ihrem Inneren. Die Unterhaltung schlug eine viel zu persönliche Richtung ein. Um sie wieder auf die richtige Spur zu bringen, räusperte sie sich und kam direkt zur Sache.

»Ich war heute bei der Gedenkfeier für Jonas Snellman und ich habe dort etwas erfahren, was die Polizei unbedingt wissen sollte.«

»Erzähl.« Mats schlug einen nüchterneren Tonfall an, was es für Eevi leichter machte, sich zu konzentrieren.

»Jemand hat gesehen, wie am Freitag K.-o.-Tropfen in Ella Aaltonens Wein geträufelt wurden. Und zwar nicht von Jonas.«

»Weißt du auch, wer das getan hat?«

»Nein, aber ich habe eine Beschreibung.« Eevi wurde immer enthusiastischer. »Außerdem sah es laut dieser Augenzeugin so aus, als habe Jonas Ella geholfen. Ich habe auch mit Jonas' früherer Freundin Malla Joutsenjärvi gesprochen, und die hat mir erzählt, dass sie und Jonas sich in einem Forum für Asexuelle kennengelernt haben.«

Einen Moment blickte Mats nachdenklich aufs Meer. »Könnte die Person, die dir das erzählt hat, aufs Revier kommen?«

»Nein. Nicht mal ich kenne ihren Namen. Sie wurde von dem Typen mit den K.-o.-Tropfen bedroht.«

»Welche Beschreibung liegt uns denn vor?«

Abgesehen von der Genugtuung, der Polizei behilflich sein zu können, fühlte es sich erstaunlich gut an, dass Mats von »uns« sprach. »Er kommt wahrscheinlich aus Schweden, hat dunkle Haare und trug am Freitag einen schwarzen Kapuzenpulli und Jeans.«

Nach einem Moment des Schweigens erwiderte Mats, nun wieder etwas distanzierter: »Vielen Dank, Eevi, das sind sehr wertvolle Informationen. Ich weiß das wirklich zu schätzen.«

Eevi stand auf und verabschiedete sich, wobei sie Mats direkt in die Augen sah. »Wir unterhalten uns demnächst mal länger«, versprach sie noch, als sie ging.

Am Ufer beschleunigte Eevi ihren Schritt. Sie war ihre Hinweise losgeworden, und nun war es Zeit, sich an den Schreibtisch zu setzen. Obwohl scheinbar nichts passiert war, hatte sie das Gefühl, dass sich etwas verschoben hatte. Jetzt war es das Klügste, zu Mats auf Distanz zu gehen, um ihres eigenen Seelenfriedens willen.

Als sie sich in den Wagen setzte, sah sie Mats auf dem Steg stehen, wie er ihr zuwinkte und dann sein Telefon ans Ohr hielt. Für einen Moment wäre sie am liebsten in seine Arme gelaufen, aber sie riss sich zusammen, startete den Wagen und fuhr nach Hause. In das Zuhause, dass sie mit einem anderen Mann teilte. Die Musik von Joakim Berg erfüllte das Auto, und Eevi musste gleichzeitig lächeln und weinen.

45. KAPITEL

Am Morgen stand Eevi völlig neben sich, nachdem sie sich die ganze Nacht unruhig hin- und hergewälzt hatte. Sie hatte bis spät geschrieben, danach konnte sie in der Regel nie richtig schlafen. Ihre Gedanken und Träume kreisten um Jonas und Ella; um das, was mit ihnen geschehen war, um die K.-o.-Tropfen, um den Fund von Jonas' Leiche – wie der bleiche Junge im Wasser gelegen hatte – und um Mats und ihre gemeinsame Zeit, damals, als Teenager. Untermalt wurde alles von der unheimlichen Musik aus Ellas TikTok-Video, die Eevi nicht zur Ruhe kommen ließ.

Nach der morgendlichen Joggingrunde und der Dusche setzte sich Eevi für einen Moment mit ihrem Kaffee in den Garten und atmete die Düfte des späten Mai ein. Dieser kurze Moment erdete sie. Nun war es ein Leichtes, sich einen Überblick über die nächsten Schritte ihrer Artikel zu verschaffen: Sie wollte Ella und ihre Familie noch besser kennenlernen; verstehen, wie sie mit den Traumata zurechtkamen. Eevi wusste aus eigener Erfahrung in solchen Fällen, dass das Opfer nicht die einzige Leidtragende war, sondern die Familie, Freundinnen und Freunde ebenfalls nachhaltig verstört wurden. Der Fall forderte auch schon bei Eevi selbst seinen Tribut, trotzdem musste sie noch einmal mit Ella sprechen. Erfreulicherweise schrieb das Mädchen ihr gleich zurück, als Eevi sich wieder bei ihr meldete, und lud sie zu sich nach Hause ein.

Der Garten der Aaltonens war wunderschön in seiner frühsommerlichen Pracht. Überall war zu sehen, wie viel Zeit und Liebe hier drin steckte. Eevi setzte sich auf eine Bank und stellte das Mineralwasser, das Leena Altonen ihr angeboten hatte, neben sich auf einen Baumstumpf.

»Das war mal Mattis Lieblingsbaum«, sagte diese wehmütig. »Wir mussten ihn fällen. Wenn er stehen geblieben wäre, wäre er eines schönen Tages durchs Küchenfenster gekracht.«

»Lieber ein intaktes Haus als ein schöner Baum«, sagte Matti Aaltonen, der seine Frau liebevoll ansah.

»Ich weiß noch, dass du geweint hast, als mein Vater den Baum gefällt hat«, sagte Leena zärtlich zu ihrem Mann.

»Das war auch ganz schön hart, das gebe ich zu.« Er lachte, wurde dann aber ernst, als er Ella bemerkte, die im Türrahmen stand.

»Ella, wenn du möchtest, können wir alle zusammen sprechen«, sagte Eevi ermutigend zu dem Mädchen, das sehr verletzlich aussah.

Ella schüttelte den Kopf und verkündete, dass sie nach oben in ihr Zimmer gehen würde. »Kommen Sie dahin, wenn Sie reden möchten.«

»Vielleicht ist es gut, wenn zuerst wir Erwachsenen uns kurz unterhalten«, sagte Eevi. »Wie geht es Ihnen?«

Matti schluchzte unbeabsichtigt, und Leena warf ihm

einen zweideutigen Blick zu. Eevi konnte nicht sagen, ob Leena wütend darüber war, dass ihr Mann Gefühle zeigte oder dass er überhaupt reagierte. Etwas an dieser Frau wirkte plötzlich so ruhig und abgebrüht, aber Eevi wusste aus eigener Erfahrung, dass das manchmal die einzige Möglichkeit war, mit etwas klarzukommen.

»Wir kommen klar. Natürlich geht es uns nicht gut, aber Ellas Wohlbefinden steht für uns an erster Stelle. Damit sie anfangen kann, es zu verarbeiten«, erklärte Leena. Für Eevi klang das etwas zu eingeübt.

»Haben Sie professionelle Hilfe erhalten?«, fragte sie an Matti Aaltonen gewandt, aber wieder antwortete seine Frau. »Ja, die wurde uns angeboten. Wenn es wirklich nötig ist, nehmen wir die natürlich auch an, aber wir wissen am besten, was Ella hilft und was sie braucht. Schließlich ist sie unsere Tochter.«

»Wie geht es Ella Ihrer Meinung nach?« Wieder wandte Eevi sich an den Vater, und diesmal reagierte er tatsächlich.

Er stand auf und ging unruhig ein paar Schritte. »Wie soll es einem Menschen schon gehen, der so etwas Schreckliches erlebt hat?«

»Ella wird darüber hinwegkommen, da bin ich mir sicher. Und wir tun alles, was in unserer Macht steht, damit sie nicht mehr darüber nachdenken muss«, sagte Leena ruhig und mehr zu ihrem Mann als zu Eevi.

Nachdem Eevi die Aaltonens davon überzeugt hatte, dass ihr Artikel über sexuelle Gewalt Ella helfen würde, ging Matti ins Haus, um das Essen vorzubereiten. Eevi erhob sich ebenfalls, um sich zu Ella zu gesellen.

»Ist Ihnen selbst schon mal so etwas in der Art passiert?«, fragte Leena plötzlich.

»Kennen Sie etwa Frauen, die noch nie so eine Erfahrung gemacht haben?«, erwiderte Eevi. »Ich glaube, dass ich genau aus diesem Grund die Richtige bin, um darüber zu schreiben. Weil ich weiß, wie das ist. Manchmal frage ich mich, wie anders mein Leben verlaufen wäre, wenn all das nicht passiert wäre.«

»Ich lasse nicht zu, dass das Auswirkungen auf Ellas Zukunft hat. Ich werde alles tun, damit das nicht ihr Leben ruiniert«, beharrte Leena.

Eevi wusste, dass das keine Frage des Zulassens war. Solche Taten hatten immer Konsequenzen. Trotzdem nickte sie der Frau verständnisvoll zu. Dann ging sie zu Ella, die an ihrem neuen Telefon hing, und setzte sich neben sie aufs Bett.

»Mir war das früher gar nicht bewusst, wie befreiend es sein kann, wenn man alle alten Social-Media-Accounts löscht und auch noch eine neue Telefonnummer hat. Ich will alles vergessen, was passiert ist.«

»Ich verstehe, warum du dich gerade so fühlst. Aber glaub mir, irgendwann wird es Zeit, sich damit auseinanderzusetzen. Du kannst Angst in Stärke umwandeln und Schmerz zum Beispiel in Kunst. Und ich kann gar nicht oft genug betonen, wie wichtig die Unterstützung von anderen ist, die das Gleiche durchgemacht haben.«

Die beiden unterhielten sich über eine Stunde miteinander. Eevi ging mit dem guten Gefühl aus dem Gespräch, Ella auf dem Weg der Genesung zumindest ein klein wenig geholfen zu haben. Sie konnte nicht anders, als die junge Frau zu bewundern, die, trotz allem, für die Zukunft gerüstet wirkte. Eine Zukunft, die mit Sicherheit ganz anders sein würde als alles, was Ella sich vorgestellt hatte. Eevi hatte auch von ihren eigenen Erfahrungen erzählt, um dem Mädchen klarzumachen, dass sie sie auf einer tieferen, persönlichen Ebene verstand.

Bevor sie ging, bedankte sich Eevi noch bei den Aaltonens. Der Vater wirkte irgendwie besorgt, obwohl er ein fröhliches Gesicht aufsetzte. Leena Aaltonens Miene konnte Eevi beim besten Willen nicht deuten.

Draußen bemerkte Eevi einen großen Mann im Tarnanzug am Rand des Gartens. Aus irgendeinem Grund hatte sie das Gefühl, dass er schon länger dort stand.

»Ach, hei!«, begrüßte Leena ihn fröhlich. »Das hier ist mein Vater Markku, und das ist Eevi Manner. Sie kommt vom *Suupohjan Kaiku*, um einen Artikel über unsere Ella zu schreiben.«

Misstrauisch beäugte der Mann Eevi. Offenbar konnte er Journalisten nicht leiden. Trotzdem reichte sie ihm freundlich die Hand und bemerkte, dass sie sich schon einmal begegnet waren, als Mats den Hirsch angefahren hatte.

Als Markku Kaukonen Eevis Hand ergriff, wurde seine Miene weicher. »Stimmt, so war das! Ich hab schon überlegt, warum Sie mir so bekannt vorkommen. Früher kannte ich übrigens Ihre Eltern. Gute Menschen, alle beide.«

»Schön zu hören, ich richte den beiden schöne Grüße aus«, sagte Eevi ehrlich erfreut.

»Kaum zu glauben, dass die Erwachsenen von heute früher diese kleinen Rabauken waren, die auf der Straße herumgetollt sind.« Der Mann wandte sich an seine Tochter. »Ich hab hier was, das in den Gefrierschrank gehört.« Er zeigte auf eine Tüte in seiner Hand. Als Eevi ihn fragend ansah, fügte er hinzu: »Der Hirsch. Ich hab

Matti etwas von dem Fleisch mitgebracht, damit es nicht schlecht wird.«

Eevi nickte lächelnd, winkte noch und ging zum Tor.

Dort kam ihr Mats mit seiner Kollegin entgegen. Eevi nahm einen tiefen Atemzug. Irgendwann sollten sie endlich einmal über alles reden. Sie nickte auch ihm zu, der die Geste erwiderte. Mats' Kollegin bedachte sie mit einem wissenden Blick. Rasch schaute Eevi weg und eilte vom Hof.

Aus dem Tagebuch. Nachher.

Ich habe endlich mit M darüber gesprochen, was mir passiert ist.
Wir sind jetzt schon so lange befreundet, dass ich mich getraut habe, es ihm zu sagen.
Einen Moment lang hat er mich mitleidig angesehen, wie ein Opfer, und ich habe schon befürchtet, dass ich einen großen Fehler gemacht habe.
Dann hat er gesagt, dass ich es trotz allem, was passiert ist, gut gemeistert und ein tolles Leben geführt habe.
Dass das Böse deshalb nicht gewonnen hat.
Und auch nicht gewinnen wird.

46. KAPITEL

Mats hatte noch am Vorabend mit Bäckström über die neuen Entwicklungen gesprochen, um beim Morgenmeeting direkt mit ersten Maßnahmen loszulegen. Das Team hing noch etwas in den Seilen, was dank einer Kanne Kaffee und frischen Gebäcks schnell behoben war.

»Wir müssen Henrik Ahlkvist gehen lassen«, begann Mats. »Die kriminaltechnische Untersuchung hat ergeben, dass Sebastian sich selbst in den Kopf geschossen hat.«

»Was zum Teufel?! Haben wir es bei einem Fall etwa schon mit zwei Selbstmorden zu tun? Was passiert hier eigentlich?«, ereiferte sich Laajavuori.

»Ich glaube, es war ein Unfall, zumindest lässt der Einschusswinkel darauf schließen. Mit absoluter Sicherheit können wir das natürlich noch nicht sagen. Sebastian liegt im Koma, und laut seinem Arzt wird er nicht so schnell wieder aufwachen, damit wir ihn befragen können.«

Das Team schwieg betreten. Mats machte direkt mit der nächsten großen Neuigkeit weiter. »Die Ermittlungen zu

Jonas' Tod haben gestern Abend eine neue Wendung genommen. Ich habe von einer zuverlässigen Quelle erfahren, dass Ellas Mutter – Leena Aaltonen – dabei war, als Ella von ihrem Vater aus Jonas' Hütte abgeholt wurde. Der Zeuge hat gesehen, wie die Frau auf Jonas losging.«

Björklunds Kaffeelöffel fiel klirrend auf den Rand der Kaffeetasse, von dort auf den Tisch und den Fußboden. Peinlich berührt wand der junge Mann sich unter den Blicken, die ihm nun alle zuwarfen.

Bäckström fuhr ungerührt fort: »Wir vermuten also, dass einige der Prellungen an Jonas' Leiche von Leena Aaltonen stammen. Allerdings wurde er über einen längeren Zeitraum hinweg misshandelt. Aufgrund der Beweislage können wir davon ausgehen, dass Sebastian Ahlkvist dafür verantwortlich ist, womöglich auch sein Cousin Marcus Ordoi.«

»Als Nächstes befragen wir Ellas Eltern. Sowohl ihnen als auch Ella müssen wir mitteilen, dass Jonas den sexuellen Missbrauch unter Zwang und Androhung von Waffengewalt begangen hat«, ergänzte Mats. »Außerdem haben wir erfahren, dass Ella vor der Vergewaltigung mit K.-o.-Tropfen betäubt wurde.«

»Verdammt noch mal!«, fluchte Jansson.

»Wir glauben, dass Marcus Ordoi ebenfalls etwas damit zu tun hat.«

»Was diesen Typen angeht: Er konnte auf einer Überwachungskamera am Hafen identifiziert werden. Leider erst auf der Stockholmer Seite, danach ist er wieder verschwunden. Ordoi ist mit gefälschten Papieren über Helsinki nach Stockholm gereist«, bemerkte Björklund kleinlaut.

»Das macht die Sache komplizierter, aber wir stellen trotzdem einen dringenden Antrag auf Anhörung von Marcus Ordoi in Stockholm«, versuchte Mats die anderen zu beruhigen, obwohl er bezweifelte, dass sie Sebastians Cousin drankriegen würden. Der Junge war der Strafverfolgung schon so oft durchs Netz geschlüpft.

»Es muss wie folgt abgelaufen sein: Sebastian oder Marcus hat Ella bei den Kanuunakallio-Klippen unter Drogen gesetzt. Danach sind sie Jonas und Ella zur Hütte gefolgt, wo beide sexuell missbraucht wurden. Sebastian oder Marcus hat alles aufgenommen und bei TikTok hochgeladen. Dann folgte die Konfrontation mit Ellas Eltern, bei der Leena Aaltonen Jonas körperlich angriff. Dieses Trauma vom Freitagabend hat den Jungen, der sich dank der jahrelangen Misshandlung eh schon in einer labilen psychischen Verfassung befand, völlig aus der Bahn geworfen, sodass er an Suizid gestorben ist.«

Als Mats seinen Bericht beendet hatte, meldete sich Jansson zu Wort. »Meine Frau und ich haben letztens eine Doku über ADHS gesehen. Viele junge Leute werfen diese Medikamente zum Spaß ein. Die Nebenwirkungen sind Depressionen, Angstzustände, und manchmal kommt es auch zu Selbstmordgedanken.«

»Kann es sein, dass Jonas gar kein ADHS hatte und die Symptome nur vortäuschte, um an ein Rezept zu kommen?«, überlegte Bäckström laut.

»Alles ist möglich«, sagte Mats und kreiste die Namen von Matti und Leena Aaltonen auf dem Flipchart ein. »Wir sollten jetzt Ellas Eltern holen.«

Schweigend betraten Mats und Bäckström das Grundstück der Aaltonens. Mats staunte nicht schlecht, als Eevi ihnen am Gartentor entgegenkam. Kurz wirkte es, als wollte sie etwas sagen, aber dann nickten sie sich nur gegenseitig zu, und der Moment war vorüber.

Als Markku Kaukonen Mats bemerkte, lächelte er ihn strahlend an. »Dank Ihres Unfalls können wir uns jetzt einen Hirschbraten gönnen! Wollten Sie auch was vom Fleisch abhaben?«

»Danke, das ist nett«, sagte Mats kopfschüttelnd und schmunzelte in sich hinein. Dass er nur sehr selten rotes Fleisch aß, wollte er hier nicht an die große Glocke hängen.

»Tja, dann will ich mal nicht weiter stören. Passt gut auf euch auf.« Markku Kaukonen trottete zum Tor und ließ seinen Schwiegersohn mit der Tüte Wildfleisch in der Hand und einem besorgten Gesichtsausdruck zurück.

Matti hatte Mats am Telefon mehrmals gefragt, worum es ging, aber der hatte ihn über den Anlass ihres Besuchs im Unklaren gelassen.

»Ella und Leena sind im Wohnzimmer«, bemerkte er nun.

Auf dem Weg ins Haus verstaute Matti noch rasch das Hirschfleisch in der Gefriertruhe auf der Veranda.

Im Wohnzimmer saß Ella neben ihrer Mutter. In ihrem übergroßen grauen Pulli, in dessen Kapuze sie ihr Gesicht verbarg, wirkte das Mädchen sehr zerbrechlich.

»Danke, dass wir so spontan vorbeikommen durften. Wir möchten unsere neuesten Ermittlungsergebnisse mit Ihnen besprechen.«

Bleierne Stille legte sich über den Raum. Leena Aaltonen strich betont langsam über den Arm ihrer Tochter.

Mats räusperte sich und fuhr dann fort: »Es hat sich herausgestellt, dass Jonas in der Nacht von Freitag auf Samstag zu dem Missbrauch, der auf dem Video zu sehen ist, genötigt wurde. Er war Drohungen und Gewalt ausgesetzt.«

Ellas Eltern warfen sich einen kurzen Blick zu, ihre Mutter schlug die Hand vor den Mund, während der Vater sichtlich um Fassung rang.

»Was meinen Sie mit ›genötigt‹? So etwas würde doch keiner unter Zwang tun, oder?«

Ella begann zu weinen, und Leena Aaltonen schlang die Arme um ihre Tochter. Matti Aaltonen sprang auf und nahm die beiden ebenfalls in die Arme.

»Wer hat ihn gezwungen? Was für ein gestörter Mensch tut so etwas?«, fragte Ellas Mutter sichtlich erschüttert.

»Das können wir aus ermittlungstechnischen Gründen noch nicht preisgeben«, antwortete Mats ruhig.

»Das heißt, da draußen läuft irgendwo ein kranker Typ herum, der Jonas dazu gezwungen hat, das alles zu tun, und der mich nackt gesehen und was weiß ich noch alles getan hat?!« Ellas Stimme überschlug sich.

»Ella, du bist jetzt in Sicherheit. Und wir ermitteln weiter, bis alles geklärt ist«, schaltete Bäckström sich ein.

»Ich will gar nicht wissen, was die mit mir gemacht haben, ich will nicht, ich will nicht!«, schrie Ella. Das Mädchen verfiel in Panik, was ihren Vater aus der Lethargie riss, die ihn eben noch erfasst hatte.

»Das war genug für einen Tag. Bitte gehen Sie jetzt.«

»In Ordnung. Trotzdem muss ich Sie beide, Frau und Herr Aaltonen, bitten, mit aufs Revier zu kommen«, sagte Mats im Aufstehen.

»Wozu das?«, fragte Matti Aaltonen misstrauisch.

»Wir möchten Sie nur zu weiteren Hintergrundinformationen befragen. Je früher, desto besser«, bemerkte Bäckström sachlich.

»Frau Aaltonen, wenn Sie bitte als Erste mitkommen möchten, ihr Mann kann solange bei Ella bleiben.« Mats hielt Ellas Mutter eine Hand hin, die ihren Mann schockiert anstarrte.

Ella brach in Tränen aus. Mit anklagendem Blick in Mats' und Bäckströms Richtung schlang ihr Vater wieder den Arm um seine Tochter und sagte dann sanft zu seiner Frau: »Geh ruhig, Schatz. Wir kommen hier schon klar. Ich kümmere mich um Ella.«

47. KAPITEL

Unsicher betrat Leena Aaltonen das Polizeirevier. Beim Abschied von ihrem Mann hatte der ihr etwas ins Ohr geflüstert. Mit geschlossenen Augen hatte sie seine Umarmung erwidert und sich auf dem Weg zum Gartentor noch einmal zu ihrer Familie umgedreht.

Mats führte die Frau, die wie ausgewechselt schien, in den Vernehmungsraum. Bis jetzt hatte er eine selbstbewusste und besonnene Frau kennengelernt. Jetzt aber machte sie auf Mats den Eindruck, als wäre sie einfach nur eine gute Schauspielerin.

Bäckström und er setzten sich ihr wie üblich am Tisch gegenüber. Bevor Mats die Aufnahme startete, erklärte er, dass sie die Befragung aufzeichneten, und belehrte Leena Aaltonen über ihre Rechte. Dann eröffnete er ihr, dass sie als Verdächtige im Zusammenhang mit dem Tod von Jonas Snellman verhört werde.

»Können Sie uns erzählen, was an dem Morgen geschah, als ihr Mann zu Jonas' Hütte fuhr, um Ella nach Hause zu bringen?«

»Matti bekam eine Nachricht von Ella und fuhr los, um sie abzuholen.« Leena Aaltonen sprach jedes Wort überdeutlich aus.

»Was haben Sie in der Zwischenzeit gemacht? Hat Matti Ihnen gesagt, wo er hinwollte und warum?«, fragte Mats.

»Ich habe geschlafen und bin erst am späten Vormittag aufgewacht.«

»Sind Sie da ganz sicher?«, fragte Bäckström leicht gereizt.

»Natürlich, ich habe geschlafen und bin erst spät aufgewacht. Ich hatte in der Nacht zuvor ein Schlafmittel genommen, damit schlafe ich immer wie ein Stein.« Aaltonen warf einen Blick auf ihre Armbanduhr und schob sie nervös hoch und runter.

»Wie erklären Sie es sich dann, dass Sie zusammen mit Ihrem Mann beim Sommerhäuschen der Snellmans gesehen wurden?«

Leenas Mund verzog sich zu einem schmalen Strich. »Ich weiß nicht, wovon Sie sprechen.«

»Ich glaube, dass Sie das sehr wohl wissen, Frau Aaltonen«, beharrte Mats.

»Haben Sie Kinder, Herr Bergström?«, fragte die Frau plötzlich.

»Das ist hier nicht das Thema«, schaltete Bäckström sich wieder ein und klopfte energisch auf den Tisch. Sie musste sich sichtlich zusammenreißen. Mats hingegen nickte.

»Wenn Sie Kinder haben, dann wissen Sie: Das Schlimmste, was passieren kann, ist, dass jemand Ihrem Kind etwas antut. Das ist das Schlimmstmögliche auf der Welt.« Zum Ende des Satzes brach Leena Aaltonens Stimme. Sie starrte an ihnen vorbei ins Leere.

Mats und Bäckström warteten schweigend ab.

»Und wenn jemand dem eigenen Kind etwas angetan hat, will man sich an dieser Person rächen. Das ist eine ganz normale Reaktion«, fuhr Ellas Mutter schließlich mit unheimlich ruhiger Stimme fort.

»Und haben Sie Jonas etwas angetan?«

Mit einem Mal schien die Frau wieder im Hier und Jetzt anzukommen und sah Mats direkt in die Augen. »Nichts, was so furchtbar wäre, wie das, was er meiner Ella angetan hat«, zischte sie.

»Können Sie uns einmal ehrlich schildern, was bei der Hütte vorgefallen ist, als Sie mit Ihrem Mann dort waren, um Ella abzuholen?«

Leena Aaltonen schwieg. Dann sagte sie ruhig: »Ich möchte meinen Anwalt.«

»Wir können die Vernehmung unterbrechen und auf Ihren Anwalt warten, aber Sie werden uns auf jeden Fall erzählen müssen, was dort passiert ist.«

»Ich rede erst weiter, wenn mein Anwalt hier ist.«

Björklund brachte die Frau in einen anderen Raum, wo sie warten sollte, und in der Zwischenzeit bestellte Mats ihren Mann zum Verhör ein. Der organisierte schnell jemanden, der bei Ella blieb, und machte sich dann auf den Weg.

Eine halbe Stunde später saß Matti Aaltonen auf der Stuhlkante im Verhörraum. Sein nervöser Blick wanderte abwechselnd von Mats zu Bäckström, zur Zimmertür und dann wieder zu Mats.

»Wo ist Leena, wo haben Sie sie hingebracht?«

»Sie wird noch mal vernommen, aber jetzt wollen

wir mit Ihnen darüber sprechen, was passiert ist.« Mats schaute dem Mann direkt in die Augen.

»Leena hat nichts getan, das kann ich Ihnen jetzt schon sagen.«

»Ihre Frau kann uns selbst erzählen, was sie getan oder nicht getan hat, jetzt möchten wir uns erst mal mit Ihnen unterhalten«, sagte Bäckström.

»Was wollen Sie wissen?« Aaltonen rang sichtlich um Fassung.

»Was ist bei der Hütte passiert, als Sie Ella abholten?«

»Das wissen Sie doch bestimmt sowieso schon.«

»Uns interessiert trotzdem Ihre Version.«

»Wir fuhren zur Hütte, um Ella abzuholen und da war sie ... verletzt und völlig am Ende.«

»Wie hat Jonas auf sie gewirkt?«

»Na, wie so ein Monster. Er hat Ella wehgetan!« Die Stimme des Mannes brach.

»Unter Zwang«, schaltete sich Bäckström ein.

Ellas Vater wurde ganz still.

»Wie Sie eben erfahren haben, wurde Jonas zu dem Übergriff gezwungen. Er wurde mit einer Waffe eingeschüchtert und mit dem Tode bedroht.«

»Nein, nein, nein ...« Matti Aaltonen vergrub das Gesicht in den Händen und schluchzte.

»Was haben Sie getan, als Sie Jonas sahen?«, fragte Mats weiter.

»Ich habe nichts getan, überhaupt nichts.«

»Und Ihre Frau?«

Aaltonen starrte auf den Tisch und schwieg.

»Wir wissen, dass Leena mit Ihnen bei der Hütte war, um Ella abzuholen.«

Wieder schwieg Aaltonen.

»Es ist immer besser, sich diese Dinge von der Seele zu reden«, sagte Bäckström sanft.

»Ich muss nicht aussagen, weder über mich selbst noch gegen meine Frau«, betete Aaltonen einen Text herunter, der wie auswendig gelernt klang. »Aber Leena hat eh nichts gemacht.«

»Gehen Sie zurück zu Ella«, sagte Mats.

Das hier brachte sie nicht weiter, und es war besser, wenn zumindest ein Elternteil bei der Tochter wäre.

»Aber bleiben Sie in der Stadt. Es könnte sein, dass wir bald wieder mit Ihnen sprechen wollen.«

Aaltonen war offensichtlich vollkommen verängstigt. Mats wünschte, der Mann hätte mit ihnen geredet, aber sie konnten schließlich niemanden zwingen.

»Ihre Frau wird noch hierbleiben. Wir befragen sie erneut, sobald ihr Anwalt eingetroffen ist.«

»Haben Sie Leena etwa verhaftet? Das können Sie nicht tun, Leena hat nichts getan!«

Matti Aaltonen sprang auf, riss die Tür auf und rannte wütend aus dem Raum. Im Flur rief er: »Leena, Liebes, alles wird wieder gut!«

Mats ging dem Mann hinterher und sah noch, wie er hektisch sein Telefon suchte. Dann ging er in sein Arbeitszimmer, machte sich ein paar Notizen und setzte sich für einen Moment, um in Ruhe nachzudenken.

Aus dem Tagebuch. Nachher.

Wir haben eine Tochter bekommen.
Ein sehnlichst erwartetes Kind, ein von Herzen geliebtes Kind.
Die Welt ist voll von Gutem und Schönem, voller Liebe und wunderschöner Laute eines kleinen Wesens.
Gestern habe ich gehört, wie mein Liebster ihr etwas zugeflüstert hat: Niemals würde er zulassen, dass ihr etwas Schlimmes passiert.
Ich bin vor Rührung in Tränen ausgebrochen.

48. KAPITEL

Als Eevi eine Nachricht von Ella bekam, freute sie sich, dass das Mädchen mit ihr in Kontakt bleiben wollte. Vielleicht hatte sie ihr ja wirklich ein bisschen geholfen.

Es war ein Link zu TikTok: Zu Beginn des Videos erzählte Ella, dass ihre Scham der Stärke und Wut gewichen war, die sich in Tränen und in dem Gefühl entladen hatten, etwas tun zu müssen. Sie saß in einem Sommerkleid vor dem Fenster. Darunter stand auf Englisch:

Ich rede nicht gern in der Öffentlichkeit über mein Privatleben, aber das hier ist für alle Überlebenden und diejenigen, die sich selbst die Schuld geben. Es ist niemals eure Schuld.

NOT ALL MEN, BUT ENOUGH TO SCARE ALL OF US.

#survivor #SA #97%

Eevi wusste, dass die Tags auf eine UN-Studie verwiesen, laut der 97 Prozent der Frauen zwischen 16 und 24 Jahren schon einmal sexuelle Belästigung erlebt hatten. Sie speicherte das Video unter ihren Favoriten.

Dann scrollte sie weiter, obwohl sie wusste, dass das keine gute Idee war. Nach einer Stunde hatte sie sich durch unzählige TikToks geklickt – hauptsächlich Videos, in denen Leute, die sich schon lange ein Kind gewünscht hatten, die Zeit des Wartens und der negativen Schwangerschaftstest gefilmt hatten und schließlich den Moment, als sich alles zum Guten wendete, als der Test endlich positiv war. Haufenweise Happy Ends, von denen sie nur träumen konnte. Sie wechselte zu einem Diskussionsforum zum Thema Kinderlosigkeit. Als ausgerechnet dort auch noch jemand verkündete, dass sie endlich schwanger sei, warf Eevi das Telefon frustriert aufs Sofa.

Etwas Gartenarbeit würde ihr jetzt guttun. Sie sehnte sich nach Mirek. Nach der aufwühlenden Woche war sie überzeugt, dass sich mit seiner Rückkehr alles klären würde. Dann würde sie sich nicht mehr so in Arbeit vergraben, sie hätte wieder jemandem, mit dem sie ihren Alltag teilen konnte. Und sie könnten endlich über die Fruchtbarkeitsbehandlung sprechen. Entschlossen ging Eevi nach draußen, und als sie die Schwalben am Himmel sah, lächelte sie in sich hinein.

49. KAPITEL

Leena Aaltonen saß neben ihrem Anwalt und blickte stur an Mats vorbei, der erklärte, dass sie verdächtigt werde, Jonas Snellman tätlich angegriffen zu haben.

»Worauf basieren diese Verdächtigungen?«, fragte der Anwalt monoton und schob den Papierstapel zurecht.

»Ein Zeuge hat am Samstagmorgen gesehen, wie Frau Aaltonen Jonas Snellman vor dessen Hütte angegriffen hat. Laut seiner Aussage schlug sie ihn mehrmals ins Gesicht und auf den Oberkörper.«

Aaltonen schluckte und blickte nervös zu ihrem Anwalt. Der nickte ihr fast unmerklich zu. »Ich war bei der Hütte und habe den Jungen mehrmals geschlagen, weil er meine Tochter unter Drogen gesetzt und vergewaltigt hat«, sagte Leena ruhig.

»Wie hat Jonas darauf reagiert?«, fragte Bäckström.

»Er hat die Schläge einfach hingenommen, ohne sich zu wehren, und hat sich sogar entschuldigt. Obwohl so etwas nicht zu entschuldigen ist, niemals!«

»Was ist danach passiert?«, fuhr Bäckström fort.

»Matti ist dazwischengegangen.«

»War Jonas noch am Leben, als Sie die Hütte verlassen haben?« Mats richtete sich auf, um die Frau dazu zu bringen, ihn anzusehen.

»Natürlich hat er gelebt. Ich habe nichts getan, was ihn hätte umbringen können. Was denken Sie eigentlich von mir?«, fuhr diese wütend auf.

»Steht meine Mandantin unter Verdacht, Jonas getötet zu haben? Uns wurde lediglich der Verdacht der Körperverletzung mitgeteilt, und das hat meine Mandantin soeben eingeräumt«, erwiderte der Anwalt trocken.

Mats wollte gerade antworten, als er auf seiner Smartwatch sah, dass Björklund versuchte, ihn anzurufen. Das konnte nur etwas Dringendes sein. Rasch ging Mats ins Foyer.

»Entschuldige, dass ich störe, aber ich habe eben erst die Telekommunikationsdaten der Aaltonens erhalten, um die du mich gebeten hast.«

»Erzähl!«

»Ich kann dir zumindest sagen, dass von Leena Aaltonens Telefon am Samstagmorgen und mehrmals tagsüber die Nummer ihres Vaters Markku Kaukonen angerufen wurde.«

»Das ist ja interessant. Wie lange dauerten die Gespräche?«

»Samstagmorgen gab es ein längeres Telefonat und kurz vor Mittag ein sehr kurzes. Es könnte ein Schuss ins Blaue sein, aber Markkus Pick-up wurde Samstag tagsüber von der Wildkamera aufgezeichnet. Sollten wir uns mal mit ihm unterhalten?«

»Unbedingt!«

Im selben Moment trat ein wütender Markku Kaukonen durch die Eingangstür des Polizeireviers. Verwirrt starrte Mats ihn an.

»Ich habe gehört, dass Sie unsere Leena festgenommen haben?!«

Mats legte auf, trat einen Schritt zurück und hob beschwichtigend die Hände.

»Ganz ruhig. Frau Aaltonen wird gerade befragt. Sie wurde nicht festgenommen, wir wollen nur ein paar Dinge von ihr wissen.«

»Sie lassen meine Tochter in Ruhe!« Die Stimme des Mannes donnerte so laut durchs Gebäude, dass Jansson aus dem Pausenraum gelaufen kam.

»Ich bin mir sicher, dass ihre Tochter bald wieder zu Hause sein wird. Und mit Ihnen würde ich auch gerne ein paar Worte wechseln, wenn das in Ordnung ist.« Mats sah Kaukonen fest in die Augen.

»Nun, wenn das Leena hilft, dann bin ich einverstanden«, erwiderte dieser.

50. KAPITEL

Mats zog einen Stuhl für Markku Kaukonen heran. Der Mann wirkte gelassen und entschlossen, als er sich an den Tisch setzte und seine Arme darauf verschränkte.

»Geht es ihrem Kopf schon besser?« Auf Kaukonens Gesicht erschien ein kleines Lächeln, und Mats fragte sich, wie viel er am Waldrand von dem Wildunfall gesehen hatte.

»Danke der Nachfrage, es ist sehr gut verheilt.« Mats kam gleich zur Sache. »Wir wissen, dass Ihre Tochter Sie angerufen hat, nachdem sie und ihr Mann Ella von Jonas' Hütte abgeholt hatten. Zudem wurde Ihr Wagen zum Zeitpunkt von Jonas' Tod in der Gegend gesehen.«

»Leena hat mich tatsächlich angerufen und mir erzählt, was passiert ist.« Kaukonen verzog gequält das Gesicht. »Und ich bin dann zu der Hütte gefahren, um mit dem Jungen zu reden.«

Mats schwieg. Er konnte Bäckström, die neben ihm saß, ihre Ungeduld ansehen, und hoffte, dass sie sich zusammenreißen würde. In solchen Fällen war es besser, die Leute reden zu lassen.

»Als ich dort ankam, war der Junge völlig zugedröhnt«, sagte Kaukonen schließlich.

»Sein Name war Jonas«, bemerkte Bäckström trocken.

»Er hatte viel Wein getrunken und irgendwelche Pillen genommen«, fuhr Kaukonen fort, als hätte er Bäckström überhaupt nicht gehört. »Dann lief er zum Ende des Stegs und ging ins Wasser.«

»Und was haben Sie gemacht?«, fragte Mats ruhig.

»Ich bin hinterhergegangen, um zu gucken, was passiert ist.«

»Ist Ihnen nicht in den Sinn gekommen, Jonas zu retten? Ihm aus dem Wasser herauszuhelfen?«

»Ich hab gedacht, er hat sicher einen guten Grund, um sich umzubringen. Schließlich hat er Ella vergewaltigt«, erwiderte der Mann mit einer erschreckenden Ruhe.

»Was ist dann passiert?«, hakte Bäckström nach.

»Er ist gestorben, und ich bin weggefahren.« Kaukonen erzählte das, als würde er über ein ganz normales Ereignis sprechen.

Mats stand auf und verließ den Raum, um ein paar Unterlagen aus seinem Büro zu holen. Dabei ließ er sich Zeit, um Kaukonen auf die Folter zu spannen. In aller Ruhe kehrte er zurück in den Vernehmungsraum, in dem Markku Kaukonen stur geradeaus starrte.

»Wussten Sie, dass Jonas zu der Vergewaltigung gezwungen wurde? Dass er mit vorgehaltener Waffe bedroht und ihm Gewalt angetan wurde?«

»So was in der Art hat Matti vorhin am Telefon gesagt, aber das wusste ich an dem Abend doch nicht. Ich hab nach dem Wissen gehandelt, das ich zu dem Zeitpunkt hatte.« Kaukonen schien langsam nervös zu werden.

»Und wie haben Sie gehandelt?«, fragte Bäckström.

»Ich wollte mit ihm reden, aber dafür gab es ja keine Gelegenheit mehr.« Es klang wie auswendig gelernt. »Und dann ist der Junge gestorben.«

»Wie ist er gestorben?« Mats blickte Kaukonen weiterhin in die Augen.

Lange Zeit schwieg der Mann. »Sie müssen verstehen, dass ich nichts davon wusste, dass er gezwungen wurde«, antwortete er schließlich. »Ich war nur so wütend. Als Leena mir davon erzählte, konnte ich nicht mehr klar denken. Nur, dass es schon wieder passiert.«

»Was?«

»Vergewaltigung, versuchte Vergewaltigung, dass jemand das Leben meiner Tochter zerstört.« Tränen traten in die Augen des Mannes. Wütend wischte er sie weg.

»Als sie siebzehn war, wurde Leena fast vergewaltigt. Sie wurde im Treppenhaus eines Studentenwohnheims angegriffen. Der Mann bedrohte sie mit einem Messer und zerrte sie in eine dunkle Ecke. Aber Leena ist eine Kämpferin, das war sie schon immer, und sie konnte ihrem Angreifer entkommen. Sie zeigte ihn an, aber dann bekam dieser verdammte Scheißkerl ihre Adresse heraus und zündete ihr Wohnheim an. Leena war gerade erst zu Hause ausgezogen, hatte ihre erste eigene Wohnung, ihr ganzes Leben lag noch vor ihr. Und dann lief ihr ein Typ über den Weg, der sie mit einem Messer bedrohte und sie vergewaltigen wollte und danach auch noch ihre Wohnung abfackelte. Leena verlor jegliche grundlegende Sicherheit im Leben. Es hätte sie fast zerstört, es hätte mich fast zerstört, es hätte uns alle fast zerstört. Und jetzt, da ihr Leben nach all den Jahren der Angst endlich wieder gut ist, kommt so ein verdammtes Stück Scheiße und vergewaltigt ihre Tochter!«

Markku Kaukonen schlug so fest mit der Faust auf den Tisch, dass Bäckström zusammenzuckte.

»Und ich hab beschlossen, dieses Mal nicht darauf zu warten, dass die Polizei ermittelt und die Justiz Anklage erhebt. Ich werde nicht tatenlos zusehen, wie das Leben des Täters weitergeht, während das Leben meiner Enkelin nie wieder so sein wird wie zuvor. Ich hab entschieden, dass ich mich dieses Mal selbst darum kümmere. Auf meine eigene Art«, fuhr der Mann mit einer Ruhe fort, die Mats das Blut in den Adern gefrieren ließ.

»Was ist passiert, als Sie Jonas sahen?«

»Wie ich bereits sagte, der Junge war auf dem besten Wege, sich das Leben zu nehmen, als ich bei der Hütte ankam.«

»Könnten Sie uns trotzdem ganz genau beschreiben, was geschehen ist?«

»Er torkelte zum Steg und ging ins Wasser. Es war wie in einem Film. Ich bin zum Steg und hab zugeschaut, wie er unterging.«

»Haben Sie Jonas berührt?«

Kaukonen schwieg. Er nahm einen Schluck aus seinem Wasserglas und sah zu Mats auf. »Sie scheinen die Sachlage ja bereits zu kennen.«

»Wir wissen, dass Jonas' Körper durch starke Gewalteinwirkung Prellungen an Kopf und an Schultern aufweist und dass diese Verletzungen erst kurz vor seinem Tod entstanden sind. Da Sie die letzte Person sind, die Jonas lebend gesehen hat, können wir davon ausgehen, dass diese Prellungen entstanden sind, als Sie ihn unter Wasser gedrückt haben. Kam Jonas noch mal an die Oberfläche, als Sie auf dem Steg standen?«, fragte Mats den Mann ernst.

Wieder schwieg Kaukonen eine ganze Weile, bevor er Mats erneut in die Augen sah. »Ich wünschte, ich könnte sagen, dass ich nicht weiß, was in mich gefahren ist, aber ich weiß es. Ich wollte, dass der Junge leidet, nachdem er meiner Leena so etwas Schreckliches angetan hatte.«

Mats wies den Mann nicht auf seinen Fehler hin. Er merkte, dass Kaukonen gerade erst wirklich klar wurde, was er getan hatte.

»Und als es dann passiert ist, war es schon zu spät. Der Junge wollte ja sowieso sterben.«

»Er wollte leben, und sie haben ihn getötet! Ella wird sich wieder erholen und kann weiterleben, aber Jonas nicht«, zischte Bäckström, aber Mats brachte sie mit seinem Blick zum Schweigen.

Kaukonen starrte weiter geradeaus, als Mats und Bäckström den Raum verließen. Mats bat Jansson, den Mann in eine Zelle zu bringen und folgte Bäckström dann in den Pausenraum. Er bemerkte, dass sie weinte und nicht wollte, dass er es mitbekam.

Jetzt gab es keine Eile mehr.

51. KAPITEL

Mats beendete den Bericht. Er war todmüde. Von Markku Kaukonen hatten sie ein Geständnis und Jonas' Handy bekommen. Der Inhalt des Geräts bestätigte die Tragödie, von der sie bereits wussten. Der kriminaltechnische Bericht zur Waffe wiederum bestätigte ihre Schlussfolgerungen aus Sebastians Telekommunikationsdaten: Der Junge hatte versucht, sich der Bande seines Cousins Marcus Ordoi in Stockholm anzuschließen. Die Folterung von Jonas schien so etwas wie ein Aufnahmeritual gewesen zu sein. Die Waffe, mit der Sebastian sich in den Kopf geschossen hatte, war bereits vergangenen Januar in Stockholm bei einem Bandenkrieg benutzt worden, in dem ein Bandenmitglied ums Leben gekommen war.

Mats wünschte, sie könnten Ordoi irgendetwas nachweisen, aber da dieser weder in dem Video zu sehen war noch irgendwo seine Fingerabdrücke gefunden wurden, waren ihnen die Hände gebunden. Er hatte die ganze Zeit die Fäden gezogen und kam erneut ungeschoren davon. So viel wusste Mats über die Bandenkriminalität im Nachbarland: Selbst hieb- und stichfeste Beweise führten oft nicht zu einer Anklage. Nun hatte der Teufelskreis der Racheakte aus den Vororten von Stockholm, dem schon viel zu viele junge Menschen zum Opfer gefallen waren, also auch ihr schönes Kristinestad erreicht.

Mats seufzte. Er schnappte sich das Telefon von Jonas und ging die Aitakatu entlang. Er hatte sich vergewissert, dass Sara Snellmann zu Hause und ihre Schwester bei ihr war. Gerade stand er vor der Tür der Snellmans, als ein frühsommerlicher Regenschauer niederging. Wie passend, dachte Mats.

Als Linda Snellmann ihm die Tür öffnete, folgte er ihr ins Wohnzimmer, wo ihn Jonas' Gesicht von der Kommode aus ansah.

Mats ging mit Mutter und Tante den Tathergang durch, den sie inzwischen rekonstruiert hatten. Dass Jonas getötet worden war. Dass er trotz der Hoffnungslosigkeit und Angst in seinen letzten Momenten hatte leben wollen.

Sara Snellmann nickte Mats zu, und er spielte die letzte Aufnahme auf Jonas' Handy ab. Die zerbrechlich klingende Stimme des Jungen erfüllte den Raum.

Liebe Mama, verzeih mir, was ich getan habe. Ich habe es einfach nicht mehr ausgehalten. Ich habe es so satt, ständig gequält zu werden. Schon mein ganzes Leben geht das so, nur meine Peiniger haben sich geändert. In der Grundschule war es vielleicht noch nicht so schlimm, aber inzwischen ist mein Leben die Hölle. Ich habe versucht zu überleben und bin dadurch irgendwie in immer schlimmere Dinge reingerutscht. Ich wurde dazu gezwungen, mit Medikamenten zu dealen, und habe selbst auch welche genommen. Und was noch viel schlimmer ist: Ich habe einem anderen Menschen wehgetan. Aber Mama, ich will, dass du weißt, dass ich dazu gezwungen wurde. Ich hätte das niemals getan, wenn sie mich nicht mit einer Waffe bedroht hätten! Mama, sag das bitte Ella, und versuch es auch den anderen zu sagen, versprich es mir. Online kursieren Videos, für die ich mich so sehr schäme. Aber bitte Mama, schau sie dir nicht an. Ich möchte dich und Ella um Verzeihung bitten. Und ich verstehe es, wenn Ella mir nicht verzeihen kann. Ich bin so müde, ich will nur, dass diese ganze Scheiße endlich aufhört. Ich kann nicht mehr. Ich will diesen Albtraum nicht länger mitmachen. Mein Leben ist vorbei. Du bist immer eine gute Mutter gewesen, gib dir bitte nicht die Schuld dafür. Wir sehen uns auf der anderen Seite.

52. KAPITEL

Mats wurde immer nervöser. Das Gefühl war von Tag zu Tag stärker geworden, seitdem er in dieser neugierigen Journalistin am Tatort Eevi wiedererkannt hatte. Die Begegnungen mit ihr waren seine Lichtblicke in einer Woche gewesen, die ihm spürbar an die Nieren gegangen war.

Er war nicht dumm. Er wusste natürlich, dass sie in einer Beziehung lebte. Aber er wollte trotzdem glauben, dass es da noch eine Chance für ihn gab, immerhin waren Eevi und ihr Partner nicht verheiratet und hatten auch keine Kinder. Diese Wärme in ihrer Stimme hatte er sich doch nicht eingebildet. Er war sicher, dass sie auch noch Gefühle für ihn hegte. Und genau darüber wollte er heute mit ihr reden. Nach dem Abschluss der Ermittlungen war es Zeit, sich wieder auf sein Privatleben zu konzentrieren und Entscheidungen zu treffen. Es war Zeit, es endlich auszusprechen. Und Eevi hatte schließlich gesagt, er könne sie besuchen, wann immer er wolle.

Die Übelkeit, die in ihm aufstieg, versuchte er durch

bewusstes Atmen zu beruhigen. Er kannte das schon. Dass sein alter Feind sich genau in diesem Moment wieder meldete, um ihn zu piesacken, war typisch. Lange war er von seinem Stottern verschont geblieben. Aber die Zeit hier in Kristinestad hatte so vieles wieder aufgewühlt. Meistens half es in solchen Fällen, einfach zu schweigen. Meistens, nicht immer. Er wusste, dass Eevi sich davon nicht abschrecken lassen würde. Wenn er früher gestottert hatte, hatte sie ihn einfach mit diesem sanften Blick bedacht, den nur sie ihm zuwerfen konnte, und schon hatte er sich beruhigt. Der Gedanke daran beschwingte ihn, als er in die Itäinen Pitkäkatu einbog. Wenn es etwas gab, was er in seinem Leben verdient hatte, dann war es Mut, um jetzt mit Eevi über seine Gefühle zu sprechen. Kurz schoss ihm der Gedanke an Helena durch den Kopf, aber er verdrängte ihn so schnell, wie er gekommen war.

Mats parkte den Wagen und schloss leise die Autotür. Er fuhr sich ein paarmal mit den Fingern durchs Haar, atmete noch einmal tief durch und ging sicheren Schrittes auf Eevis Haus zu. Dieser Freitagabend im Mai hätte nicht schöner sein können. Der Flieder duftete, und die Luft war angenehm frisch. Die Schwalben jagten über den Himmel, als würden sie Fangen spielen. Das Tor zu Eevis Grundstück stand offen, so dass er von der Straße direkt in den Garten sehen konnte. Mats' Mund wurde ganz trocken. Er blieb kurz stehen, um sich umzusehen.

Eevi stand im Garten und strahlte einen Mann an, der seine Arme um sie geschlungen hatte. Sie hielt einen Blumenstrauß in der Hand, der Moment wirkte sehr intim. Ein Schmerz durchzuckte Mats. Er schluckte, schüttelte ungläubig den Kopf, dann drehte er sich abrupt um und rannte fast zu seinem Wagen zurück, nur weg von dieser vertraulichen Szene, die nicht für ihn bestimmt war.

Frustriert warf er den Blumenstrauß auf die Rückbank und legte die Flasche Rotwein auf den Beifahrersitz. Dann fuhr er an Eevis Haus vorbei, ohne einen weiteren Blick in ihren Garten zu werfen, und bog auf die Parmaninkatu ab. Er fuhr am Meeresufer entlang zur Steinbrücke und über die Brücke aus Kristinestad heraus Richtung Vaasa. Nach Hause, was auch immer das noch bedeuten mochte.

EPILOG

Leena Aaltonen sah ihre Tochter an, die gerade das Café betrat. Ellas Augen strahlten, während sie telefonierte. Sie lachte sogar, und Leena bedankte sich in Gedanken für die Intensivtherapie, an der sie und Ella teilgenommen hatten, für den Umzug nach Schweden sowie Ellas Online-Community, in der sie Freundinnen und Hilfe auf der ganzen Welt gefunden hatte. Obwohl seit den schrecklichen Ereignissen erst elf Monate vergangen waren, machte Ella – oder Ever, wie sie inzwischen genannt werden wollte – den Eindruck, aus diesem Albtraum als Siegerin hervorgegangen zu sein.

Leena betrachtete Evers kurzes Haar und das Quallen-Tattoo an ihrem Hals, die breiten Hosen und die Kampfstiefel sowie den weiten Kapuzenpulli, der um ihren schlanken Körper schlackerte. »Was immer dich glücklich macht«, erinnerte sie sich gesagt zu haben, als Ever an ihrem ersten Abend in Schweden ihre langen Haare abgeschnitten hatte. Ihre Tochter hatte verkündet, sich nicht länger den absurden Anforderungen einer frauenfeindlichen Gesellschaft beugen zu wollen. Sie wollte nicht länger eine unterwürfige, glatt rasierte, gefällige Frau sein, die auf die Bestätigung von Männern aus war. Sie wollte sie selbst sein, ohne jegliche Geschlechtsmerkmale und ohne den Druck, sich als weiblich oder männlich einordnen zu müssen.

Ihr Kind war so klug. Leena hatte schon selbst darüber nachgedacht, sich die Haare abzuschneiden.

Sie lächelte ihrer Tochter zu, die – in ein Gespräch vertieft – nicht mitbekam, wie sich Leenas Gesichtsausdruck veränderte, als sie an diesen Jungen dachte. Aber sie schob den Gedanken so schnell beiseite, wie er gekommen war. Das Wichtigste war, dass es Ever gut ging, dass es ihrer Familie gut ging. Der Artikel von dieser Journalistin über den Jungen war langsam in Vergessenheit geraten, die Menschen kommentierten längst andere Tragödien mit Gebrochenes-Herz-Emojis.

»Hallo, Papa! Wir sind schon im Café, komm her!«, rief Ever fröhlich ins Telefon, von dem Leena nicht einmal mitbekommen hatte, dass es geklingelt hatte. »Kein Aber. Papa, ich will, dass du ...«

In Leenas Ohren begann es zu rauschen. Das Ende des Satzes bekam sie nicht mehr mit. Alles, was in ihrem Kopf widerhallte, war das, was Leena an einem Samstagmorgen im Mai vor fast einem Jahr zu ihrem Vater gesagt hatte:

Papa, ich will, dass du diesen Vergewaltiger kaltmachst.

Nachwort und Danksagung

Im Sommer 2022 stand ich auf den Kanuunakallio-Klippen und betrachtete das Meer um mich herum. Ich war gerührt, dass der Ort, an dem ich in meiner Kindheit und Jugend viele Sommertage verbracht hatte, eine neue Bedeutung für mich erlangt hatte – als zentraler Schauplatz meines Debütromans. Diese Kleinstadt, aus der ich als Teenagerin unbedingt wegwollte, war zum einzig richtigen Ort des Geschehens für mein Buch geworden. Ich war gerührt, verspürte Dankbarkeit und eine große Aufregung angesichts dessen, was vor mir lag. Gleichzeitig schien sich alles genau richtig zusammenzufügen. Die Geschichten von Eevi und Mats führten bereits ein Eigenleben in meiner Fantasie und hatten mich zu Ereignissen geführt, von denen ich noch nichts wusste, als ich die ersten Sätze schrieb.

Ich hoffe, ihr verbringt eine schöne Zeit in Kristinestad, deren Idylle unvergleichlich ist. Die Ereignisse in dem Buch sind fiktiv und Verbindungen zwischen Romanfiguren und realen Personen (lebend oder tot) rein zufällig, aber Katzen laufen auch heute noch frei in der Stadt herum. Als Autorin habe ich mir für diese Geschichte einige Freiheiten genommen, sodass nur ich allein für ihre Eigentümlichkeiten verantwortlich bin.

Ein Buch entsteht nicht in einem Vakuum – es erfordert, zumindest von der Debütautorin, ein reichhaltig gelebtes Leben, Hunderte gelesene Krimis, eine lebhafte Fantasie, Verständnis, Unterstützung und Ermutigung von lieben Menschen, eine idyllische Heimatstadt und eine tolle Lektorin. Nun ist es also an der Zeit, Danke zu sagen.

Lieber Juho, ich danke dir, dass du es mir ermöglicht hast, dieses Buch zu schreiben, dass du an mich und an meine Träume geglaubt hast. Ich danke dir für deine Liebe. Ich danke dir auch für das wundervolle Cover meines Buchs.

Mein liebes Kind, dank dir glaube ich an Wunder. Alles ist möglich, weil du es auch bist.

Liebe Mama, ich danke dir, dass du mir das Leben geschenkt hast, für die Liebe, das Selbstvertrauen und dass du bereits ein Fan der Eevi-Manner-Serie warst, bevor ich überhaupt die erste Version des Manuskripts geschrieben hatte. Du bist die Beste!

Lieber Papa, Papa Bär, ach, wie sehr wir dich doch vermissen. Danke für dein Selbstvertrauen, deinen gesunden (österbottnischen) Stolz, deinen guten Musikgeschmack und deine Fähigkeit, das Leben zu genießen.

Lieber Bruder, brodern min, denn wenn es jemand weiß, dann du. Du bist immer für mich da, egal, ob ich jemanden brauche, der mir zuhört, oder mir nur schnell Informationen über Psychopathen liefert. Wenn es dich nicht gäbe, müsstest du erfunden werden. Everything zen ...

Meine liebe Freundin Pia, ich danke dir für deine Freundschaft und für den Text auf dem Boden der Vase.

Ich danke meinem Verlag Otava und all euch großartigen und besten Leuten der Branche, die dort arbeiten: Ich danke euch für euren Glauben und euer Vertrauen in mich als Debütautorin. Besonderer Dank geht an meine Lektorin Reetta Sirén für ihr Adlerauge und ihren messerscharfen Verstand.

Ich danke euch für eure Begeisterung schon zu Beginn der Geschichte: dem besten Lesekreis der Welt, Olga Hautala, Sauli Sirviö, Mari Koli und Nalle Nyberg.

Ich danke euch für eure wichtigen und wertvollen Kommentare, bevor das Buch in den Druck ging: Pia Tormilainen, Miika Viljakainen, Riitta Koivuranta sowie Petri Kemppinen.

Ich danke euch für eure Inspiration – kiitos/tack/thanks: Joakim Berg, Tori Amos, Viveca Sten, Donna Tartt, Kristina Ohlsson, Beck, Katarina Wennstam, Thom Yorke, Camilla Läckberg, Kurt Cobain, Liza Marklund, Åsa Larsson, Åke Edwardsson, Chydeone, Erik Axl Sund, Joose Keskitalo, Tiina Raevaara, Mats Strandberg, Suzanne Vega, Outi Pakkanen, Aino Kallas, Nick Cave, Johanna Mø, Eddie Vedder, Katarina Engberg, Karin Fossum, Jørn Lier Horst, Bret Easton Ellis, Elina Backman, Antti Tuomainen, Ylva Haru, Samuel Björk, Jean Rhys, Petri Tamminen, Asa, Sirpa Kähkönen, Liv Strömquist, Totti, Camilla Grebe, Anaïs Nin, Saku Tuominen, Richard Ashcroft, Helmi Kekkonen, Lizzo, Bea Uusma, Stephen King, Tove Alsterdahl, Carl-Johan Vallgren, Etienne Daho, Antti Autio, Umberto Eco, Robert Smith, Martin Gore, Dave Gahan, Markus Krunegård, Albert Camus, John Ajvide Lindqvist,

Charles Baudelaire, LL Cool J, Håkan Hellström, Eva Dahlgren, Sia, Paula Vesala, Olavi Uusivirta, Emma Salokoski, Samuli Putro, Sheryl Crow, Janis Joplin, Aretha Franklin, Samae Koskinen, Adam Duritz, Super Janne, Silvana Imam, Vesta, Gösta Sundqvist, Tim Krabbé, Anu Ojala, Emmanuel Carrère, Graham Greene, Jeans, Leif G.W. Persson, Elina Hirvonen, Djuna Barnes, Timo K Mukka, Choderlos de Laclos, Fernando Pessoa, Alfred Döblin, Kube, Simone de Beauvoir, Virginia Woolf, Missy Elliott, Bruno K. Öijer, Robert M. Pirsig, Kelis, Jonas Hassen Khemiri, Antti Arnkil, Mika Waltari, Tove Jansson, Turkka Hautala, Outi Pakkanen, Yona, Kaj Korkea-Aho, Beyoncé, Ian McEwan, Märta Tikkanen, Johanna Holmström, Jonas Gardell, Åsa Linderborg, Anna Gavalda, Harry Styles, Annie Lennox, Veronica Maggio, Zach Condon, Paul Banks, Minä ja Ville Ahonen.